Ein fetter Fang im
langweiligsten Kaff der Welt

Phillip Gwynne
wuchs mit sieben Geschwistern auf, in einem kleinen
Hafenort im Süden von Australien. Er hat Meeres-
biologie studiert und Reisen durch alle Kontinente
unternommen; später arbeitete er als Programmierer und
Lehrer. *Wir Goonyas, ihr Nungas* (Sauerländer 2001) war
sein erster Roman, der in Australien gleich mit mehreren
Preisen ausgezeichnet und sogar verfilmt wurde. 2002
kam das Buch auf die Auswahlliste des Deutschen
Jugendliteraturpreises. Außerdem von Phillip Gwynne
erschienen: *Blacky, Lovely und der ganze Bullshit.*

Phillip Gwynne

Ein fetter Fang
im langweiligsten Kaff der Welt

Aus dem australischen Englisch
von Ilse Rothfuss

Sauerländer

Für Gabby, einen Fischer, wie er im Buche steht,
und den besten Sohn, den ein Vater nur haben kann.

Mein Dank geht an Dr. Alex Ritchie vom *Australian Museum*
und an Dr. Tim Ward vom *South Australian Research and*
Development Institute für ihre wissenschaftliche Beratung,
und an meinen Bruder Robert für die zahllosen Stunden in der
Werkstatt beim Hochfrisieren des Leichenwagens.

Copyright © 2004 by Phillip Gwynne
(Titel der australischen Originalausgabe: *Jetty Rats*)
First published by Penguin Books Australia 2004

Die Deutsche Bibliothek verzeichnet diese Publikation
in der Deutschen Nationalbibliografie;
detaillierte bibliografische Daten sind im Internet über
http://dnb.ddb.de abrufbar.

German language copyright © 2006 Patmos Verlag GmbH & Co. KG
Sauerländer Verlag, Düsseldorf
Alle Rechte vorbehalten.
Umschlaggestaltung: heike ossenkop pinxit, CH-Basel
Printed in Germany
ISBN 3-7941-8027-5
www.patmos.de

Mulloway
(Argyrosomus hololepidotus)

Mulloway ist ein Aboriginee-Wort, das »der Größte« bedeutet, und der Mulloway ist in der Tat ein prächtiges Geschöpf, einer der begehrtesten Fische bei Sportanglern, da er äußerst schwer zu fangen ist. Mulloways können eine enorme Größe erreichen: Es wurden schon Exemplare von bis zu hundert Pfund gefangen.

Mulloways besitzen vergrößerte Otolithe (Gehörsteine), die zu Schmuck verarbeitet werden können, daher auch der Name »jewel fish« (Juwelenfisch) oder »jewfish« (Judenfisch). Der Mulloway laicht in Flussmündungs-Gebieten und die Jungfische wachsen direkt in den Flussmündungen heran.

Unter bestimmten Umständen nehmen Mulloways auch Blinker an. Der Autor ist jedoch der Meinung, dass ein Angler besser bedient ist, wenn er Lebendköder verwendet. Weil der Mulloway so schwer zu fangen ist, hat er in der Welt der Angler eine nahezu mythische Bedeutung gewonnen.

Kapitel 1

Wir sind die Molenratten von Dogleg Bay. Die Fotokopien, Miracle und ich.

Zappo war der Erste, der diesen Namen aufbrachte. Vor vielen Jahren, als wir noch in die Grundschule gingen, bevor wir unseren ersten Füller bekamen, bevor Dad von den Felsen verschwunden ist.

»Ihr da«, sagte er. »Ihr seid wie 'n Haufen verdammte Ratten!« Wie üblich fischte er mit seiner *Ned Kelly*-Angelrute. Wie üblich war er von seinen Groupies umringt. Und wie üblich fing er massenhaft Fische.

»Erst seid ihr auf der Mole. Dann seid ihr unter der Mole. Immer die Pfeiler rauf und runter wie die Ratten.«

Der Name blieb hängen, und von da an waren wir die Ratten. Die Molenratten.

Aber wir sind keine Bande oder etwas in der Art. Wir treffen uns nicht in Höhlen oder Clubräumen. Wir haben keinen Geheim-Code. Wir unterzeichnen nicht mit unserem Blut. Nichts von diesem ganzen Fünf-Freunde/Schwarze-Sieben-Schrott. Wir sind einfach ein paar Leute, die auf der Mole herumhängen.

Das ist alles.

Kapitel 2

Die andern sagen oft, ich bin zu ernst.
»Mach dich mal ein bisschen locker, Hunter«, sagen sie. »Du
bist so ein Miesepeter.« Grummelbacke. Stinkstiefel.
Nur weil ich nicht die ganze Zeit lache. Mir nicht in die Hose
mache vor lauter Lachen über ihre jämmerlichen Witze.
Saphonia meint, dass ich deshalb mehr oder weniger zu wach-
sen aufgehört habe.
»Deine Chakren«, sagt sie immer und ballt ihre Hände zu
Fäusten, »sind von dieser ganzen negativen Energie blockiert.«
Und ich weiß, was sie noch denkt – dass meine Chakren ver-
stopft sind, dass ich aufgehört habe zu wachsen, dass ich ein
miesepetriger, muffliger Trauerkloß bin, weil Dad von den
Murk-Klippen verschwunden ist.
Dad ist der beste Fischer von Dogleg Bay, jedenfalls der beste
Felsenfischer. An der Mole zu fischen ist ihm zu blöd – zu viele
Leute, nicht genug Fisch. Strandfischen interessiert ihn auch
nicht. Und Boote, das sind für ihn »Stinkpötte«. Er liebt die
Felsen, schlüpfrig vor Algen, den Wind in den Zähnen, die
Sturzseen der Brandung, das Wasser, das um seine Beine
schäumt.
Vor fünf Jahren ging er an seinen Lieblingsplatz, die Murk-
Klippen, zum Felsenfischen. Und er kam nie zurück. Natürlich
wurden Suchtrupps ausgeschickt – die ganzen Leute in ihren
orangefarbenen Overalls, Hubschrauber, die an der Küste ent-
langknatterten, Boote, die kreuz und quer das Wasser absuchten.

»Hat mir das beste Geschäft seit Jahren gebracht«, sagte Vera vom Pub. »Diese Kerle vom Such- und Rettungsdienst, die bringen dir vielleicht einen Durst mit.«

Vera ist nicht gerade für ihr Taktgefühl bekannt.

Sie haben nichts gefunden, außer Dads Anglerkiste, die hoch oben auf den Felsen stand. Deshalb glauben jetzt alle, dass er tot ist. Sie sagen es nicht direkt, aber man merkt es an der Art, wie sie über ihn reden.

»War ein verdammt anständiger Kerl, dein alter Herr.«

»Gottverdammmich, dein Dad, der konnte fischen!«

Natürlich höre ich nicht auf sie. Er muss ja schließlich irgendwo sein. Vielleicht hat er Robinson Crusoe gespielt und ist auf einer einsamen Insel gestrandet. Ich sage Mum immer, dass wir losgehen und in Tasmanien suchen müssen, vielleicht ist er dort. Oder vielleicht hat er sich den Kopf angeschlagen, richtig schlimm, sodass er das Gedächtnis verloren hat und einfach irgendwo herumirrt. Und jetzt weiß er nicht mehr, dass er der Pächter des Gemeinde-Campingplatzes von Dogleg Bay ist. Dass er eine liebende Ehefrau und einen großartigen Sohn hat, den vermutlich besten Sohn, den ein Vater sich nur wünschen kann.

Superhirn Skullster, dieser durchgeknallte reiche Schnösel an der Straße oben, meint, dass Dad vielleicht auf einem anderen Planeten ist.

»Drei Komma sieben Millionen Amerikaner glauben, dass sie irgendwann von Außerirdischen entführt wurden«, tönt er immer. »Drei Komma sieben Millionen!«

Klar, das sind eine Menge Leute. Aber andererseits – es sind Amerikaner! Theoretisch ist es möglich oder sogar wahrscheinlich, dass noch andere Lebensformen im Universum existieren. Aber kleine grüne Männchen in fliegenden Untertassen, die Menschen entführen um irgendwelche grausigen Experimente an ihnen vorzunehmen, das ist doch ziemlich verrückt. Es sei denn, dein Vater ist tot. Dann wird es auf einmal plausibel. Oder sogar möglich.

Kapitel 3

Wie üblich wache ich von meinem Wecker auf. Allerdings kein Wecker, der summt. Oder läutet. Oder piept. Nur das Kreischen der Vögel draußen.

»Aaark! Fang-den-Fisch«, rufen sie. »Fang-den-Fisch!«

Ich wälze mich herum, und jetzt sehe ich sie, drei Kakadus, vom Fenster eingerahmt, die auf den Stromleitungen herumturnen wie Trapezkünstler.

»Aaark! Fang-den-Fisch! Fang-den-Fisch!«

Der Himmel hinter ihnen ist eine leere blaue Schafweide – kein Wölkchen wagt es, seinen wolligen Kopf zu zeigen. Und die salzige Brise, die ins Zimmer dringt, schmeckt verheißungsvoll nach Fisch.

»Aaark! Fang-den-Fisch! Fang-den-Fisch!«

Okay, okay, ist ja gut. Erzählt mir was Neues. Fisch gibt es immer zu fangen. Wie Rex Hunt zu sagen pflegt, und das ist so ungefähr das einzig Brauchbare, was er jemals in seiner Fernsehshow gesagt hat: Es ist die reinste Fischlotterie dort draußen. Was aber Rex Hunt nicht weiß, was seine Spatzenhirn-Kumpel unmöglich verstehen können, ist die Tatsache, dass zwischen mir und dem Anglerglück ein gigantisches Hindernis steht – der grässliche MWR, der Männerwaschraum.

Statt also aus dem Bett zu springen, nehme ich die Bibel von ihrem Platz neben meinem Kopfkissen, wo sie immer liegt. Dad hat sie mir zu meinem achten Geburtstag, vor fünf Jahren, geschenkt.

»Mein Sohn, es gibt nur ein Buch in diesem Leben, das du jemals brauchen wirst«, sagte er zu mir und wurde auf einmal ganz ernst, während er mit dem Finger auf den Deckel klopfte. »Und das ist das hier.«

Es vergeht kein Tag, an dem ich die Bibel nicht zurate ziehe und zumindest einen Abschnitt daraus lese. Jetzt schlage ich das Buch auf Seite eins auf. Ich habe es so oft gelesen, dass die Seiten ganz zerschlissen sind, krepppapierdünn. Und obwohl ich alles auswendig kann, lese ich immer noch jedes Wort.

Der perfekte Angler macht das Fischen zu seinem Daseinszweck. Alle anderen Beschäftigungen werden zweitrangig, gemessen an der Jagd nach seiner begehrten Unterwasserbeute.

»Der Perfekte Angler« wurde schon vor längerer Zeit geschrieben und manche Ratschläge sind ziemlich kriminell – »in handliche Stücke geschnitten ist ein frisch geschlachteter Delfin der ideale Haiköder« zum Beispiel. Aber Dad hat trotzdem Recht – natürlich ist er die Bibel, das einzige Buch, das ich jemals brauchen werde.

Leider kann ich mich nicht konzentrieren, weil ich die ganzen Typen im MWR vor mir sehe – splitternackt, schweinchenrosa und von Kopf bis Fuß eingeschäumt, mit ihrem dreckigen Gelächter, wie sie mein ganzes warmes Wasser aufbrauchen. Ich lege die Bibel weg und steige aus dem Bett. Was die können, kann ich noch lange!

Ich drehe die Hähne voll auf und dusche eine gute halbe Stunde lang. Natürlich bin ich in zwei Minuten sauber und es macht mir nicht wirklich Spaß, so lange unter der Dusche zu stehen, aber dieses Opfer bringe ich gerne im Kampf gegen das Schweine-Publikum.

Dads Rasierer steckt in einem seifenverschmierten Glas auf dem Waschbecken. Es ist nichts Tolles, nicht so ein Gillette-Mach-3-Turbo-Schnurrbart-Entferner mit Drei-Klingen-System. Er ist hässlich und versifft, die Klinge hat Rostflecken. Mum wollte ihn schon ein paarmal wegwerfen, aber ich konnte ihn noch rechtzeitig aus dem Mülleimer retten. Wenn Dad zurückkommt, dann wird er als Erstes seine ganzen angesammelten Gesichtshaare entfernen wollen. Mum traut Männern mit Bärten nicht über den Weg.

Denkt euch einen Anglerladen mit ein paar Möbeln, dann habt ihr eine Vorstellung von meinem Schlafzimmer. In den Schubladen liegen saubere Kleider. Bei uns liegen immer saubere Kleider in den Schubladen. Mum kriegt einen richtigen Kick davon, saubere Kleider in Schubladen zu legen. Ich überlege, ob ich etwas davon anziehe, aber mein Blick wandert zum Fußboden zurück, wo die Kleider von gestern – Surfer-Shorts und ein Trikot – in einem verkrumpelten Haufen herumliegen. Sie sehen nicht allzu fischig aus, riechen nicht allzu schmutzig, also schlüpfe ich hinein. Manchmal denke ich, dass ich mir mehr Mühe geben sollte, ein bisschen cooler herumzulaufen, so wie Miracle. Aber was soll's? Das hier ist nur Dogleg Bay, der Hintern von Australien oder zumindest ein Zipfel seines Verdauungstrakts. Glaubt mir, hier gibt es niemand, den man beeindrucken könnte.

Mum sitzt in der Küche, in ihre neueste *Which Tattoo?*-Zeitschrift vertieft. Ihre Haut ist blass und ein bisschen sommersprossig (ich habe die Südeuropäer-Haut von meinem Vater geerbt, seine »dunkle Seite«, wie Mum es nennt) und ihr Haar lang und blond, aber aschblond, nicht tussiblond. Sie trägt es hochgesteckt, von einem Sortiment von Kämmen und Clips gehalten. Beim Lesen nagt sie an der Unterlippe. Der halb gegessene Toast auf ihrem Teller sieht irgendwie abgestanden aus, so als hätte sie ihn schon eine ganze Weile nicht mehr angerührt. Anscheinend ist heute die Unterlippe ihr Frühstück. Vielleicht

ist Mum deshalb so dünn. Oder vielleicht hat Drilla Recht –
Mum hat so viel nervöse Energie, dass die Kalorien sofort ver-
brannt werden.

»Hi, Mum!«

Sie schaut auf. Lächelt. Aber dann ist wieder dieser Blick da.
Der Sorgenblick. Sorgen wegen dem Campingplatz? Wegen
Dad? Wegen mir? Vielleicht macht sie sich auch nur Sorgen,
dass sie sich zu viele Sorgen macht.

»Ich hab dich gar nicht bemerkt«, sagt sie.

Als ich mich hinsetzen will, schlingt sie plötzlich ihre Arme um
mich und drückte ihre Wange an meine.

»Mum!«, sage ich und mache mich los.

»Na hör mal, hat deine arme alte Mum nicht hin und wieder eine Umarmung verdient?«

Klar hat sie hin und wieder eine Umarmung verdient, meine
arme alte Mum. Es war schließlich nicht leicht für sie. Ihr Mann
vermisst, einfach so. Der ganze Campingplatz von Dogleg Bay,
um den sie sich kümmern musste. Ein Kind wie mich aufzuzie-
hen. Aber manchmal ist sie wie ein Riesenkrake, ein *Architheuthis dux*, der seine Tentakel um mich schlingt und immer fester
zudrückt, der mich erstickt.

»Mum, lass mich in Ruhe.«

Ich reiße mich los, habe aber sofort ein schlechtes Gewissen, so
als sei es meine Pflicht, mich ein bisschen von ihr ersticken zu
lassen. Vielleicht bis ich blau im Gesicht bin und Würgege-
räusche von mir gebe.

Ich lasse zwei Scheiben Weißbrot in den Toaster fallen. Gieße
ein Glas 100%igen O-Saft ein.

»Hunter, wie findest du das?«, sagt Mum und zeigt auf ein Foto
in ihrer *Which Tattoo?*-Zeitschrift, so ein keltisches Motiv, das
man überall sieht und das um den Oberarm läuft.

Es ist erbärmlich, finde ich, aber mein Gewissen plagt mich

noch ein bisschen, weil ich mich nicht von Mum hab ersticken lassen, und deshalb sage ich: »Irre, würde ich sagen.«

»Soll das heißen, dass es gut ist?«

»Mum!« Wenn man bedenkt, dass Mum die Highschool abgeschlossen hat und all das, ist ihr Wortschatz ziemlich beschränkt. Klar bedeutet irre gut. Außer natürlich, wenn es »nicht gut« bedeutet.

Ihre Augen leuchten auf. »Im Ernst? Meinst du, es würde passen?«

Seit dem Tag, an dem Dad verschwunden ist, redet Mum nur noch von der Tätowierung, die sie sich machen lassen will. Sie hat Tattoo-Poster an die Wände gepinnt, und ihr Stapel von Tattoo-Zeitschriften ist noch dicker als mein Angler-Zeitschriften-Stapel.

»Ja, klar.«

In Wahrheit ist es egal, was ich sage, weil Mum sich nie eine Tätowierung machen lassen wird. Nie und nimmer. Sie ist einfach zu anständig, zu sehr braves Mädchen, das alles richtig machen will. Okay, sie hat sich gegen den Willen ihrer Eltern gestellt und Dad geheiratet, der in der Stadt so ein bisschen der wilde Draufgänger war, obwohl sie doch einen Buchhalter heiraten sollte. (Der Buchhalter hat natürlich Karriere gemacht – er ist jetzt Direktor der ANZ-Bank in Mullaranka, der nächsten Stadt von Dogleg Bay, ein Ort mit Zukunft.) Aber eine Tätowierung ist eine ganz andere Geschichte. Erstens ist sie, im Gegensatz zu einer Ehe, für immer. Außer man lässt sie weglasern. Aber selbst dann ist die Narbe noch schlimmer als die Tätowierung selber. Nein, das ist einfach nicht drin bei meiner Mum. Aber es ist nicht ihre Schuld, sondern die ihrer Eltern, ihres genetischen Erbes. Nanna und Poppa sind jeden Abend Punkt sechs in ihren Pyjamas. Eine Nacht durchmachen, das heißt bei ihnen, dass sie bis zu den Spätnachrichten aufbleiben.

Und wenn sie mal so richtig über die Stränge schlagen, dann rühren sie ihr Abend-Milo* mit Milch statt mit Wasser an.

»Aaaark! Aaark! Fang-den-Fisch!«

»Freche Teufel«, sagt Mum und schaut nach draußen, wo die Kakadus jetzt auf der Wäscheleine hocken und einer von ihnen an einem Holzpfosten herumhackt.

»Fang-den-Fisch!«

Ich kann die Mole beinahe unter meinen Füßen spüren, die Angelrute in meiner Hand, ein Zerren an der Leine. Mum legt die Zeitschrift weg und setzt ihr spezielles Gesicht auf, ein Zeichen, dass sie jetzt voll auf Eltern-Tour umgeschaltet hat.

»Ich will, dass du den MWR heute mal richtig blitzsauber machst, Hunter.«

»Pah, Mum!«

»Ein paar von den Resis haben angedeutet ...«

Die Resis sind Dauergäste, die ständig auf dem Campingplatz leben. Es sind hauptsächlich Rentner, alte Knacker, die beschlossen haben, ihre letzten Jährchen am Meer zu verbringen und pausenlos zu jammern und zu meckern.

»Was angedeutet?«

»Na, dass es sauberer sein könnte.«

»Sauberer? Wie in aller Welt soll es noch sauberer sein?«

Ich durchforste mein Gehirn nach der richtigen Formulierung, um die Sauberkeit des MWR angemessen zu beschreiben.

»Du könntest dadrin zu Abend essen, Mum. Knoblauchbrot aus dem Waschbecken und Lasagne aus der Dusche. Und Dattelpudding aus den Kloschüsseln.«

»Gut, aber heute will ich sie noch sauberer haben. Ende der Diskussion.«

---

* Milo ist ein Kakao-Getränk, ähnlich wie Kaba. (Alle Fußnoten in diesem Buch sind Anmerkungen der Übersetzerin.)

Eine Diskussion soll das sein? Im kommunistischen China vielleicht, aber nicht in einer Demokratie wie unserer. Als Dad noch da war, war die Arbeitsteilung viel gerechter – er hat die Klos geschrubbt und Hunter ging fischen.

Im selben Moment, als der Toast hochspringt, fährt ein Auto draußen vor. Dem Geräusch nach ein Jeep. Wahrscheinlich ein Toyota. Das kommt davon, wenn deine Eltern den Camping-Platz von Dogleg Bay führen. Du erkennst Autos allein an ihrem Geräusch. Ätzend, oder? Die Autotür wird zugeknallt, Fußtritte auf dem Beton. Ein Mann, würde ich sagen. In Stiefeln. Linker Hoden erheblich größer als der rechte. Nein, warte … der rechte Hoden ist der dicke Brocken. Dann geht die Türklingel. Ein höfliches Klingeln. Nicht wie das dreiste Resi-Klingeln.

Unser Haus ist die übliche Campingplatz-Pächter-Residenz – wie von einem verhaltensgestörten Kind mit rotem Stift auf Butterbrotpapier gekritzelt. Das Einzige, was daran fehlt, ist einer von diesen schiefen Schornsteinen. Der Empfang ist vorne, die gefürchtete Klingel steht auf der Theke und die Wände sind mit Postern bedeckt, auf denen die ganzen tollen Sachen stehen, die man an der Küste der Gebrechlichkeit machen kann.

Bingo Bonanza! Spielen Sie sich wach – jeden Morgen ab acht.
Holen Sie sich »die richtige Vorlage im Leben« – lassen Sie die Kugel rollen in unserer Bowling-Bahn!
Tagestouren durch die Pokie-Bar!
Und für die Nachteulen – die Funky-Chicken-Disco! Freies Milo!

Draußen lässt ein elektronisch gesteuertes Tor das Schweine-Publikum herein und heraus. Wenn es nach mir ginge, würden wir ihnen nicht so viele Alternativen bieten.

Das Haus gehört uns nicht einmal. Es gehört dem Camping-Platz, der wiederum der Stadt gehört und diese den Einwohnern. Okay, wir sind auch Einwohner, also gehört uns vielleicht ein winziger Teil davon, ein paar von den fliegenverkrusteten Plastikschnüren, der einzigen Schranke zwischen uns und den Resis.

»Kannst du sehen, wer das ist?«, fragt Mum, als ich in meinen Toast beiße, der jetzt mit Margarine und Vegemite-Paste beschmiert ist.

»Mensch, Mum, warum können die nicht wenigstens warten, bis wir gefrühstückt haben? Dad lässt sich nie von ihnen stören. Das sind solche ... solche ...«

Mum funkelt mich an und ihr Blick ist nicht von schlechten Eltern – ungefähr so, wie Marge Simpson Homer anblitzt. Mums Haar ist allerdings nicht einen Meter hoch und hellblau, also ignoriere ich sie.

»Schweine!«, sage ich und es kommt lauter heraus, als ich beabsichtigt habe.

Mum steht jetzt auf und stemmt die Hände in die Hüften.

»Hunter Vettori, willst du wohl leiser sprechen! Wie oft soll ich dir das noch sagen!«

Ich weiß, was jetzt als Nächstes kommt. Ich forme die Worte mit den Lippen mit, während sie sie ausspricht.

»DAS GEHÖRT SICH DOCH NICHT!«

Der Spruch wird eines Tages noch auf Mums Grabstein stehen: DAS GEHÖRT SICH DOCH NICHT. He, vielleicht sollte sie es eintätowieren lassen. DAS GEHÖRT SICH DOCH NICHT um ihren Arm herum, statt diesem dämlichen keltischen Schrott. Oder quer über ihre Stirn. Nein, halt, noch besser – über ihren Hintern. Dann müsste sie es nicht dauernd sagen. Sondern sich einfach nur vorbeugen, die Hose runterziehen, und jeder kann sehen, was sie meint. DAS GEHÖRT auf einer Backe, SICH direkt über der Arschspalte und DOCH NICHT auf der anderen Backe.

Mum verschwindet durch die Plastikschnüre im Büro.

Der Hodentyp hört sich ein bisschen nach feinem Pinkel an

und Mum ist wie immer eifrig bemüht – freundlich, hilfsbereit, nett, umsichtig. Und warum auch nicht? Ihr Mann ist vermisst. Der Campingplatz geht den Bach runter, rauscht sozusagen durch sein eigenes Männerklo. Ihr einziger Sohn ist ein Miesepeter und ihr Frühstück ein köstliches Stück Unterlippe. Ich weiß nicht, wie sie es macht. Und warum sie es macht. Ich habe mein ganzes Leben lang auf diesem Camping-Platz gewohnt und weiß, wovon ich rede – die Gäste sind Schweine. Sie sind grob, anspruchsvoll und ignorant. Sie haben kleine Ringelschwänze und Steckdosen-Gesichter, echte Rüssel-Visagen. Wenn ich erst von Dogleg Bay fortkomme, wenn ich meinen rekordschweren Adlerfisch, meinen Monster-Mulloway, gefangen habe und reicher und berühmter werde als Rex Hunt, dann will ich nichts mehr mit diesem Schweine-Publikum zu tun haben. Außer, dass ich mir vielleicht hin und wieder ein Schinken-Sandwich gönne.

»Hallo, großer Krieger!«

Saphonia, Mums beste Freundin. Wie üblich klopft sie nicht an, sondern kommt einfach hereingesegelt. Sie trägt das übliche Hippiezeug, das sie immer anhat, eine gestickte Tasche über der Schulter und natürlich einen Sarong. Saphonia kennt tausend verschiedene Arten, einen Sarong umzubinden. An manchen Tagen, so wie heute, ist er ein Kleid. An anderen Tagen sieht er mehr wie eine Windel aus. Aber ich falle nicht darauf herein – ich weiß, dass es ein Sarong ist. Sie trägt ein Bikini-Oberteil – damit jeder sehen kann, wie groß ihre Möpse sind –, und massenhaft lärmintensiven Schmuck. Klimper, klimper, klimper – kling, klang, kloing!, tönt es, wenn sie geht. In ihrer Nase hat sie einen Diamantstecker und einen roten Punkt auf der Stirn. Und sie riecht genauso wie der Stand, den sie sonntags auf dem Markt in Mully hat, nach Duftölen, Räucherstäbchen und dem ganzen Hippiescheiß.

»Na, wie gefällt dir meine neue Tasche?«, sagt sie. »Sie ist von Rajasthan.«

»Vom Rajasthan-BI-LO oder vom Rajasthan-*Crazy Prices**?«, frage ich.

Saph ignoriert mich und holt ein Päckchen Kaffee aus der Tasche, das sie mit beiden Händen in die Höhe hält, wie etwas unaussprechlich Heiliges, eine Tube Hämorridensalbe vom Dalai-Lama vielleicht. Bei Saphonia gibt es keinen ordinären Nescafé oder so. Nein, ihr Kaffee wird extra bestellt, und sie mahlt ihn auch selber. Saph gehört eindeutig nicht zur Kräuter-tee-Hippie-Fraktion. Wenn ihr mich fragt, hat sie meistens mehr Koffein als Blut in ihren Adern.

»Wo ist deine Mum, großer Krieger?«

Saph nennt mich immer großer Krieger. Ich weiß nicht wirklich, warum. Ich glaube, es hat etwas mit Hunter zu tun, mit Jagen, oder vielleicht auch, weil es sich auf Tiefflieger reimt, na ja, ihr wisst schon, Miesepeter und Trauerkloß.

Ich nicke zum Büro hinüber.

Saphonia riskiert einen kurzen Blick durch die Plastikschnüre.

»Hmmm«, sagt sie und rückt ihre Möpse zurecht.

Sie füllt den Kessel mit Wasser, schaltet ihn ein und nimmt die Kaffeekanne und zwei Tassen aus dem Schrank.

»Wer war das, Sandy?«, fragt sie, als Mum zurückkommt.

»Ein Wissenschaftler von der Uni.«

»Was für ein Wissenschaftler?«, frage ich.

»Er hat's mir gesagt, aber es ist zum einen Ohr rein- und zum anderen wieder rausgegangen. Irgend so ein Ologe. Hat sich für zwei Monate eingemietet.«

»Vielleicht ist er Astrologe«, sagt Saphonia, die auf einem Bein

---

* *BI-LO* und *Crazy Prices* sind beides Billig-Ladenketten.

steht und die Hand hoch über dem Kopf verschränkt. *Yoga für zu Hause*, nennt sie das.

»Nein, ich glaub nicht«, sagt Mum.

Der Wasserkessel fängt an zu kochen, dann schaltet er sich ab. Als Saphonia das dampfende Wasser in die Kanne gießt, überschwemmt der Kaffeegeruch den ganzen Raum. Ich muss zugeben, es ist kein schlechter Geruch. Nicht so gut wie der Geruch von frisch gefangenem Fisch, natürlich. Aber trotzdem, gar nicht übel.

»Und er ist nicht zufällig Ichthyologe?«, frage ich.

Saphonia grinst mich mit ihren schlechten Zähnen an. Offenbar gab es keine Zahnärzte in der Kommune, in der sie gelebt hat (Zahnärzte sind viel zu sehr mit Geldscheffeln beschäftigt um auszusteigen und in einem Nomadenzelt zu leben), sodass es mit der Zahnpflege ein bisschen haperte. Saphonia kümmert das wenig, sie hat kein Problem damit, dir ein ganzes Auge voll Zahnfäule zu bieten.

»Ein Ickyologe? Was um Himmels willen soll das denn sein, großer Krieger?«

»Es heißt Ichthyologe und nicht Ickyologe. Das ist jemand, der Fische studiert.«

Saphonia lächelt immer noch, grinst mich herablassend mit ihren verfaulten Hippie-Zähnen an. Muss ich jetzt sauer werden, oder wie?

»Ichthyologie ist eine richtige Wissenschaft. Nicht wie Astrologie. Das ist bloß eine Pseudo-Wissenschaft. Mit anderen Worten: der totale Scheiß.«

Mum feuert schon wieder einen Marge-Simpson-Blick auf mich ab. Wie kannst du es wagen, so mit meiner Freundin zu reden!

»*Sie* hat angefangen«, sage ich und nicke zu Saphonia hinüber, die jetzt auf dem anderen Bein steht, Zen-mäßig wie nur irgendwas.

Saphonia kann noch so sehr im Unrecht sein, sie glaubt immer, dass sie gewonnen hat, dass ihr Flippie-Hippie-Nonsens über meine rationalen Argumente gesiegt hat. Einmal hat sie zu mir gesagt, ich soll Eiswasser in mein linkes Ohr schütten, damit diese Hälfte meines Gehirns nicht mehr so viel arbeitet. Aber ich *habe* wenigstens eine linke Gehirnhälfte; ihre ist auf Linsengröße geschrumpft.

»Ich weiß nicht, was für ein Ologe er ist. Es fängt mit ›Pal‹ oder ›Sal‹ oder ›Bal‹ an, so was in der Art«, sagt Mum.

Saphonia rührt ungefähr vier gehäufte Teelöffel Zucker in ihren Kaffee.

»Was für ein Sternzeichen ist er?«

Na bitte, das musste ja kommen. Saphonia kennt die Sternzeichen von allen Leuten. Mums. Meines. Von den ganzen Resis im Campingplatz. Und auch von anderen Leuten. Filmstars wie Tom Cruise. Sänger wie Madonna. Sie kennt sogar das Sternzeichen vom Premierminister.

»Ich weiß nicht«, sagt Mum.

Selbst ihr wird es manchmal zu viel.

»Hat er dir nicht seinen Führerschein gezeigt?«

»Nein, hat er nicht. Ich habe ihm vertraut.«

Saphonia schließt die Augen. Legt die Fingerspitzen an ihre Stirn. Startet eine Astralreise, knallt im Kosmos herum.

»Er ist Wassermann«, sagt sie, als sie wieder auf Planet Erde landet, und reißt die Augen auf. »Vielleicht an der Grenze zum Fisch. Aber eindeutig Wassermann.«

»Bodenlos«, sage ich kaum hörbar, aber nur kaum.

»Sieht nicht schlecht aus, oder?«, sagt Saphonia und zwinkert Mum zu.

Mum lächelt. »Nein …«, fängt sie an, dann sieht sie, dass ich sie fixiere, dass ich sie anfunkle, an ihren Ehestand erinnere. Sie macht ein schuldbewusstes Gesicht.

»Aber Saph, hast du den Bart gesehen?«

Mum und Saphonia prusten los. Sie kichern wie zwei dumme achtjährige Schulmädchen. Reden darüber, wie unsexy Bärte sind. Dass Männer mit Bärten immer etwas zu verbergen haben.

»Ach ja, das hätt ich fast vergessen«, sagt Saph und steckt ihre Hand in die Tasche. »Hab gestern einen köstlichen neuen Dip im *Foodland* gekauft.«

Saphonia ist natürlich Vegetarierin und die schlechteste Köchin, die man sich denken kann. Mum ist auch nicht gerade brillant, aber zumindest ist sie kein Veggy. An einer Wurst kannst du nicht viel verderben, aber es gibt tausend grässliche Sachen, die man mit Auberginen anstellen kann. Saphonia ist das egal. Sie geht einfach ins *Foodland* in Mully und kauft Dips und kartonweise Jatz-Cracker. Das ist im Prinzip alles, was sie isst. Cracker mit Hummus-Paste zum Frühstück. Cracker mit Taramasalat zum Mittagessen. Cracker mit Guacamole-Dip zum Abendessen. Und wenn sie zwischendurch Lust auf einen kleinen Imbiss hat, gibt es massenhaft andere Dips zur Auswahl. Eigentlich ist sie keine Vegetarierin, sondern Dippietarierin. Oder vielleicht auch Dippiehippietarierin. Oder auch einfach nur bescheuert. Ihr könnt's euch aussuchen.

»Also, dann geh ich jetzt mal zu dem verfi… ich meine, zu dem verflixten MWR«, sage ich und verschwinde in Richtung Tür.

»Hunter, ich will dieses Wort nicht von dir hören«, sagt Mum.

»Was für ein Wort?«, frage ich unschuldig.

»Du weißt genau, was ich meine.«

»Aber das ist doch bloß ein Ersatz für das F-Wort. Mum, du weißt doch, dass ich niemals das verfi…, ich meine das verflixte F-Wort vor dir sagen würde.«

Ich mache schnell die Tür auf. Solche Diskussionen hatten wir schon öfter und, glaubt mir, das kann ziemlich haarig werden. Wirklich haarig.

Kapitel 4

Drilla leert einen Mülleimer hinten in den Container, knallt ihn ein paarmal gegen die Seite um den Rotz, der am Boden klebt, herauszuklopfen. Er trägt Stiefel, verblichene Surfershorts und ein ärmelloses Shirt.

»Hab ich dich«, sagt er und holt eine große Ketschupflasche heraus, die er sorgfältig in eine separate Kiste legt, als sei sie ein Gegenstand von großer natürlicher Schönheit.

Was recycelbar ist, wird von Drilla gnadenlos recycelt. Nichts entgeht seinen Adleraugen. Und es ist egal, in welchem Zustand es sich befindet – ob mit den Spagetti Bolognese von letzter Woche umhüllt oder tief in einem Haufen stinkender Windeln vergraben.

»Hi, Drilla.«

Er dreht sich zu mir um und lächelt, zeigt seine lückenhaften Zähne. »Tach, Hunter.«

Selbst Drilla wird zugeben, dass er einen ziemlich groben Klotz als Schädel hat. Wie mit der Kettensäge aus einem Mallee-Stumpf* ausgesägt. Außerdem hat er so einen Wahnsinns-Krocketschläger. In den letzten zwei Jahren war er Zweitbester beim *Mullaranka and Districts Mullet*-Preis** des Jahres. Tätowiert ist er auch, und zwar heftig. Die meisten Tattoos sind von der Knacki-Variante, mit Tinte, einer groben Nadel und wenig künstlerischem Gespür eingeritzt.

---

* Der Mallee-Baum ist eine australische Eukalyptusart.
** Alle Gewinne dieses Preises werden für wohltätige Zwecke verwendet.

»Hunter, wie viele Affen braucht man, um eine Glühbirne zu wechseln?«

»Null Ahnung.«

»Zwei. Einen, um die Glühbirne zu wechseln. Und einen, der sich am Arsch kratzt.«

Er schaut mich erwartungsvoll an, giert nach Beifallsgebrüll. Aber es kommt keines. Affen, das weiß ich, kratzen sich ziemlich viel, und, okay, das sieht wahrscheinlich komisch aus, aber warum sollten sie eine Glühbirne auswechseln? Ich will Drilla aber nicht enttäuschen und sage: »Der ist gut, Kumpel.«

Drilla schüttelt den Kopf. »Du bist vielleicht eine harte Nuss, Hunter, aber warte nur, irgendwann krieg ich doch noch so was wie ein Grinsen auf deine Visage.«

Drilla ist Dads bester Kumpel. Sie sind zusammen aufgewachsen, zusammen in die Schule gegangen, haben allen möglichen Mist zusammen gemacht. Aber Dad hat eines Tages geheiratet und wurde ein braver Familienvater, und Drilla hat weiterhin Mist gebaut und sich dauernd in Schwierigkeiten gebracht. Bis er schließlich im Knast landete.

An dem Tag, als Dad von den Murk-Felsen verschwunden ist, sollte Drilla eigentlich mit ihm gehen. Aber Drilla hatte sich nachts die Birne zugeknallt, sodass er einen Riesenkater hatte und nicht aus dem Bett kam. Die goldene Regel des Felsenfischens lautet: DU SOLLST NIE ALLEINE ANGELN GEHEN. Aber der Lachszug hatte begonnen und Dad fischt nichts lieber als Lachs. Jedes Jahr kommt er in den Pub stolziert und hält den ersten Brocken der Saison in die Höhe, ein irres Lächeln auf seinem salzverkrusteten Gesicht. Zum Teufel mit der goldenen Regel des Felsenfischens. Dad ging alleine.

Nachdem Dad von den Außerirdischen entführt worden war, gab Drilla das Trinken auf. Und nicht nur das Trinken, sondern auch das Angeln. Er gab sogar das Luftgitarren-Spielen in der

Bar vorne auf, wenn Acka-Dacka aus der Musicbox dröhnte. Und er kam zu Mum herüber um ihr »ein bisschen zur Hand zu gehen«. Seitdem ist er hier.

»Das Beste, was dem verdammten alten Suffkopf passieren konnte«, hörte ich jemand sagen. »Hat sich sauber ins Nest gesetzt, der Kerl.«

Das ist auch so etwas, was mir einfach nicht in den Kopf will: Das Schlimmste, was mir und meiner Mum und letztlich auch Drilla jemals passiert ist, war offenbar für Drilla zugleich das Beste, was ihm je passiert ist.

Es muss die reinste Folter für ihn sein, nicht mehr zum Angeln gehen zu können. Wahrscheinlich meint er, dass er sich selber bestrafen muss. Wenn er damals mit Dad zu den Murk-Klippen gegangen wäre, dann wäre mein alter Herr noch da. Ich habe noch nie einen Kater gehabt, aber ich weiß, wie die Typen dann aussehen. Wahrscheinlich wäre es mir auch nicht leicht gefallen, aus dem Bett zu kommen.

»Ja, klar«, sage ich. »Aber ich muss den verpissten MWR sauber machen.«

Drilla lächelt. »Na, dann los. Je eher du fertig bist mit dem verpissten MWR, desto schneller kommst du zur Mole runter und kannst deiner Mum ein Mittagessen fangen.«

Er hebt einen Eimer auf, hievt ihn mühelos über seinen Kopf, sodass seine Armmuskeln wie geflochtene Schnüre hervortreten. Drilla ist nicht besonders groß – er hat im Gefängnis als Fliegengewicht geboxt –, aber dafür stark. Und vielleicht verleihen ihm seine ganzen Knacki-Tätowierungen, die kaum erkennbaren Drachen und Adler, zusätzliche Kräfte.

Ich blicke auf meine Uhr. Noch zehn Minuten bis zehn. Erst dann kann ich das Schild heraushängen: »Hier wird sauber gemacht«. Wenn ich auch nur ein paar Minuten zu früh anfange, meckert mich garantiert einer von den Resis an.

Nach der Ankunft des Wissenschaftlers ist der Campingplatz jetzt voll. Mum hat das grellfarbige »KEINE«-Schild über das sonnengebleichte »PLÄTZE FREI« gepinnt.

Die Plätze mit Stromanschluss werden immer von den Resis belegt. Früher war das ein bunt gemischtes Publikum – allein erziehende Mütter, neu zugezogene Immigranten, Sozial-schmarotzer, Kiffermonster und hin und wieder ein Bruch-Händler, aber heute sind es meistens nur alte Knacker.

Der Zeltbereich ist fest in der Hand des Christenmobs, lauter Mitglieder der »Charismatischen Kirche der Heiligen der Letzten Tage«, die »Gotteslamentierer«, wie Drilla sie nennt. Sie kommen nach Dogleg Bay, seit ich denken kann, und immer zu dieser Jahreszeit. Sie stellen ihr riesiges, flappiges Zirkuszelt auf und sitzen den ganzen Tag und die halbe Nacht dort drin und singen (schlecht) und klatschen (nicht ganz so schlecht). Auch ohne ihre Bibel kann man sie sofort als Gotteslamentierer erkennen. Es liegt an den Kleidern, die sie tragen. Ich bin sicher, es gibt eine Abteilung bei *Target*, die sich »christlicher Freizeitschick« nennt. Oder vielleicht ein elftes Gebot, das nicht mehr auf die Tafeln passte und das lautet: Du sollst extrem bescheuert aussehen. Die Gotteslamentierer meinen es ernst mit ihrem Glauben. Sie haben Fischsymbole in ihre Autos ein-geschweißt, nicht nur die üblichen Schrott-Sticker draufge-klebt.

Fünf vor zehn, und seit einer ganzen Weile ist niemand mehr aus dem MWR herausgeschlurft. Ich hoffe schon, dass er nicht drin ist, dass es heute viel besser ist als befürchtet, aber da geht die Tür auf und Professor von Merkin taucht auf, ein typischer Resi. Er drückt seinen Toilettenbeutel an sich, trägt einen ka-rierten Bademantel und passende Slipper und hat ein zerschlis-senes Handtuch über die Schulter geworfen. Sein Gesicht ist rot und glänzend, sein silbriges Haar auf dem knochigen

Schädel nach hinten gekämmt. Direkt unter seinem linken Nasenloch sitzt ein Klacks Rasierschaum.

Der Professor ist fast immer für sich, niemand weiß genau, aus welchem Land er überhaupt kommt. Meistens sitzt er in seinem Van, liest dicke Bücher in fremden Sprachen und hört so eine gruselige klassische Musik, »Vampirmusik« nennen wir es. Aus der Putzkammer hole ich mir das Schild, die Bürsten und diverse Karzinogene namens »Bergfrische« und »Alpenluft«. Angeblich sind es Reinigungsmittel, aber ich weiß genau, dass ihr Hauptzweck darin besteht, menschliche Zellen irrezuleiten, sodass sie wie verrückt Metastasen bilden. Dann öffne ich die Tür und strecke vorsichtig meine Nase hinein. He, was soll ich euch sagen? Es ist gar nicht so schlimm. Ich nehme noch eine Nase voll. Länger. Tiefer. Und plötzlich trifft mich das volle Ausmaß des heutigen Stinkpegels und wirft mich beinahe um. Ich hätte es wissen müssen. Der Prof-von-Merkin-Gestank folgt einem festen Rhythmus. Sonntag ist der beste Tag, da stinkt es fast gar nicht. Aber dann nimmt der Gestank kontinuierlich zu, bis er am Mittwoch seinen Gipfelpunkt erreicht.

Ich warte, bis mein Körper sich an den Mangel an Leben spendendem Sauerstoff gewöhnt hat, dann halte ich nach verlorenen Besitztümern Ausschau, Sachen, die das Schweine-Publikum liegen lassen hat. Sie vergessen einfach alles: Handtücher, Unterhosen, Tangas, Shampoo, Geldbeutel, Handys. Einmal habe ich sogar ein Gebiss im Waschbecken gefunden. (Mr Harris hat drei Tage gebraucht, bis er danach gefragt hat. Und dann auch nur, weil er sich ein leckeres Rumpsteak zum Abendessen gekauft hatte.) Heute liegt nichts herum außer einer nassen Socke. Mum bringt mich fast um, wenn ich eine meiner Socken verliere, aber das hier ist ein Guerillakrieg und keine Wohltätigkeitswoche nach dem Motto »Sei nett zu schlampigen Campern«. Ich lasse die Socke in den Mülleimer fallen.

Das erste Waschbecken ist ganz in Ordnung, aber ich denke an Mums Worte, quetsche einen Spritzer rotzgrüne Alpenluft hinein und schrubbe ein bisschen.

»Kann ich hereinkommen?«, fragt eine Stimme irgendwo vor der Tür, die ich nicht erkenne.

Es klingt nicht nach einem Gotteslamentierer. Die Typen singen so viel, dass sie selbst beim Sprechen noch singen. Schlecht natürlich, aber man kann sie leicht daran erkennen. Ein Resi kann es auch nicht sein, weil die keine Fragen stellen, sondern nur Statements abgeben, wie zum Beispiel: »Ich komm jetzt rein« oder »Bist du immer noch nicht fertig, du Stück Pelikanscheiße?«

»Hier ist geschlossen. Wer ist da?«

»Warwick. Ich platze gleich.«

»Ich platze«, das zieht bei mir im Allgemeinen nicht. Na los, dann platz doch. Explodiere, wenn es sein muss. Verziere die Wände mit deinen Eingeweiden. Aber inzwischen ist mir klar geworden, dass dieser Warwick der bärtige Wissenschaftler sein muss. Und ich will unbedingt wissen, was für ein Ologe er ist.

»Okay, Sie können reinkommen.«

Wie war das? Sieht nicht schlecht aus? Saphonia muss nicht nur dumm, sondern auch blind sein. Warwick ist groß, und da die Dippiehippietarierin ziemlich oberflächlich ist, springt sie vermutlich darauf an. Aber ansonsten sieht der Typ wie eine Sonder-Spezies aus Jurassic Park aus, wie ein Tyrannosaurus der B-Klasse. Seine Beine sind übermäßig muskulös im Vergleich zu seinem restlichen Körper, besonders seiner Brust. Das letzte Mal, als ich so eine Brust gesehen habe, gehörte sie einer Krähenscharbe*. Er trägt Khakishorts, ein T-Shirt mit irgendeiner gefährdeten Art darauf und Blundstone-Schuhe. Er hat

---

* Krähenscharben sind eine Vogelart aus der Familie der Kormorane.

rote Hexenhaare und sein Bart ist ein tropischer Regenwald. Aber ein richtiger, der noch nie abgeholzt wurde – mit allen drei Stockwerken, Blätterdach, mittlere Schicht und Unterholz.

»Sie können jedes nehmen«, sage ich und zeige auf die Klos.

»Ist schon gut«, sagt er. Er steht bereits vor dem Pissoir und macht seinen Hosenladen auf. »Ich muss bloß dringend pinkeln.«

Mann, wo kommt der denn her? Aus der Stadt, oder was? Warwick, hätte ich am liebsten gesagt, was glaubst du wohl, wozu die ganzen Bäume draußen da sind?

»Wunderbar«, sagt er, als er fertig ist. Und dann wäscht er sich die Hände. Ich sag ja, Stadtfuzzi. Dieser Warwick ist ein komischer Vogel, so viel steht fest. Eine Brise bescheuert, ein Hauch bekloppt und ein gehäufter Teelöffel Schrumpfhirn.

»Und du bist ...?«, fragt er.

»Hunter. Und Sie sind Wissenschaftler.«

»Das ist richtig. Woher weißt du das?«

Warwick lächelt die ganze Zeit beim Reden. Sicher, ich habe das auch schon bei anderen Leuten gesehen, aber nur im Fernsehen. Megastars wie Tom Cruise, Julia Roberts und ein paar von den Daddos. Ich wusste nicht, dass Wissenschaftler das auch können. Ich dachte, man braucht ein spezielles Medien-Training dazu. Zahnübungen und dergleichen.

»Mum hat es mir erzählt.«

»Ist deine Mum die Chefin hier?«

»Ja, ist sie.«

»Und dein Dad?«

»Der ist nicht da.« Warwick macht ein Gesicht, als ob er gleich auf tragisch umschalten will, und ich füge schnell hinzu: »Im Augenblick. Er ist zurzeit auf Reisen.« In einer fernen, fernen Galaxie. »Was für ein Wissenschaftler sind Sie genau?«

»Das ist ein ziemlicher Zungenbrecher: Ich bin Pa-lä-on-to-loge«, sagt er und spricht das Wort ganz langsam aus, Silbe für Silbe, so als würden wir Sesamstraße oder Discovery Channel im Fernsehen anschauen. »Das ist jemand, der …«

He, Dschungelgesicht, nur weil ich hier die Klos putze, muss ich noch lange kein Erbsenhirn haben. Bevor er sich noch mehr zum Narren machen kann, werfe ich ein: »Fossilien und solches Zeugs.«

Warwick lächelt. Ein weißer Blitz irgendwo tief unten in seinem haarigen Regenwald.

»Interessierst du dich für Naturwissenschaften?«

»Ich wollte immer Ichthyologe werden.«

Das war, als Dad noch da war, ehe ich beschloss, mein ganzes Leben dem einzigen Zweck zu widmen, einen Mulloway zu fangen und reicher und berühmter zu werden als Rex Hunt.

»Na ja, mein Spezialgebiet sind Fische. Ich bin eigentlich Paläoichthyologe.«

»Tote Fische?«, sage ich und gebe mir keine Mühe, die Verachtung in meiner Stimme zu verbergen.

»Nun ja. Ausgestorbene Fische.«

Tot. Ausgestorben. Ist doch dasselbe.

»Müssten Sie dann nicht Ichthyopaläontologe heißen?«

»Warum denn das?«

»Sie mögen doch gar keine Fische, oder? Nur tote. Dann sind Sie mehr Paläontologe als Ichthyologe, und deshalb müssten Sie Ichthyopaläontologe heißen und nicht Paläoichthyologe.«

Warwick gibt keine Antwort. Warum auch? Er ist hier hereingekommen, weil ihm fast die Blase geplatzt wäre, und nicht, um die Richtigkeit und Angemessenheit seines Titels zu diskutieren.

»Hast du gewusst, dass das ganze Gebiet an dieser Küste spätdevonisch ist?«, sagt Warwick und schwenkt seine Arme in weitem Bogen über das Pissoir. »Es ist reich an ichthyologischen Fossilien. Besonders Plakoidschupper und Quastenflosser.«

Plakoidschupper und Quastenflosser. Na und? Ein Plakoidschupper beißt wie verrückt, und es gibt nichts Wahnsinnigeres als die Flucht eines Quastenflossers, wenn die Leine sich blitzschnell von der Spule abschält, so wie die Haut von einem verbrannten Rücken.

»War das vor oder nach der Familie Feuerstein?«, frage ich unschuldig.

»Tja, lass mich mal überlegen«, sagt Warwick und kratzt sich in seinem tropischen Regenwald. »Wenn ich mich recht erinnere, war Wilmas Staubsauger eine Mastodonten-Art, was darauf hindeuten würde, dass die Feuersteins irgendwann im späten Pleistozän gelebt haben. Das ist lange vor meinen Schönheiten, genauer gesagt, rund dreihundertundachtzig Millionen Jahre.«

Ich muss zugeben, dass er sich gut aus der Affäre gezogen hat, der bärtige Wissenschaftler. Ich weiß nicht, wie ich reagiert hätte, wenn mich ein dreizehnjähriger Junge so verarscht hätte. Aber der Typ ist trotzdem ein Versager. Vergeudet seine Zeit mit toten Fischen. Und dann dieser Bart! Ich wette, da sind mehr Fossilien drin als an der gesamten devonischen Küstenlinie.

Ich quetsche einen Klacks Karzinogen ins nächste Waschbecken. Als ich aufschaue, ist Warwick beim Flossen. Zahnseide!

In Dogleg Bay!

O Mann, ich krieg die Krise.

Kapitel 5

Aus dem Zelt der Gotteslamentierer brandet hin und wieder eine Welle von schlechtem Singen und nicht ganz so schlechtem Klatschen herüber. Die Krähen haben jetzt die Kakadus abgelöst, nur sind sie nicht so wortgewaltig. »Kraaah! Kraah! Verdammtes Kraah!«, ist alles, was sie herausbringen. Die Krabbologen aus Coober Pedy, der Welthauptstadt für Opale, fahren vorbei, klappriges Boot hinter klapprigem Twin-cab-Pick-up, eine Hand kommt heraus und gibt mir das Daumen-hoch-Zeichen. Die Krabbologen sind Stammgäste, ein Trupp von Opalgräbern mit gewaltigen, aber nicht wabbelnden Bierbäuchen, die wie lauter Mini-Ulurus* aussehen und Namen wie Tubby Reaper und Johnny Rooballs haben. Sie kommen jedes Jahr, stellen ihr Armeeladen-Zelt auf und widmen sich ihrem Ferienvergnügen: Krabben fangen. Krabben kochen. Krabben essen. Über Krabben fachsimpeln. Und massenhaft Bier trinken.

»He, Fischgesicht!«

Storm natürlich. Ich drehe mich um, und da ist sie, balanciert auf ihrem Drahtesel (Drilla hat ihn aus diversen Schrottteilen zusammengebaut, die er auf dem Platz gefunden hat), steht hoch oben auf den Pedalen, ihr Samtkleid über die Schenkel hochgesteckt. Ein riesiges Pentakel baumelt um ihren Hals, sie

---

* Uluru ist der Aborigine-Name für Ayer's Rock, Reaper bedeutet »Mähmaschine« und Rooballs »Hüpfball«.

trägt Doc-Martens-Schnürstiefel und in ihrem schwarz gefärbten Haar schimmert der blonde Haaransatz durch.

Zurzeit spielt sie die weiße Hexe (sie schreibt Magie mit zwei gg – also Maggie), aber letztes Jahr war sie Goth-Fan, und davor Punk, und davor ein wildes Tier. Storm ist wie ein wählerischer Einsiedlerkrebs, huscht von Muschelschale zu Muschelschale, immer auf der Suche nach der einen, einzigen, die genau richtig für sie ist.

Hinter ihr kommt ihr Zwilling, ihre Fotokopie, Jasmine. Jasmine hat immer denselben Hippie-Look, eine kleinere Ausgabe von Saphonia, ihrer Mum. Batikkleid, Armreifen bis oben hin und Kettchen um ihre Fesseln. Das Glitzizeug auf ihren Wangen funkelt in der Sonne und ihr blondes Haar weht hinter ihr her wie eine Wolke.

Ich weiß nicht, ob man die Fotokopien als hübsch bezeichnen kann. Nicht in der Britney-Spears-Manier. Breeannah, ein Mädchen in der Schule, die auf diesem Gebiet so etwas wie eine Expertin ist, findet, dass ihre Münder zu groß sind, ihre Ohren zu abstehend, ihr Lächeln zu schief und so weiter und so fort ...

»Kommst du mit, Würmer sammeln?«, fragt Jasmine. Ihre Stimme ist warm, voller Begeisterung, so als würde sie mich nach Disneyland oder etwas Tolles in der Art einladen.

Versteht ihr, es gibt nichts, was ich lieber mache als Würmer sammeln, und die Versuchung ist groß, mit den Fotokopien zu gehen. Aber ich sage ihnen, dass ich schon andere Pläne für diesen Tag habe. In Wahrheit habe ich nichts anderes vor, nur das eine Ziel, das ich immer habe – einen Riesen-Mulloway zu fangen. Und es wäre schön, wenn ein paar Würmer in meinem Ködereimer zappeln würden. Aber ich lasse mich nicht gern mit den Fotokopien ein. Klar, sie sind Molenratten wie ich und fast im selben Alter, und sie leben gleich hier auf dem Campingplatz. Aber es sind Mädchen. Ziemlich seltsame Mädchen.

»Sehn wir uns dann nachher auf der Mole?«, fragt Jasmine.

»Ja, vielleicht.«

Storm sagt nichts, schleudert nur ihre Haare aus den Augen, als sei es ihr schnurzegal, was ich mache, dann tritt sie in die Pedale und fährt langsam und stetig davon. Jasmine winkt mir, während sie ihrer Schwester folgt.

Ich weiß noch gut, wie sie in ihrem Bus nach Dogleg Bay gekommen sind, von einem riesigen Lastwagen abgeschleppt. Delfine – die mehr wie Wale aussahen – waren an den Seiten des Busses aufgemalt, und vorne war »Dolphy« quer darübergeschrieben. Sie hatten gerade eine Kommune in der Nähe von Byron Bay verlassen und wollten eine Tour durch Australien machen, als der Motor streikte. »Da habt ihr euch sauber in den Dreck gesetzt«, sagte ein vorbeikommender Trucker, der Mitleid mit ihnen hatte und sie in die nächste Stadt abschleppte, zum Gemeinde-Campingplatz von Dogleg Bay.

Am nächsten Tag sah ich sie im Fakirsitz vor dem Bus sitzen. Sie waren wirklich wild. Ihre Kleider nichts als Lumpen, ihr Haar zu verfilzten Dreadlocks geflochten. Es hätte mich nicht gewundert, wenn sie auf allen vieren gelaufen wären und den Mond angeheult hätten. Eine von ihnen hatte eine ramponierte Gitarre im Schoß und versuchte einen Akkord zu greifen, indem sie ihre Finger an die richtigen Stellen bog, während die andere hinter ihr saß und ihr Haar untersuchte – aber richtig, sag ich euch!

Als ich näher kam, stellte ich fest, dass die beiden total gleich aussahen.

»Seid ihr Zwillinge, oder was?«, fragte ich.

»Wir sind monozygotisch«, antwortete die eine.

»Das bedeutet, dass wir aus demselben Ei stammen«, sagte die andere.

»Und deshalb sehen wir gleich aus.«

Wenigstens sprechen sie Englisch, dachte ich, und nicht Uga-
dagadu, irgendeinen Stammes-Dialekt.
»Dann seid ihr praktisch Fotokopien«, sagte ich.
Die Zwillinge fanden das nicht besonders witzig, aber ich
schon. Für mich waren sie von da an die Fotokopien.
»Autsch, das tut weh«, sagte die eine Fotokopie zur anderen.
»Mach mal ein bisschen vorsichtiger, ja?«
Erst jetzt kapierte ich, dass die beiden sich lausten wie Affen im
Zoo. Nach Nissen und anderen Leckerbissen suchten.
Super, dachte ich. Eine Nissen-Invasion in Dogleg Bay. Und
dann auch noch wilde Nissen. So wild wie ihre Besitzerinnen.
»Wie heißt ihr eigentlich?«, fragte ich.
Die Mädchen schauten sich an.
Endlich sagte die Läusesucherin: »Storm«, aber es klang, als sei
es ein brandneues Wort für sie und als hätte sie sich noch nicht
an den komischen Geschmack in ihrem Mund gewöhnt.
»Und ich heiße Jasmine«, sagte die Gitarrenspielerin – die
Gelauste.
Storm feixte und Jasmine warf ihr einen bösen Blick zu.
»Ich heiße Hunter«, sagte ich. »Und? Hast du schon ein paar
knackige Nissen gefunden?«
Storm lächelte. Sie streckte ihre Hand aus und ich sah, dass sie
eine Mega-Nisse zwischen Daumen und Zeigefinger hielt.
»Willst du eine? Sind knuddelige Haustiere.«
Jetzt sahen sie nicht mehr wie Fotokopien aus. Storm hatte ei-
nen spöttischen Ausdruck in den Augen, so als ob sie sich über
mich mokierte, mich verarschen wollte. Und Jasmines Augen
hatten zwar dieselbe Form und dieselbe grüne Farbe, aber ohne
den Spott darin.
»Ja klar«, sagte ich und wich vor Storm zurück, während ich
meine Angelrute wie eine Ninja-Waffe vor mich hielt.
»Angelst du gern?«, fragte Jasmine.

Das ist so, als würdest du einen Vampir fragen, ob es ihn hin und wieder nach Blut gelüstet. Ich geriet ins Schwärmen und erzählte, wie toll ich das Angeln fand und dass ich Fische über alles liebte. Ich erzählte ihnen auch von dem Mulloway, den ich fangen wollte, einen, der noch größer war als das 45,6-Kilo-Monster, das G. Abster 1974 in Tathra gefangen hatte. Und dass ich dann in der ganzen Welt berühmt sein würde. Und Rex Hunt kann sich seinen haarigen Rücken kratzen.

Als ich fertig war, wartete ich darauf, dass sie »cool« oder »scharf« oder vielleicht auch »voll abartig« sagten. Aber ich wartete vergeblich.

Stattdessen fragte Jasmine mit ratloser Stimme: »Magst du Fische wirklich so gern?«

Storm war direkter. »Fische sind schuppig, stinkig und haben kaltes Blut.«

»Nicht so wie Pferde«, sagte Jasmine mit einem verträumten Ausdruck in den Augen, als schwelgte sie in einer schönen Pferdeerinnerung. »Das Reiten war so schön.«

»Weil Pferde nämlich Gefühle haben, nicht so wie Fische«, legte Storm nach.

Pah! Ich konnte den dampfenden Pferdedung geradezu riechen. »Nur weil ein Tier poikilotherm ist, heißt das noch lange nicht, dass es keine Gefühle hat«, sagte ich, stolz auf das gelehrte Wort, das ich verwendet hatte.

Aber die Fotokopien wechselten einen Blick miteinander, der mir bald sehr vertraut werden sollte – Wir-sind-Zwillinge-also wissen-wir-alles, bedeutete dieser Blick.

Was sie aber nicht wussten, so wie die meisten Leute, war die Tatsache, dass wir im Grunde genommen alle Fische sind. Der Mensch hat sich aus dem Fisch entwickelt. Wir sind aus dem Meer gekrochen. Haben Arme und Beine entwickelt. Zu gehen angefangen. Na und? Was ist so großartig daran? Im tiefsten

Inneren sind wir Fische. Seht euch doch mal den menschlichen Fötus in einem frühen Entwicklungsstadium an. Er hat nicht viel Menschliches an sich. Das Wesen, dem er am meisten gleicht, ist ein stinkiger, schuppiger, poikilothermer oder wechselwarmer Fisch.

Als die Fotokopien immer weiter über ihre dummärschigen Pferde redeten, die sie in der Kommune geritten hatten, wurde ich langsam sauer. Wie konnten sie es wagen, so verächtlich über Fische zu reden – die weitaus wichtigste Sache in meinem Leben.

»In Frankreich und Belgien essen die Leute Pferdefleisch«, stieß ich hervor. »Das nennt sich *cheval.*«

»Stimmt ja gar nicht«, sagte Jasmine mit weit aufgerissenen Augen.

Storm funkelte mich an – wehe, du sagst auch nur noch ein einziges Wort!, sollte das heißen.

»Deshalb können sie dort ›Sattelclub‹ nicht im Fernsehen bringen – weil die Leute sonst zu viel Hunger kriegen würden.«

Jasmine fing an zu weinen und ihre nicht-poikilothermen Tränen zogen schmutzige Furchen durch ihr Gesicht.

»Du bist echt abartig«, sagte Storm und legte ihrer Schwester einen Arm um die Schultern um sie zu trösten.

»Na und? Lieber abartig als so verlauste Urwaldaffen wie ihr beide!«

Die Fotokopien zeigten mir den Stinkefinger. Gleichzeitig. Monozygotisch.

Ich wirbelte herum und stolzierte davon. Dann hörte ich sie kichern und blieb stehen. »Und noch was«, brüllte ich über die Schulter zurück. »Wenn ihr aus demselben Ei seid, dann heißt das, dass jede von euch nur ein halbes Gehirn hat!«

Jetzt hab ich's ihnen gezeigt, dachte ich, als ich wieder losmarschierte. Das wird sie zum Schweigen bringen, jede Wette.

»Immer noch besser als so ein Schrumpfhirn wie du!«, brüllte Storm mir nach.

Ich blieb stehen und wartete darauf, dass mein Gehirn eine Beleidigung hervorkramte, mit der ich sie übertrumpfen konnte. Aber es kam keine. Vielleicht hatte ich ja wirklich ein Schrumpfhirn. Weil mir die Worte fehlten, wollte ich mich schon in die übliche Ersatzhandlung flüchten – den Stinkefinger. Aber das hatten sie bereits getan. Sie hatten gewonnen! Diese verdammten Fotokopien.

Danach ging ich ihnen geflissentlich aus dem Weg. Was nicht einfach ist, wenn man auf demselben Campingplatz lebt, in dieselbe Schule geht und keine anderen Kinder in der Gegend sind, aber irgendwie schaffte ich es. Ehrlich gesagt hatte ich bereits mit dem Gedanken gespielt, mich bei Jasmine zu entschuldigen (sie war offenbar sehr sensibel, außer bei Fischen), aber sie war immer mit Storm zusammen, und *der* hatte ich nichts zu sagen. Ich hatte schon Wobbegong-Haie gefangen, die mehr Gefühl hatten als sie. Ja, und was soll ich euch sagen? Mum wurde süchtig nach Saphonias hochwertigem, selbst gemahlenem Bio-Kaffee und die Fotokopien lungerten immer öfter bei uns herum. Besonders freitagabends, wenn Saphonia sich aufstylte, in den Pub nach Mully ging und sich an irgendeinen Typ heranmachte. Dann schauten wir alle zusammen ein Video an. Und unweigerlich fingen wir an zu reden. Hochintellektuelles Zeug wie »Ich finde, Mini Me ist echt süß« oder »So ein Schwachsinn – das würde James Bond doch nie fertig bringen!«.

Und dann erzählten mir die Fotokopien plötzlich ihre Geheimnisse. Wahrscheinlich mussten sie sie irgendwie loswerden, und ich war der Einzige, der da war.

»Jasmine ist gar nicht mein richtiger Name«, sprudelte Jasmine eines Abends hervor, mitten im Video.

Storm warf ihr einen bitterbösen Blick zu, aber Jasmine redete weiter.

»Wir haben ihn geändert, als wir uns von der Kommune getrennt haben.«

»Und wie heißt ihr dann richtig?«, fragte ich, ein Auge immer noch auf dem Film.

»Schwörst du, dass du uns nicht auslachst?«

Jetzt drückte ich auf die Pausentaste und schenkte Jasmine meine ungeteilte Aufmerksamkeit.

»Ja, ich schwör's«, sagte ich.

»Platypus Billabong*«, sagte sie schnell.

»Und du, Storm?«

»Gum …«, fing Jasmine an, aber Storm schnitt ihr das Wort ab.

»Gumnut Waterfall*, aber eins sag ich dir, Fischgesicht, wenn du das auch nur einer Menschenseele erzählst, schlag ich dir alle deine Angelruten kurz und klein.«

Ich konnte mich kaum noch beherrschen. Ich spürte, wie das Lachen in mir hochsprudelte, wie Cola in einer Flasche, wenn sie gut durchgeschüttelt ist. Ich zwang mich, an etwas Ernstes zu denken, wie zum Beispiel die Ozonschicht oder Hodenkrebs oder meinen vermissten Vater. Es funktionierte und das Sprudeln ließ nach.

»Wie seid ihr dann zu euren neuen Namen gekommen?«

»Na ja, als wir von der Kommune weggegangen sind, hat Saph gesagt, wir fangen jetzt ein neues Leben an und deshalb brauchen wir auch einen neuen Namen. Ich hab mir Jasmine ausgesucht. Und meine Schwester Storm.«

»Und was ist mit Saphonia? Wie hieß sie früher?«

---

* Platipus ist ein australisches Schnabeltier, gibt es auch als »Emil, das Wuscheltier« zu kaufen, und Billabong ist ein australischer Naturpark.

** Gumnut ist eine Eukalyptus-Art, der Name bedeutet also »Eukalyptus-Wasserfall«.

»Mum.«

»Hä?«

»Sie hat gesagt, wir sollen sie nicht mehr Mum nennen, sondern Saphonia.«

»Aber wie heißt sie richtig?«

»Marjorie.«

Das gab mir den Rest. Ich prustete los. Ich machte mir fast in die Hose vor Lachen. Ich glaube sogar, ich habe mir wirklich in die Hose gemacht. Marjorie!

Ein paar Wochen später verriet Jasmine mir ein weiteres Geheimnis.

»Weißt du noch, was wir dir über unseren Dad erzählt haben? Dass er abgehauen ist?«

An diesem Abend machte es mir nicht so viel aus, gestört zu werden, weil die Fotokopien ein typisches Mädchen-Video mit viel Küssen und Nicole Kidman und solchem Schrott ausgesucht hatten.

»Also ehrlich gesagt, das stimmt nicht«, fuhr Jasmine fort. »Er sitzt.«

»Wo sitzt er? Im Bus?«

»Nein, du Idiot, im Knast natürlich.«

»Und wieso ist er im Knast?«, fragte ich und stellte mir vor, dass er ein grauenhaftes Verbrechen begangen hatte – Mord oder Totschlag, oder vielleicht hatte er ein paar Frauenunterhosen von der Wäscheleine geklaut?

»Anpflanzen«, sagte sie.

»Was, er ist eingebuchtet worden, weil er was angepflanzt hat?«

»Na ja, was Spezielles«, sagte sie. Sie senkte die Stimme und wurde auf einmal ganz ernst. »Gras.«

»Aber das ist doch nicht gegen das Gesetz. Mann, wir haben hier früher nichts anderes angebaut, bis Drilla sich aufs Gärtnern verlegt hat.«

»Nein, du Blödkopf, doch nicht solches Gras – Marihuana«, sagte Storm in ihrem »Mann-bist-du-schwer-von-Begriff«-Ton.

»Er wollte viel Geld verdienen, damit wir aus der Kommune rauskommen. Er hat gesagt, das ist Gehirnwäsche, was die dort mit uns allen machen«, sagte Jasmine.

Das dürfte auch die einzige Wäsche gewesen sein, die in der Kommune praktiziert wurde, dachte ich, so wie die Fotokopien ausgesehen hatten, als ich ihnen zum ersten Mal über den Weg gelaufen war: wild und schmutzig, mit verlausten Dreadlocks.

»Aber einer in der Kommune hat ihn verpfiffen und da hat er fünf Jahre gekriegt«, sagte Storm.

»Saph meint, dass er uns im Stich gelassen hat. Er ist ein totaler Verlierer. Ein typischer Zwilling.«

He, Moment mal, wollte ich sagen. Ich bin auch Zwilling. Aber dann fiel mir ein, dass ich ja gar nicht an diesen ganzen Sternzeichen-Scheiß glaube, und ließ es sein.

»Saph meint, es ist besser, wenn wir nichts mehr mit ihm zu tun haben. Deshalb haben wir uns aus der Kommune rausgeschlichen und wollten durch Australien fahren.«

Das Komische war, dass ich irgendwie eifersüchtig wurde. Ich hatte bis dahin gedacht, die Fotokopien seien genauso mies dran wie ich – Vater vermisst. Aber er war nicht vermisst. Ja, sie wussten sogar genau, wo er war. Boggo Road*. Abteilung C. Zellennummer 142. Oberes Bett.

»Ruft er euch an?«, fragte ich.

»Die ganze Zeit. Aber dann hat Saph ihre Handynummer geändert. Und sie wirft alle seine Briefe fort. Er hat uns eine E-Mail-Adresse gegeben, aber ...«

---

* »Boggo Road« ist ein Synonym für »Knaststraße«; es ist die Adresse eines ehemaligen Gefängnisses in Queensland.

»Kannst du uns helfen, Hunter? Zeigen, wie man ins Internet kommt?«, sagte Jasmine, die jetzt näher an mich heranrückte und meine Schulter berührte.

»Ich denke schon«, sagte ich. »Ich könnte euch zeigen, wie man eine Hotmail-Adresse einrichtet, am Computer unten.«

Jasmine geriet ganz aus dem Häuschen, als sie das hörte, und einen schrecklichen Augenblick lang fürchtete ich, dass sie mich küssen oder umarmen würde. Vorsichtshalber ging ich voll in Abwehrstellung. Aber sie machte gar nichts, was mich irgendwie enttäuschte. Sie hätte es ja mindestens versuchen können.

Storm dagegen packte wortlos die Fernbedienung, stellte den Film wieder an und drehte die Lautstärke voll auf, bis zu einem Level, den Mum »Dröhnen« nennt, »so laut, dass man sich selber nicht mehr denken hören kann«.

Kapitel 6

Ich setze meinen Walkman auf. Die Kassette checken. AC/DC.
Dads Lieblingsband; meine auch. Klar, dass ich in der Schule
massenhaft blöde Kommentare einstecken muss, besonders von
den Hip-Hop-Typen. Dinosaurier nennen sie Acka-Dacka,
Kneipen-Rock – Matschbirnen-Musik. Aber das ist mir egal.
Ich drehe einfach auf und spaziere durch die Stadt in Richtung
Mole.
Altenheime säumen zu beiden Seiten die Straße. Bayview
Lodge. Seaside Gardens. Lavender Court. Twilight House.
Einige sind alt und sehen ein bisschen schäbig aus, andere sind
gerade erst gebaut worden. Aber alle sind in denselben stump-
fen Farbtönen gestrichen. Seniorenfarben nennt sich das wahr-
scheinlich, ausgewählt aus der De-Luxe-Geriatrie-Palette.
Vor jedem dieser Heime sind Rosen gepflanzt. Aber leider ist
Dogleg Bay kein geeigneter Ort für Rosen und die hier sehen
nicht besonders gesund aus. Sie sollten lieber Pigface* pflan-
zen. Pigface wächst wie Unkraut in dieser Stadt.
Von der Veranda des Twilight House winkt der alte Knacker zu
mir herüber. Wahrscheinlich brüllt er auch etwas, aber mit der
Acka-Dacka-Dröhnung in meinem Kopf lässt sich das schwer
sagen. Okay, alte Knacker gibt es hier wie Sand am Meer, aber
der hier ist *der* alte Knacker. Er hat so ein richtiges altes Opa-
Gesicht und massenhaft weiße Haare, die nach hinten gekämmt

---

* Pigface ist eine Mittagsblumen-Art, auf Latein *Carpabrotus rossii*.

sind, und er sieht aus als ob er der Dirigent eines Sinfonie-Orchesters wäre. Vielleicht war er wirklich mal ein großer Dirigent oder etwas in der Art, aber jetzt ist er nur noch alt und tattrig. Bei jedem Sonnenstrahl sitzen der Alte Knacker und seine Frau, die Missus, dort draußen und wärmen sich die Knochen. Die Missus ist immer von Kopf bis Fuß in ihre Häkeldecke eingehüllt wie eine Technicolor-Mumie. Ich habe noch nie ihr Gesicht gesehen, geschweige denn, dass ich jemals ihre Stimme gehört hätte, aber der Alte Knacker winkt mir immer zu und will, dass ich mit ihm rede.

Ich könnte jetzt weitergehen und so tun, als sähe ich ihn nicht, aber das ist unhöflich; vor älteren Menschen muss man schließlich Respekt haben. Also bleibe ich stehen und sage: »Ja, was gibt's denn diesmal?«

»Geht's wieder zum Fischen, wie?«, krächzt der Alte Knacker.

»Nein«, antworte ich und schwenke meine Angel in der Luft.

»Heute geht's mal zum Ballettunterricht.«

»Aha, so so«, sagt er und mümmelt eine Weile vor sich hin. »Zu meiner Zeit«, fängt er schließlich an, aber ich stürze davon, ehe er weitermachen kann.

Ich weiß schon alles über seine Zeit. Zu seiner Zeit gab es Bonbons, so groß wie Golfbälle. Es gab keine Kriminalität und man konnte seinen Wagen mit den Schlüsseln im Zündschloss auf der Straße stehen lassen. Zu seiner Zeit wurde die Milch in Flaschen geliefert und die Äpfel hatten keine Aufkleber. Mit anderen Worten: Zu seiner Zeit war die Welt viel besser als heute. Na und? Soll ich jetzt dankbar sein, dass ich eine Welt geerbt habe, die eine beschissenere Version der vorigen ist? Abgesehen davon, dass ich ihm sein Geschwätz nicht abkaufe. Ich weiß zum Beispiel hundertpro, dass es zu seiner Zeit keine Fernbedienung gab und dass man mühsam aufstehen musste, um einen anderen Sender einzustellen. Ende der Diskussion.

Soviel ich weiß, war Dogleg früher eine normale Stadt mit einer normalen Bevölkerungsverteilung – junge Leute, mittelalte Leute, alte Knacker. Dann wurde der Staudamm gebaut, die Fischerei ging den Bach hinunter, die Fischfabrik musste zumachen und fast alle Leute zogen nach Mullaranka. Mully ist die Boomstadt. In Mully kriegst du einen Cappuccino und vierunddreißig verschiedene Eissorten. Es gibt ein Kino in Mully, ein Clints Crazy Prizes und ein brandneues McDonald's. Dafür sind in Dogleg Bay die ganzen Oldies gelandet. Sie verbringen hier ihren Lebensabend, weil es billiger ist, wegen der guten Seeluft und weil sie glauben, dass es hier weniger Kriminalität gibt als in der Stadt, dass sie hier in Ruhe draußen sitzen und ihre alten Knochen wärmen können, ohne Angst vor drogen- und sexsüchtigen Kriminellen, die mit der Machete über sie herfallen und ihnen ihre Häkeldecken klauen.

Ich habe nichts gegen alte Knacker – vielleicht bin ich eines Tages selber einer –, aber unsere Demografie ist eindeutig aus den Fugen geraten. Unser Apotheker verkauft garantiert genug Viagra um ein ganzes Schiff zu versenken. Dafür verkauft er keine Kondome, und Windeln gibt es nur in einer Größe – Erwachsene. Und wenn ihr jetzt denkt, es sei gemein, wie ich über die armen Omis und Opis herziehe, dann solltet ihr mal Zappo hören – und der ist selber ein alter Knacker.

»Soll ich dir sagen, was das hier ist? Der verdammte Wartesaal vom lieben Gott, und nichts anderes. Und von wegen, dass die hier glücklich sind. Die sind doch nur am Jammern! Sollen sie doch ihre verdammten Gehwägelchen nehmen und abhauen – in die Stadt zurück, wo sie hingehören. Verdammte, stinkende Hölle, die Stadt. Mich würden keine zehn Pferde dort hinbringen, aber wenn man sein Leben lang in der Stadt gewohnt hat, soll man auch dort sterben. Die verdammte Regierung soll endlich ein Gesetz machen, in dem das festgelegt wird.«

Als ich an der Tankstelle vorbeikomme, als Acka-Dacka sich gerade voll in »Dirty Deeds Done Dirt Cheap« stürzt, taucht plötzlich der schlimmste Tag meines Lebens in meinem Kopf auf. Gruselig, aber nicht überraschend. Das passiert oft, auf einmal ist es wieder da, und immer dann, wenn ich am wenigsten darauf gefasst bin.

Ich bin acht. Sitze in meiner Bank in der Schule. Es ist ein heißer, schläfriger Tag. Eine Märzfliege summt gegen die Fensterscheibe, findet nicht hinaus. Mrs Kenny liest uns eine Geschichte über einen Jungen vor, der die Königin besucht. Ein Auto fährt draußen vor und eine Tür knallt zu. Dann steht Mum in der Tür. Aufgeregtes Tuscheln zwischen Mum und der Lehrerin.

Mrs Kenny lächelt mich an. Ein ziemlich gequältes Lächeln. »Hunter, du kannst nach Hause gehen.«

Ich schaue mich triumphierend nach den anderen Kindern um. Ich darf nach Hause! Draußen sagt Mum mir, was passiert ist, und hält mich dabei an den Schultern fest. Dad ist verschwunden. *Gut gemacht, Dad. Dass du mich auf diese Weise aus der Schule rausgeholt hast.* Nein, Hunter, Dad ist wirklich verschwunden. Er ist fischen gegangen und jetzt ist er vermisst.

Er kommt schon zurück, denke ich. Dad kommt immer zurück. Ich warte auf ihn, sitze unter dem »PLÄTZE FREI«-Schild, bis es dunkel ist und Mum mir sagt, ich soll reinkommen. Auch am nächsten Tag und am übernächsten und am überübernächsten Tag warte ich auf ihn.

»Hunter, fang mir einen großen Tintenfisch. Du weißt ja, ich bezahle gutes Geld dafür«, brüllt Mr Lauropoulos aus der Tankstelle, wo er gerade die Benzinpreise auf dem Schild ändert.

»Ich tu mein Bestes«, sage ich, aber ohne große Zuversicht. Es gibt nicht mehr viel Tintenfisch, was jammerschade ist, denn Opo bezahlt top.

Der Leichenwagen gleitet vorbei. Er ist neu – ich habe ihn bisher nur einmal gesehen – und der schwarze Lack glänzt, das ganze Chrom blitzt in der Sonne. »Bayside-Bestattungsunternehmen – Ihre Lieben liebevoll zur Ruhe gebettet« steht in gruseligen Buchstaben darauf. Der Wagen hält an und ein Fenster gleitet herunter. Nick Cave läuft in der Stereoanlage, singt über eine weinende Frau, mit einer Stimme, so tief wie der tiefste Ozean (11,3 Kilometer).

»Tach«, sagt Mr Crevada, der Dad vom Skullster, dem Superhirn.

Natürlich kenne ich ihn, ich sehe ihn manchmal, wenn er in seinem Anzug von Altenheim zu Altenheim huscht wie eine große schwarze Kakerlake. Aber aus der Nähe wirkt er ganz anders, freundlicher. Dick und jungenhaft, mit rosigem Gesicht und dauergewelltem Haar, das auf seinem Kopf sitzt wie Russel Crowes Helm im »Gladiator«. Eine *Ray Ban*-Sonnenbrille umklammert sein Gesicht. Okay, er sieht also nicht wie ein Haushaltsschädling aus. Aber er ist nun mal Leichenbestatter, und noch dazu ein sehr erfolgreicher. Mr Crevada ist bei weitem der reichste Mann in der Bucht und der größte Arbeitgeber. Und er expandiert weiter. Die Leute munkeln, dass er sein Geschäft in die alte Fischfabrik verlegen will.

»Tag«, antworte ich und hoffe, dass Mr Crevada nicht auf die Idee kommt, mich mitnehmen zu wollen. Damit wir uns richtig verstehen, der Leichenwagen sieht top aus, aber ich weiß trotzdem nicht, ob ich darin fahren will. Noch nicht, jedenfalls.

»Fangen sich ein paar Kaimanfische da unten, schätze ich«, sagt er.

Fangen sich ein paar Kaimanfische, wenn ich das schon höre. So was kann nur jemand sagen, der keine Ahnung vom Fischen hat. Genauso wie: »Beißen jetzt gut, die Herbstheringe, was?«

»Wird wohl so sein«, sage ich und schaue zur Mole hinunter.

Warum kann Mr Crevada mich nicht in Ruhe lassen und zu seinen Lieben zurückkehren?

»Würd auch gern mal da runtergehen, aber ich hab zu viel Arbeit am Hals.«

»Klar«, sage ich.

»Es ist das Wetter«, sagt er und nickt zur Sonne hinauf. »Haut ihnen glatt die Futterage aus dem Gestell.«

»Ich muss jetzt weiter«, sage ich und mache schnell ein paar Schritte, ehe ich mir noch mehr gruselige Kommentare über »sie« und »ihre Futterage« anhören muss.

Aber der Leichenwagen schiebt sich wieder neben mich. Mr Crevadas Gesicht lächelt mich an – eingerahmt vom Fenster, die überkronten Zähne schön ordentlich wie kleine weiße Särge in seinem Mund aufgereiht.

»Hör mal, Junge, ich habe im Moment einfach nicht genug Personal. Hättest du nicht Lust auf einen kleinen Ferienjob?«

»Was für einen Job?«, frage ich und sage mir, dass jemand wie Mr Crevada garantiert auch gute Dollars bezahlt. Und vielleicht muss ich ja nur seinen Rasen mähen oder sonst eine leichte Arbeit machen.

»Bestattungsarbeiten. Dies und das.«

»Nein«, sage ich entschieden.

Aber Mr Crevada fährt fort: »Du könntest im Krematorium anfangen. Ist ein lustiger Haufen dort. Oder wenn du was Anspruchsvolleres willst, kannst du ein bisschen beim Einbalsamieren mithelfen, vielleicht wär das mehr deine Kragenweite.«

Einbalsamieren? Kragenweite? Allmählich krieg ich die Krise.

»Nein, dann doch lieber das Krematorium.«

Mr Crevada nickt mit dem Kopf, als wollte er mich zu meiner Wahl beglückwünschen.

»Ich meine, wenn ich den Job haben wollte. Aber ich will ihn nicht. Ich habe schon einen. Klos putzen und so.«

»Ist in Ordnung. Aber behalte es im Auge, mein Sohn. Ich schätze, du hast genau das, was man braucht um in dem Geschäft voranzukommen.«

»Und das wäre?«

»Der Look, mein Sohn. Der Look.«

Das Fenster gleitet wieder hinauf, Mr Crevada tritt aufs Gas und der Leichenwagen zischt davon, mit röhrendem Doppel-Auspuff und durchdrehenden Rädern, von denen der Kies nur so aufspritzt. Dann beißen sie auf Asphalt, die Reifen quietschen, Qualm steigt auf und der ätzende Geruch von versengtem Gummi erfüllt die Luft.

Ich weiß genau, was er macht, was er sagt.

»He, Junge, das Bestattungsgeschäft ist nicht so, wie du glaubst, das kann dir 'ne Menge Spaß bringen. Nicht immer nur schwarz und düster.«

Ich schaue den Sunset Grove hinauf. Zwei Oldies, ein Mann und eine Frau, sind in ein lebhaftes Gespräch vertieft, und ihre Münder arbeiten wie verrückt. Ich kann mir auch gut vorstellen, was sie sagen.

»Also für mich kommt nur eine Einäscherung in Frage, das steht mal fest!«

»Aber mein Liebes, wir haben doch die schöne Grabstelle für dich, gleich neben meiner.«

»Nein! Mich kriegen keine zehn Pferde in dieses Gefährt mit dem Irren am Steuer.«

Im Bowling-Club ist Wettkampftag (gesponsert – ihr habt es erraten – vom Crevada-Bestattungsunternehmen), und auf den Bahnen drängen sich die alten Knacker und lassen die Kugel rollen. Holen sich die richtige Vorlage im Leben. Mit ihren cremefarbenen Shorts und Socken und ihren knorrigen, knotigen Knien, wie ein ganzer Wald von Mangrovenwurzeln. Die Bingo-Hallen sind auch voll. Ganze Tische voller Oldies – Twinsets und Gesundheitsschuhe. Alle sind in ihre Karten vertieft, die Bleistifte in Habachtstellung.

»Nummer dreizehn!«, sagt der Ausrufer, dessen Stimme leicht verzerrt aus dem Mikrofon dringt. »Die Glückszahl für jemand hier.«

Und er hat Recht. Okay, das ganze abergläubische Zeug ist zum Kotzen. Dieser ganze Nonsens mit der rechten Hirnhälfte, den Saphonia immer verbreitet. Aber zufällig bin ich gerade dreizehn und ich weiß, dass ich verdammt viel Glück haben werde. Ich werde den größten Mulloway aller Zeiten fangen.

»Bingo!«, schreie ich.

Ein paar Oldies haben mich gehört und schauen kopfschüttelnd in meine Richtung. *Das gehört sich doch nicht, junger Mann. Nein, wirklich nicht.*

Kapitel 7

Manchmal stelle ich mir vor, was aus mir geworden wäre, wenn ich keine Molenratte wäre, wenn es gar keine Mole gäbe.

Das ist wie bei der Anemone und dem Clownfisch. Die beiden haben eine symbiotische Beziehung zueinander – die giftigen Tentakel bieten dem Clownfisch Schutz und der Clownfisch lockt Beute für die Anemone an. Wenn du die Anemone wegnimmst, was wird dann aus dem Clownfisch? Ein anderes Tier? Nichts? Und wenn man die Mole wegnimmt, was wird dann aus mir? Eine Thrash-Metal-Ratte? Eine Müllkippen-Herumschnüffler-Ratte? Eine Ich-bleib-zu-Hause-und-pople-in-meiner-Rotznase-Ratte?

Seit der Staudamm gebaut wurde und das Fischen den Bach runtergegangen ist, hat der Stadtrat alle so genannten »nicht wesentlichen Reparaturen« an der Mole eingestellt. Viele von den Planken sind wackelig und ein paar Pfeiler sind verrottet. Wenn es Zähne wären, hätte der Zahnarzt sie längst herausgerissen. In einer stillen Nacht kann man die alte Mole ächzen hören, stöhnen vor Schmerz. Aber zumindest haben sie den Steg nicht zubetoniert, so wie bei anderen Molen an der Küste. Ich darf mir gar nicht vorstellen, wie es wäre, wenn man nicht mehr flach auf der Wampe liegen könnte, die warme Sonne im Rücken, und durch die Spalten in das Wasser hinunterschauen, das unten herumschwappt, auf die schillernden Fische, die um die tang- und entenmuschelverkrusteten Pfeiler flitzen.

Zappo ist an seinem üblichen Platz, ungefähr in der Mitte der

Mole, in der Nähe der Stelle, wo angeblich die Rettungsboje sein soll. Er sitzt auf einem Klappstuhl, neben seinem selbst gezimmerten Molenkarren, umringt von seinen Groupies. Er hat sich eine Adelaide-Crows-Mütze* auf den Kopf gerammt, den Schild tief in die Stirn gezogen. Sein Gesicht ist zerfurcht und stoppelig. Er trägt dieselbe schmuddelige Bomberjacke, die er immer anhat. Und ein Kleid. Dieses hier sieht langweilig aus, von der Art, wie es eine Schulbibliothekarin tragen könnte, und ich finde, dass es ihm nicht besonders gut steht. Zappo hat andere Kleider, schöne Kleider, aufregende Kleider, Kleider, die einem fast den Atem rauben. Er kauft sie im Op-Shop**. Ich habe ihn dort schon ein paarmal gesehen, wie er die Kleiderständer durchgesehen hat, mit der alten Mrs Samuel an seiner Seite, die den Stoff zwischen Daumen und Zeigefinger gerieben und ihm alle möglichen weiblichen Ratschläge gegeben hat.

»Das hier ist was Hübsches, Mr Zappo. Und noch so gut erhalten. Ich könnte es Ihnen umändern, wenn Sie wollen.«

Seine dicken braunen Beine, die unter dem Saum hervorlugen, sind von Krampfadern durchzogen, und seine Füße in den Flipflops sind rissig und schmutzverkrustet.

»Tag, Zappo«, sage ich. »Schöner Tag heute.«

»Nicht schlecht«, sagt er, und das ist alles.

Man sollte meinen, dass ein Mann, der in Frauenkleidern herumläuft, eine schillernde Persönlichkeit sein müsste, so etwas wie ein Original, oder? Aber nicht Zappo. Nimm ihm das Kleid weg und es bleibt nichts als 100% miese Laune übrig.

Eines der Groupies, der Pelikan mit dem fehlenden Auge, macht ein paar Schritte auf mich zu.

---

* Die Adelaide Crows sind eine australische Rugby-Mannschaft.
** *Opportunity Shop*, von kirchlichen Organisationen geleiteter Secondhand-Shop.

»Hau ab!«, sage ich.

Der Pelikan bleibt stehen. Ein anderes Groupie, Smoky, die getigerte Molenkatze, streift mit ihrer Flanke an meinen Beinen vorbei und schnurrt genüsslich. Oh, was für ein schönes Kätzchen! So lieb und anschmiegsam!

Ja, von wegen. Ich weiß genau, was sie will.

»Keine Chance, Smoky.«

Sie schaut zu mir auf, mit großen unschuldsvollen Augen.

»Okay, okay. Wenn ich einen Fisch fange, kannst du die Innereien haben.«

Smoky sieht nicht sehr begeistert aus.

»Und die Köpfe.«

Sie schnurrt und geht zu Zappo hinüber, wo sie sich niederlässt. Die Seemöwen bleiben im Hintergrund und springen nervös von einem Fuß auf den anderen. Eine Krähenscharbe schwappt auf dem Wasser unten herum.

Zappo verwendet eine *Ned Kelly*-Angelrute, ein Stück Bambus, etwa drei Meter lang. Die Leine, die direkt an die Spitze montiert ist, endet in einem einzigen kleinen Haken. Kein Senker, natürlich. Zappo, der Perfekte Angler, und ich sind uns einig, dass der weit verbreitete Missbrauch von Bleigewichten ein Skandal ist.

Zappo knetet sorgfältig eine Paste oder »Zauberpudding«, wie er es nennt, um den Haken. Das Rezept für diese Zubereitung ist topsecret, es wird noch strenger geheim gehalten als das von Coca-Cola, aber ich vermute, die Mischung besteht aus Mehl, Tunfischöl und vielleicht zerquetschten Maden. Zappo wirft die Leine mit einem lässigen Herumschnellen seines Handgelenks aus und wartet. Er starrt genauso gebannt auf die Angelrute wie Smoky.

»Hab ich dich«, sagt er plötzlich, und im selben Moment schnellt ein kleiner Klippenbarsch auf die Mole.

»Verdammtes Kroppzeug!«

So nennt Zappo Klippenbarsche, schleimige Krötenfische und andere hoffnungslose Kandidaten – verdammtes Kroppzeug eben.

Die meisten Vögel würden sich gierig auf das Kroppzeug stürzen, aber nicht Zappos Gourmet-Groupies. Sie sind verwöhnt, sie erwarten etwas Besseres.

Zappo wirft das verdammte Kroppzeug ins Wasser zurück. Knetet einen neuen Köder an den Haken, wirft die Leine wieder aus und fängt fast sofort einen neuen Fisch. Diesmal ist es etwas Schmackhafteres – ein Gelbschwanzfisch, ein Yakka.

»Okay, wer ist dran?«, fragt Zappo, während er den Fisch vom Haken losmacht.

Ich schaue die Groupies an. Alle starren auf den Fisch, aber keiner von ihnen rührt sich. Okay, bei Smoky verstehe ich das, Katzen sind schlau. Aber die Möwen? Es gibt keine geduldigen Seemöwen. Eine Seemöwe, die nicht streitet, ist wie ein Gotteslamentierer, der nicht singt (schlecht) und klatscht (nicht ganz so schlecht).

»Ich schätze, du bist dran«, sagt Zappo und wirft den Fisch behutsam einer der Seemöwen hin.

Keines der anderen Groupies rührt sich. Es gibt kein Kreischen oder Fauchen oder sonstige Anzeichen von Missgunst, als der Yakka im Hals des Vogels verschwindet. Es ist wie in einem Disney-Film und mir wird fast ein bisschen komisch im Magen.

»Bis dann, Zappo«, sage ich, während ich weitergehe und den Kopf hin- und herdrehe, um alles um mich herum aufzunehmen.

Der Perfekte Angler ist immer wachsam, ständig auf der Suche nach Hinweisen, nach allem, was ihm einen Vorteil vor seiner schlauen Beute verschafft.

Der Wind hat aufgefrischt und kräuselt die Wasseroberfläche.

Die sandigen Stellen am Grund scheinen zu pulsieren wie blasse Riesenamöben. Lila Quallen wabern dicht unter der Oberfläche herum. In der Ferne, etwas verschwommen, kann ich die Fotokopien sehen, wie sie am Strand nach Würmern suchen.

Am Ende der Mole ist Miracle, dem offenen Meer zugewandt, und wirft Blinker mit seinem protzigen Köderwerfer aus. Miracle heißt so, weil er eine Frühgeburt war und der Arzt gesagt hat, es sei ein Wunder, dass er überlebt habe. Deshalb haben seine Eltern ihn Miracle genannt. Miracle McCann.

Wenn man ihn jetzt sieht, würde man nie auf die Idee kommen, dass er eine Frühgeburt war. Wir sind gleich alt, aber er ist ungefähr doppelt so groß wie ich. In der Schule sagen alle, er ist fett. Vielleicht stimmt das auch, aber er ist nicht wabbelig oder so. Sein Speck ist ganz fest und prall, von der Sorte, die einen guten Rugbyspieler oder Sumo-Ringer ausmacht.

»Na, wie geht's, Kumpel? Schon was gefangen?«

Miracle schaut mich einen Augenblick verständnislos an. Ich glaube, er vergisst die halbe Zeit, dass er eigentlich angelt und nicht nur die Blinker* testet, die er fabriziert.

»Nö. Aber ich schätze, ich bin auf der richtigen Spur. Der hier lässt sich gut an.« Er mustert mich von oben bis unten. »Ey, Kumpel, ich weiß nicht, wie du so herumlaufen kannst!«

»Wieso, wie denn?«, frage ich und schaue an meinem fischigen Trikot, meinen fischigen Surferhosen und meinen nackten Füßen hinunter.

Die meisten Leute ziehen sich extra alte Kleider zum Fischen an, weil man am Ende ziemlich versifft ist. Aber Miracle nicht. Er stylt sich auf. Und das heißt bei Miracle: Er zieht nur *Mambo*-Klamotten an. Mambo-Hut, Mambo-Shirt, weite Mambo-

---

* Blinker sind künstliche Köder, die es in allen Farben, Formen und Materialien gibt.

Shorts und Mambo-Sandalen. Langweilig! Ich gehe jede Wette ein, dass er sich abends die Zähne mit Mambo-Zahnpasta putzt und seinen Hintern mit Mambo-Toilettenpapier wischt, limitierte Ausgabe natürlich.

Miracle schüttelt den Kopf, kniet sich auf den Boden und klappt sein schwarzes Leder-Aktenköfferchen auf. Innendrin sind die diversen Blinker ausgelegt, die Miracle fabriziert hat – wie eine Sammlung kostbarer Steine oder die mörderische Ausrüstung eines Auftragskillers. Obwohl sie alle unterschiedliche Formen, Größen und Farben haben, erkenne ich die meisten als leichte Abwandlungen berühmter Blinker wieder – *Wonder Wobblers, Abu Killers, Rapala 45*. Aber einer ist darunter, der echt abartig ist, so ungefähr der abartigste Blinker, den ich je gesehen habe (und ihr könnt mir glauben, das will hier draußen etwas heißen).

»O Mann, was ist das für einer?«, frage ich und zeige mit dem Finger darauf.

»Van Goghs Idee«, sagt Miracle wegwerfend.

Miracles Dad ist Künstler. Er malt Bilder, wie die Aborigines, aber von berühmten Leuten wie Elvis Presley, Marilyn Monroe und Shane Warner*. Er verkauft sie auf dem Markt von Mully, oder vielmehr verkauft er sie nicht, weil niemand sie haben will. Deshalb nennt Miracle ihn van Gogh, weil zu dessen Lebzeiten offenbar auch niemand scharf auf seine Bilder war.

»Was soll das heißen, van Goghs Idee?«, frage ich.

»Er meinte, wir müssen mal so ein Vater-Sohn-Dings machen – unsere Talente zusammenwerfen, oder so. Ich dachte zuerst, er will, dass ich seine Bilder verscherble. Das wär ein bisschen viel verlangt gewesen, sogar für jemand mit meinen Talenten. Aber

---

* australischer Country-Pop-Sänger

nein, stattdessen kommt er mit der Idee an, dass wir einen Blinker zusammen entwerfen könnten. Und das hier, mein schlecht angezogener Freund, ist das Ergebnis.«

Ich hebe den Blinker auf. Drehe ihn in meinen Fingern. »Vielleicht funktioniert er ja, was meinst du?«

»Ach Quatsch. Schau ihn dir doch mal an. Das Ding sieht überhaupt nicht nach einem anständigen Blinker aus, so wie ein Wobbler oder Killer.«

Er hat Recht, es sieht wirklich nicht so aus. Aber vermutlich war das beim Wobbler oder Killer auch nicht anders, als sie zum ersten Mal in den Anglerladen kamen.

»Du kannst ihn haben.«

»Echt?«

»Nimm ihn!«

»Danke«, sage ich und lege ihn unten in meine Anglerkiste.

Miracle war früher ein trauriger, fetter Junge, der fette, traurige Gedichte schrieb. So traurig, dass sie unsere Lehrerin zum Weinen brachten, und ihren steinernen Augen eine Träne zu entlocken ist eine echte Meisterleistung.

Aber das änderte sich abrupt, als Miracle zu einem Dichter-Workshop in die Stadt ging und bei einer stinkreichen Familie einquartiert wurde. Er freundete sich mit dem Vater an, irgend so einem windigen Unternehmer. Und er war geblendet von dem Licht, dem magischen grünen Licht, das vom Geld ausgeht. Als er nach Hause zurückkam, schrieb er keine traurigen Gedichte mehr. Darüber war ich ziemlich froh, aber ich wusste nicht, was ich von dem neuen Miracle halten sollte. Er sparte jetzt sein ganzes Geld für Mambo-Klamotten. Und er hörte nicht mehr Korn und Eminem, sondern kaufte stattdessen eine Dire-Straits-CD!

Miracle wählt einen anderen Blinker aus und klickt ihn in die Spule ein. Er justiert sie mit einer Zange mit langer Spitze, die er in einem Beutel an seinem Gürtel mit sich führt. Die Beine leicht gespreizt, das Handgelenk schräg gelegt, wirft er den Blinker aus, wobei er den Daumen auf der Spule hält, damit die Leine nicht zu schnell abrollt und Leinensalat produziert.

Als er den Blinker wieder einholt und die Angelspitze hochreißt, damit der Blinker herumschnellt, erzähle ich ihm von dem bärtigen Wissenschaftler und seinen Fossilien. Er ist nicht sonderlich beeindruckt, genauso wenig wie ich.

»Wie sehen solche Fossilien überhaupt aus?«, fragt er.

»Die sind praktisch im Fels drin. Aber die Dinger sind komisch, so platt gequetscht. Sieht gar nicht nach Fisch aus. Eher wie ein paar alte Hühnerknochen, die jemand durcheinander geworfen hat.«

»Wieso weißt du so viel darüber?«

»Weil ich was drüber gelesen habe«, antworte ich. Aber im selben Moment wird mir klar, dass das nicht stimmt. In Wahrheit habe ich nämlich schon ein Fischfossil gesehen. Mit meinen eigenen Augen.

»Meinst du, dein Wissenschaftler würde anständig bezahlen für so ein Ding?«, fragt Miracle.

»Der doch nicht«, antworte ich, obwohl ich vom Gegenteil überzeugt bin, aber Warwick soll auf keinen Fall erfahren, wo das Fossil ist. Egal, wie viel Geld er dafür bietet. Sonst werde ich ihn und seine Zahnseide nie wieder los, so viel steht fest.

»Er hat sogar gesagt, es geht gegen die Paläoichthyologen-Ehre, Fossilien zu kaufen.«

»Typisch«, sagt Miracle seufzend und die Dollarzeichen erlöschen in seinen Augen.

Dann erzähle ich ihm von Mr Crevada und dass er mir einen Job angeboten hat.

»Das ist ein zukunftsträchtiges Geschäft, Kumpel. Wo's doch immer mehr Alte gibt. Besonders in dieser Stadt hier.«

»Wenn es so ein gutes Geschäft ist, warum fragst *du* ihn dann nicht, ob er dir einen Job gibt?«

»Ich bleibe bei meinen Blinkern. Weißt du, wie viele Killalure-Terminator-II-Blinker letztes Jahr weltweit verkauft wurden?«

»Nö.«

»Zweihunderttausend! Bei zehn Dollar das Stück macht das zwei Millionen Dollar. Das heißt, ich muss nur den richtigen finden, und die Kohle gehört mir. Mir, Hunter. Mir!«

Und als er das sagt, ist es, als würde Miracle noch größer, noch erregter werden, wie etwas, das man auf einem seiner Mambo-T-Shirts sehen kann.

»Zwei Millionen Dollar! Zwei Millionen Lappen!«

Kapitel 8

Leinennässer nennen wir sie, oder Fischmäster, weil sie keine Ahnung haben, nicht den blassesten Dunst. Sie füttern unsere Fische, das ist das Einzige, was sie können, mästen sie für uns Einheimische fett. Eine ganze Familie dieser Spezies hat sich an meinem Lieblingsplatz eingenistet. Ein Fischmäster-Daddy, eine Fischmäster-Mummy und zwei kleine Fischmäster-Kinder. Sie tragen alle *Cancer Council**-Sonnenbrillen, von der Art, die fast das ganze Gesicht verdecken und aussehen wie Schweißer-Schutzbrillen. Dazu grellbunte *Cancer Council*-Hüte mit diesen Klappen, die über den Nacken herunterhängen. Die restlichen Kleider sehen auch verdächtig nach *Cancer Council* aus. Von jemand entworfen, der früher mal im Zirkus gearbeitet hat. Ein Clown vielleicht. Die wenigen Hautstellen, die nicht mit Anti-Krebs-Kleidung bedeckt sind, glänzen vor Sunblocker. Diese Leute haben den »Slip-slop-slap«-Slogan** offenbar wörtlich genommen und sich in einem strahlungssicheren Panzer verbarrikadiert.

Der Fischmäster-Daddy wirft mir einen bösen Blick zu, als ich mich direkt neben ihm aufbaue. Jedenfalls kommt es mir so vor. Es ist schwer zu sagen, was unter diesem ganzen Anti-Krebs-

---

* *Cancer Council* ist der australische Krebsrat, der Empfehlungen zur Vermeidung von Hautkrebs herausgibt.
** »Slip-slop-slap« ist ein Slogan des *Cancer Council*, den in Australien jedes Kind kennt: Slip = rein in die Kleider, slop = Sunblocker draufklatschen und slap = Hut auf den Kopf knallen.

Equipment vorgeht. Er nimmt seine Schutzbrille ab und jetzt ist der Blick unmissverständlich: Hau ab!, bedeutet er.

Ich setze meinen eigenen Blick dagegen, einen, den ich oft geübt habe. Und der bedeutet: Ich bin ein Einheimischer und fische hier praktisch jeden Tag, also wenn hier einer abhaut, dann bist du das!

Wir starren uns eine Weile nieder, dann fällt ihm plötzlich ein, dass hier draußen der böse Krebs auf ihn lauert, und er zieht schnell seine Schutzbrille wieder auf.

Der Himmel ist wolkenlos, die Sonne steht hoch oben und das Meer glitzert wie Alufolie.

»Schaut euch das an!«, sagt der Fischmäster-Daddy und wirft seine Arme hoch um den Tag zu rühmen. »Und wie das riecht«, tönt er und saugt die Luft mit geblähten Nasenlöchern ein. »Macht einen richtig froh, dass man am Leben ist!«

Ja, genau! Als gäbe es nicht genug andere Gründe, froh zu sein, dass man am Leben ist. Zum Beispiel, wenn man an das Bayside-Bestattungsunternehmen denkt. Und an ihren Werbespruch »Ihre Lieben liebevoll zur Ruhe gebettet«.

Er wirbelt herum und hebt seine Angelrute auf – sie ist lächerlich lang, mindestens vier Meter, wie eine Strandangel mit einer ... mit einer ...

Ich traue meinen Augen nicht, als mein Blick darauf fällt. Ich habe noch nie eine leibhaftig gesehen, aber ich habe sie oft genug in Zeitschriften bewundert um zu wissen, was ich vor mir habe. Eine *Tiagra Saltmeister 600 B*! Meine Knie werden butterweich, meine Eingeweide brennen, und wenn man vor Neid die Farbe wechseln kann, dann muss ich grün wie eine Alge sein.

Die *Saltmeister 600 B* ist so ungefähr die beste Spule, die es gibt, und er hat eine!

Das ist so ... das ist so ... das ist so, als würde man einem dummen Gackhuhn einen Monaro GTS geben. Klar, dass das

Gackhuhn auf dem Sportwagen herumpickt, und wahrscheinlich scheißt es die ganzen Polster voll, vielleicht sucht es sich sogar seinen Schlafplatz dort drin. Aber ein Gackhuhn wird das
Potenzial des Monaro GTS niemals ausschöpfen. Oder könnt
ihr euch ein Federvieh vorstellen, das die Straße nach Mully
runterdüst, das Gaspedal voll durchgedrückt, bis der Tacho-
Zeiger an die rote Linie hochschnellt und das Tempo auf 200
Sachen zugeht. Ja, von wegen.

Als er die Leine vollends eingeholt hat und ich einen Blick auf
seine Wahnsinns-Montage werfen kann, besteht für mich kein
Zweifel mehr, dass ich einen schweren Fall von Gackhuhn vor
mir habe. Nie im Leben ist der Fischmäster-Daddy dazu in der
Lage, das volle Potenzial der *Tiagra Saltmeister 600 B* auszu-
schöpfen.

Eine Paternoster-Leine baumelt von seiner Angelspitze – von
oben bis unten mit Wirbeln voll geklotzt, dazu zwei riesige
Haken und ein Senker, den selbst ein Steroide schlürfender bul-
garischer Gewichtheber nur mit Mühe hätte hochstemmen
können.

Obwohl es sich hierbei um eine berühmte Angel-Technik handelt, die
angeblich schon der heilige Petrus in biblischer Zeit praktizierte, soll-
te das Paternoster auf keinen Fall als Standard-Montage betrachtet
werden.

In diesem Punkt stimme ich völlig mit dir überein, Perfekter
Angler. Ich sehe zu, wie der Fischmäster-Daddy seinen Riesen-
köder, groß genug für einen Hai, inspiziert und unwillig den
Kopf schüttelt, als sei das der Grund, warum er noch keinen
Eimer voll zappelnder Fische neben sich stehen hat. Ich kann
jetzt nicht mehr an mich halten.

»He, Kumpel, ich glaub, das ist 'n bisschen viel Blei, was Sie da
haben.«

Er glotzt mich an, tritt zurück, reißt seine Angel über den Kopf hoch und wirft. Der Senker schießt nach oben, und dann fällt er, von der Schwerkraft gebremst, im Bogen ins Wasser zurück und landet irgendwo in der Nähe von Mosambik. Ich muss zugeben, technisch gesehen war das ein ausgezeichneter Wurf. »Zu viel Blei, was, Kumpel?«, sagt der Fischmäster grinsend.

Pass nur auf, Smiley, hätte ich am liebsten geantwortet, du hast vergessen, Sunblocker auf deine Zähne zu schmieren. Die Kinder starren mich an. *Unser Daddy ist der Größte.* Sogar die Mutter wirft mir einen Blick zu. *Das mach meinem Männe erst mal nach, du mickrige kleine Rotznase.*

Alles gut und schön, Mister Paternoster-Langwurf, aber leider gibt es keine Fische, da, wo du die Angel auswirfst. Nur Sand, ein bisschen Seegras und hin und wieder einen halb im Sand verbuddelten Wobbegong-Hai. Ich bin zigmal über dieses Gebiet geschnorchelt, seit ich fünf oder sechs Jahre alt war. Ich kann dir sagen, dass dort drüben, rechts von dir, ein alter Molenkarren liegt. Dad und seine Kumpel haben ihn vor Jahren reingestoßen. Die Räder sind so brüchig, dass man sie mit der Hand in Stücke reißen kann. Ich kann dir auch sagen, dass links von dir die Überreste von Bondys Dingi sind. Er ist irgendwo versackt, und das Boot füllte sich einfach mit Regenwasser, bis es unterging. Und ich kann dir auch sagen, dass sich hier die Brassen und Drückerfische und Makrelen aufhalten. Aber ich sage dir gleich, du wirst nie einen erwischen, weil sie viel zu schlau sind für jemand wie dich, du Fischmäster-Fuzzi mit deiner Paternosterleine, du Langwurf-*Cancer Council*-Witzfigur.

Ich habe bereits meine Spinnrute, meine biegsame kleine Angel mit der beschissenen Spule hergerichtet. Das hat Dad mir beigebracht – je schneller du im Wasser bist, desto schneller fängst du den Fisch.

Es ist eine sehr einfache Montage. Zwei-Kilo-Schnur, ein kleiner Wirbel, ungefähr fünfzig Zentimeter Fünf-Kilo-Leine und einen kleinen Langschafthaken. Kein Blei. Absolut kein Blei. Ich werfe eine Hand voll Lockköder hinein.

In der guten alten Zeit – als das Meer noch vor Fisch wimmelte, als es noch Granny-Smith-Äpfel ohne Aufkleber gab, als frisch geschlachteter Delfin, in handliche Stücke geschnitten, noch ein gängiger Köder war, brauchte man keinen Lockköder um die Fische anzufüttern. Aber inzwischen hat sich die Gleichung ins Gegenteil verkehrt – mehr Menschen, weniger Fisch, sodass man die Fische neugierig machen muss um sie anzulocken. Im Gegensatz zu Zappo mache ich keine Wissenschaft aus meinem Lockköder. Ich habe kein Geheimrezept. Ich nehme einfach das gute alte Wonder-White-Toastbrot her, Essensreste, ein bisschen Tunfischöl, vielleicht etwas Katzenfutter und Maden, wenn ich welche zur Hand habe. Dann püriere ich alles im Mixer. Wenn Mum gerade nicht hinschaut, natürlich.

Ich ziehe den Köder auf. Die besten Köder, die man kriegen kann, sind Lebendköder, und die besten Lebendköder hier in der Gegend sind Strandwürmer. Aber ich gehe nicht mit den Fotokopien auf Würmersuche und nehme Pipis* stattdessen.

Ohne Blei ist das Werfen ein bisschen heikel. Keine schwirrenden Senker, keine dramatischen Bögen in der Luft. Ich gebe einfach die Leine frei und lasse den Köder neben dem Pfeiler fallen, wo das Wasser immer noch wolkig von dem ganzen Lockköder ist.

Jetzt habe ich mein Los in Rexys Fischlotterie eingesetzt. Mal sehen, was ich gewinnen werde.

Fast sofort ein Biss. Und zwar ein Fisch. Unnötig, die Leine hochzureißen, den Haken fester zu verkeilen, dieser Fisch hat sich selbst gefangen. Ich ziehe ihn auf die Mole hinauf.

* Pipis sind Muscheln, die von den Fischern als Köder benutzt werden.

»Schau, Daddy«, sagt eines der Kinder. »Der Junge hat einen großen Fisch gefangen.«

Es ist ein Yakka und er ist nicht so groß.

»Du sollst den Fischi wieder ins Wasser werfen«, sagt der Kleine.

»Ja«, sagt sein Bruder. »Und küssen, so wie der große Mann im Fernsehen.«

»Der Schweinsarsch«, sage ich.

Der große Mann im Fernsehen ist ein Rüpel, er küsst nur Fische, die ihn nicht zurückküssen können. Ich warte auf den Tag, an dem er einen Barrakuda knutscht und der ihm die Hälfte von seinem haarigen Gesicht abbeißt. »Jabbadabbadu!«, schreit der 'Kuda. »Sag deiner Mutter vielen Dank für die Nase.«

Einen Fisch zurückwerfen, klar, wenn er zu klein ist oder nur Kroppzeug. Aber auf keinen Fall werde ich diese Schönheit ins Wasser zurückwerfen. Ich setze den Fisch in einen Eimer Wasser und richte meine große Montage her.

Auch die ist nichts Besonderes. Eine *Ugly Stick*-Angel, die ich für zwanzig Dollar im *Cash Converters*, einem Gebrauchtwaren-Laden in Mully, gekauft habe, und eine alte Alvey, die Drilla mir gegeben hat, mit zweihundert Meter Fünfzehn-Kilo-Leine aufgespult.

»Was machst du jetzt mit dem Fischi?«, fragen die Kinder.

»Den nehm ich als Lebendköder«, antworte ich.

»Was ist das?«

»Ein lebender Köder.«

»Warum machst du das?«

»Damit ich einen Mulloway fangen kann.«

»Was ist das?«, fragt der Kleine wieder.

»Der tollste Fisch, den es je gegeben hat.«

Der Yakka zappelt wild, als ich ihn auf meinen Haken spieße.

Aber das würdest du auch, wenn dir jemand ein hochbiegsames, chemisch geschärftes Stahlstück in den Hintern rammen würde.

»Das ist grausam«, sagt der Junge.

»Der arme Fischi«, sagt sein Bruder.

Dad und Mum sind auch nicht begeistert. Sie schauen mich an, als ob ich Vlad, der Pfähler, Saddam Hussein und Hannibal Lector in einem wäre.

Aber es ist nicht grausam. Es ist Natur. Das gute alte Netz des Lebens. Ich liebe Fische, aber ich weiß, dass kleine Fische von großen Fischen gefressen werden, und diese wiederum von noch größeren Fischen. Und so geht das durch die ganze Nahrungskette weiter, bis zur Spitze der Pyramide, dem größten Raubtier, uns, dem Homo sapiens. He, ich hab nicht darum gebeten, ein Top-Raubtier zu sein und unschuldige Yakkas mit scharfen Haken zu durchbohren, aber trotzdem bin ich froh, dass ich dort gelandet bin. Wenn ich mir vorstelle, ich müsste den ganzen Tag über die Schulter spähen und aufpassen, dass ich nicht als leckeres Häppchen ende, als Schokoriegel für einen meiner Fressfeinde. Ich schätze, wenn wir uns nicht mehr wie Top-Raubtiere aufführen, wenn wir alle Vegetarier werden wie Saphonia und nur noch Cracker mit Dips essen, dann werden wir in der Nahrungskette nach unten rutschen. Und dann gibt es kein Halten mehr, dann landen wir ganz unten am Boden. Als Plankton. Oder Mistkäfer. Und, ehrlich gesagt, dafür will ich nicht die Verantwortung tragen.

Ich werfe meinen Lebendköder aus, als der Fischmäster plötzlich schreit: »Ich hab einen dran!« Und was für einen, denke ich, als ich sehe, wie sich seine lächerlich lange Angel durchbiegt. Das Gackhuhn holt die Leine ein. Überschlägt sich fast dabei.

»Ganz ruhig«, sage ich, »sonst verlieren Sie ihn.«

Er hört natürlich nicht auf mich, pumpt und windet nicht einmal, aber irgendwie schafft er es, den Fisch an Land zu ziehen – einen Eidechsenfisch, einen Barry. Ich muss zugeben, es ist so ungefähr der größte Barramundi, der je vor meinen Augen auf dieser Mole gefangen wurde. Er muss mindestens vier Kilo wiegen.

»So, Kinder. Das ist ein richtiger Fisch. Der gibt ein paar ordentliche Happen her«, sagt er und hält den Fisch in die Höhe, damit die Missus ein Foto machen kann.

»Ich könnte ihn in der Pfanne braten«, sagt sie. »Mit Dill und Kapern. Das ist ein Rezept von Stephanie.«

Igitt! Ich weiß nicht, wer diese Stephanie ist, aber als Köchin muss sie eine Katastrophe sein.

Der Fischmäster glotzt triumphierend zu mir herüber. Als ob wir gerade zwölf Runden in der Festival Hall geboxt hätten und er mich zu einem blutigen Brei geschlagen hätte.

»Gut gemacht«, sage ich lächelnd und meine es ehrlich.

Das ist das Tolle am Fischen. Ein ahnungsloser Fischmäster, im Prinzip die reine Platzverschwendung, und trotzdem hat er sich einen prächtigen Fisch gefangen. Das zeigt, dass jeder das kann. Natürlich war es Idiotenglück. Ein Perfekter Angler wie ich wird so ein Anfänger-Würstchen haushoch schlagen, in 99% aller Fälle. Wenn nicht noch öfter.

Kapitel 9

Bis zum frühen Nachmittag sind sieben Lebendköder den Opfertod gestorben. Fünf tapfere Yakkas und zwei furchtlose schleimige Makrelen. Ich bin nicht glücklich über ihren Tod, aber das alte Netz des Lebens lässt nicht mit sich handeln. Meine kleinen Märtyrer haben sich vorbildlich verhalten. Sind wild herumgeschwommen und haben genau die richtigen Signale ausgesandt: »Ich bin verletzt. Komm und hol mich, Monster-Mulloway. Ich bin ja sooo lecker!«

Aber alles, was ich fange, ist ein Wobbegong-Hai und zwei Hundshaie (oder denselben Hundshai zweimal – man darf die Dummheit der hundeartigen Meeresbewohner nicht unterschätzen). Beides sind geschützte Arten, also werfe ich sie zurück, ungeküsst natürlich. Wie peinlich aber auch für jemand mit meinen Fähigkeiten – einen ganzen Tag fischen und nichts vorzuweisen, keinen einzigen Fisch im Eimer. Es wird Zeit, den Fotokopien einen Besuch abzustatten.

Sie haben sich an ihrem üblichen Platz niedergelassen, ihr übliches Nest gebaut. Ein paar alte Sarongs von Saphonia auf dem Boden ausgebreitet. Darauf ein kleines Picknick – Flaschen mit kaltem Wasser, Karotten- und Selleriesticks, sonnengetrocknete Sultaninen, ein paar Saphonia-Dips und eine Platte mit Ketschup-Sandwiches, Storms Lieblingsessen.

Storm schreibt in ihr »Book of Shadows«, ihr Hexenbuch, während Jasmine mit gekreuzten Beinen dasitzt und auf ihrer Gitarre spielt. Sie ist inzwischen ziemlich gut; ich kann das Lied sogar erkennen. Einen Augenblick schießt mir der Gedanke durch den Kopf, dass ich ihr das sagen sollte – He, Jazz, das ist cool –, aber ich lasse es sein, sonst wird sie bloß übermütig. Als sie zum Refrain kommt, singen beide Fotokopien aus vollem Hals mit, brüllen ihn regelrecht heraus. Sodass jeder auf der Mole weiß, wie vogelgleich sie sind, wie sehr sie darauf brennen, ihre Flügel auszubreiten und fortzufliegen, auch wenn sie nicht wissen, wo ihr Zuhause ist.

Ich finde es unglaublich, wie die Fotokopien das machen, wie sie sich mit ein paar schmuddeligen Sarongs und einer Gitarre ihre eigene kleine Welt schaffen. Ich weiß, dass ich dazugehören könnte. Sie sagen immer: »Na los, alter Muffel, komm doch heute mal mit uns.« Aber ich sage immer Nein. Ich habe schließlich Wichtigeres zu tun. Ich muss einen Mulloway fangen.

»He, ihr zwei – tolles Picknick.«

Jasmine schaut Storm an und Storm schaut Jasmine an. Ich überlasse sie ihrer Telepathie-Nummer und werfe schnell einen Blick in ihren roten Eimer. Er enthält ein paar anständige Makrelen, ein paar Barramundis und einen Mordsbrocken von Drückerfisch. Daneben steht ein Familieneisbecher voll Strandwürmer. Zappelnde, zuckende Strandwürmer, die sich verzweifelt ringeln und winden, die besten Köder, die man kriegen kann.

»Was ist denn in dich gefahren?«, fragt Storm.

»Wieso? Was soll sein?«

»Na, dass du so freundlich bist. Das passt gar nicht zu dir, alter Miesepeter.«

»Okay, okay, ich gebe zu, dass ich in letzter Zeit, na ja, ein bisschen down war.«

»In letzter Zeit? Du meinst wohl, die ganzen letzten vier Wochen, seit wir hierher gekommen sind.«

»Und vielleicht bin ich auch nicht so höflich zum Publikum, wie ich sein könnte …«

»Wir sind nicht das Publikum, Hunter«, sagt Storm.

»Wir sind deine Freunde – dachten wir jedenfalls«, sagt Jasmine.

»Ja, schon. Aber versteht ihr, nicht jeder Junge …« Ich halte einen Augenblick inne und lasse meine Schultern sinken, blicke mit tragischer Miene in die Ferne. »… nicht jeder Junge muss mit ansehen, wie sein eigener Dad von den Felsen runtergefegt wird …«

Jasmines Gesicht fällt zusammen, wird angemessen tragisch, wie es die Situation verlangt. »Armer Hunter«, fängt sie an, aber Storm schneidet ihr das Wort ab: »Verschon uns mit diesem Käse, Hunter. Du warst ja gar nicht dabei! Und du brauchst dir keine Mühe zu geben, du kriegst keine Würmer. Selber schuld, dass du heute Morgen nicht mitgekommen bist.«

»Ach, einen kannst du ihm doch geben, Stormy«, sagt Jasmine.

»Kommt nicht in Frage«, antwortet Storm.

Es ist nicht leicht, ein Herz aus Stahl wie das von Storm zu rühren. Also bleibt mir nur die gute alte Erpressungs-Nummer, nach dem Motto: »Wenn ich nicht gewesen wäre …«

»He, ihr beiden, erinnert ihr euch noch, wie ihr damals nach Dogleg Bay gekommen seid?«

»Klar erinnern wir uns. Du hast uns erzählt, dass die Leute in Frankreich Pferdefleisch essen«, sagt Jasmine, die offenbar nie über diese Geschichte hinwegkommt.

»Das nennt sich *cheval*«, sagt Storm und äfft meine Stimme nach.

»Nein, nicht das. Ich meine, wisst ihr noch, dass ihr am Anfang gar nicht auf die Mole runterkommen wolltet? Und dann, eines Tages, seid ihr doch aufgekreuzt.«

»Was soll man in diesem Kaff auch anderes machen?«

Da hat Storm natürlich Recht. Wenn du kein Bowler oder Bingo-Spieler und auch nicht scharf auf Funky Chicken bist, dann ist die Mole deine einzige Alternative in Dogleg Bay. Sie ist unser Einkaufszentrum, unser McDonald's, unser Multiplex und unser Timezone.

Aber die Fotokopien waren am Anfang unsäglich, so zickig und prinzessinnenhaft. »Iiih, das ist ja ganz schuppig!« »Iiih, das fass ich nicht an!«

Sie merkten allerdings bald, dass sie das nicht weiterbrachte, und dann fingen sie an, mich zu löchern und mir Fragen zu stellen: »Hunter, wie oft muss man die Leine herumschlingen, um einen geschlossenen halben Blutknoten zu machen?« »Hunter, ist der Wirbel zu groß für die Leine?«

»Lasst mich in Ruhe«, hätte ich am liebsten gesagt, aber leider *musste* ich ihnen helfen. Als Perfekter Angler war ich dazu verpflichtet.

Es ist die Pflicht des Perfekten Anglers, einen weniger erfahrenen Anwärter in die mannigfaltigen Freuden des Fischens einzuführen.

Unter meiner fähigen Anleitung fingen die Fotokopien bald Yakkas, Schleimige Makrelen, Drückerfische, Kaimanfische und Blaubarsche, was ein bisschen schizo war, wenn man ihren 100%igen Hippie- und Vegetarier-Background in Betracht zieht. Als ich sie darauf ansprach, machte Jasmine ein schuldbewusstes Gesicht, aber Storm antwortete: »Große Fische fressen kleine Fische, Hunter. Das ist das Netz des Lebens.« Dagegen ließ sich nun wirklich nichts einwenden.

»Kannst du uns zeigen, wie man Würmer fängt?«, hatten sie mich eines Tages gefragt. *Australonuphis teres*, der Riesenstrandwurm, ist mir immer ein Rätsel geblieben. Ich kann Fische fangen, weil ich mich so gut in die Denkweise von Fischen einfühlen kann. Aber Strandwürmer sind keine Fische, sondern Wirbellose, *Annalidae* – Ringelwürmer –, und ich weiß nicht, was im Gehirn eines Ringelwurms vor sich geht. Trotzdem zeigte ich den Fotokopien die Technik – wie man seine Tasche über den Sand zieht und wartet, bis ein neugieriger Wurmkopf hochschnellt. Die Fotokopien lernten schnell. Zu schnell. Sie waren bald viel besser als ich und heute sind sie die unbestrittenen Strandwurmprinzessinnen von Dogleg Bay. Besonders Jasmine – sie packt einen Zwei-Meter-Wurm mit den Zehen und zieht ihn mit einem Ruck aus seinem Loch heraus.

»Wisst ihr noch, wie ich euch das Würmerfangen beigebracht habe?«

»Klar wissen wir das«, sagt Jasmine lächelnd.

»Da hast du«, sagt Storm, greift einen Wurm aus dem Eimer und wirft ihn mir zu. »Nimm ihn. Ich kann dein Gewinsel nicht mehr hören.«

Dann taucht Miracle auf, in einer Hand die Angelrute, in der anderen das Aktenköfferchen. Fleckenlos. Makellos. Auch nicht einen Hauch von Schmutz auf seinen Mambo-Klamotten. Als hätte er den Tag im Büro mit Börsen- und Devisengeschäften verbracht oder was auch immer so ein Anzug-Fuzzi dort macht.

»Hi, ihr scharfen Ratten«, tönt er. »Ich sag euch was, ihr werdet jeden Tag schöner.«

Miracle hält sich für wahnsinnig cool. Er meint, dass er bei den Mädchen gut ankommt. Was soll ich sagen? Ich muss ihm Recht geben. So wie alle Jungs in der Schule. Und überhaupt alle. Außer den Mädchen selber.

Storm steckt den Finger in den Mund, als ob sie gleich kotzen müsste. Jasmine schüttelt nur den Kopf.

»Schöne Würmer habt ihr da«, sagt Miracle und späht in den Eimer.

Storm reißt ihm den Eimer weg. »Geht dich nichts an, du Kapitalistenschwein.«

Letztes Jahr hatten die Fotokopien und Miracle einen Deal laufen – ein todsicheres Geschäft, wie Miracle sagte. Er wollte ein Video machen, in dem die Fotokopien auftreten sollten, mit dem Titel »Die Glamour-Zwillinge demonstrieren die Kunst des Würmerfangens«. Er organisierte alles, lieh eine Videokamera aus, schrieb ein Drehbuch, aber als es dann ans Drehen ging, verlangte er, dass die Fotokopien einen Bikini anziehen sollten, so einen extrem knappen. Er sagte, das würde ihren Marktwert steigern. Die Fotokopien weigerten sich.

»Glaub bloß nicht, dass ich in deinem schmutzigen Wurmporno auftrete«, sagte Storm.

Und das war's dann – die restliche Zeit stritten sie nur und das Video wurde nie gemacht. Seither herrscht Krieg zwischen ihnen.

»Wenn ich so ein elender Kapitalist bin, warum verfluchst du mich dann nicht, Hexenbalg?«, sagt Miracle feixend.

Storm giftet etwas Hässliches zurück, und schon geht es los, wie ein Tennismatch, nur dass hier kein Ball hin- und herfliegt, sondern schwere Beleidigungen.

Da wären wir also wieder beisammen – Zappos Molenratten. Die guten alten Fotokopien, der gute alte Miracle und der gute alte Hunter. Der richtige Moment, um »Fünf Freunde« zu spielen. Ein paar tolle neue Abenteuer planen. Oder nach Hause gehen und *Scones** mit Erdbeermarmelade und massenhaft Sahne verputzen. Oder vielleicht ein Geheimversteck für unsere tollen neuen Abenteuer suchen, wo wir den Spaß unseres Lebens mit unserem Geheimcode haben.

»Ich bin weg«, sagt Miracle, nachdem Storm – die Serena Williams der Beleidigungen – seinen Aufschlag voll abgeschmettert und nicht nur den letzten Satz, sondern das ganze Spiel gewonnen hat – 7:6; 7:6, 6:4.

---

* englisches Mürbeteig-Gebäck, das mit Marmelade und Sahne bestrichen wird.

Bleiben also nur noch der gute alte Hunter und die guten alten Fotokopien.

»Für uns wird's auch Zeit«, sagt Storm.

»Bis dann, Hunter«, sagt Jasmine.

Also nur noch der gute alte Hunter.

Kapitel 10

Vor mir humpelt Zappo die Mole in Richtung Strand hinunter, seinen klappernden Molenkarren im Schlepptau, während der Wind ihm sein Bibliothekarinnenkleid um die Beine peitscht. Er hat Arthritis in beiden Hüftgelenken, seine Knochen sind so brüchig wie Kuttelfischschalen. Dreimal war er im Krankenhaus angemeldet, um sich ein künstliches Hüftgelenk einsetzen zu lassen, und dreimal hat er im letzten Moment gekniffen.

»Ich trau diesen Schrott-Hüften nicht, die sie einem geben. Ich trau diesen Klugscheißern von Ärzten nicht. Und erst recht nicht den Krankenhäusern. Und dieser ganzen verdammten stinkigen Stadt.«

»Aber die Operation ist wirklich erfolgreich«, habe ich zu ihm gesagt. »Mr McFarlane, unser Englischlehrer, hat es auch machen lassen, und niemand würde merken, dass er eine künstliche Hüfte hat, außer wenn er am Flughafen durch diese Dinger muss.«

»Ach hör auf, ich geb keinen müden Wurf auf deinen verdammten Englischlehrer, ich lass mich nicht aufschneiden wie eine verflixte Sardine.«

Streiten ist zwecklos. Zappo ist sturer als ein gefleckter Riesenzackenbarsch. Vielleicht noch sturer als ein Bartdorsch. Oder sogar als eine Schläfergrundel.

Es dauert nicht lange, bis ich ihn eingeholt habe. Nicht, dass ich scharf darauf bin, den grantigen alten Stinker einzuholen. Ich gehe nur in schnellerem Tempo nach Hause als er.

»Und? Wie isses gelaufen?«, sagt Zappo, als ich vorbeigehe.
Unglaublich! Zappo hat mir tatsächlich eine Frage gestellt. Ein
Gespräch angefangen. Scheint gut gelaunt zu sein. Ich habe nie
herausgefunden, was Zappos Laune beeinflusst. Die Flut? Der
Dow-Jones-Index? Die Farbe seines Kleides? Was immer es
auch sein mag, ich weiß jedenfalls, dass gute Laune bei ihm eine
Rarität ist, seltener als Beutelwolf-Kacke.
»Geht so«, sage ich. »Ein paar Makrelen und Weißfische.«
Australonuphis teres, der beste Köder, den es gibt.
Wir unterhalten uns beim Gehen, hauptsächlich über die
Nachteile des Paternosters und den weit verbreiteten Miss-
brauch von Bleisenkern.
»Zappo?«, sage ich, als wir zu seiner Straße kommen.
»Ja«, sagt er.
Gute Laune ist bei Zappo ein zerbrechliches Ding, so wie die
versteinerten Nautilusse, die ich mal im Museum gesehen habe.
Äußerste Vorsicht geboten.
»Sie haben doch mal gesagt, dass es ein paar …«
Ich will nicht »Mulloways« sagen, weil ich weiß, dass ihn das
auf die Palme bringt. Es gibt viele Dinge, die Zappo auf die
Palme bringen – Paternoster, elektronische Fischfinder, Was-
serski (bring ihn ja nie auf das Thema Wasserski!), aber nichts
regt ihn mehr auf als ich und mein Mulloway.
»… dass hier ein paar richtig große Fische gefangen wurden,
bevor der Staudamm gebaut wurde.«
Zappo schaut mich von der Seite an und sein Blick verfinstert
sich.
»Verdammte Jewies! Du kriegst sie einfach nicht aus dem Kopf,
was?«
Das ist ein anderer Name für Mulloway: Jewies, Judenfische.
»Erinnerst du dich noch, wann der letzte gefangen wurde?«,
frage ich und setze alles auf eine Karte.

Zappo zieht eine Grimasse und ich bin sicher, dass seine gute Laune damit gestorben ist. Ich sehe den Nautilus zerschmettert auf dem Museumsboden vor mir liegen, die Scherben überall herumverstreut.

Aber diesmal antwortet er. »Lass mich mal überlegen. Wann haben wir noch das Blaue Band bei der Bantam-Hühner-Schau* in Mully gewonnen?«

»Mal überlegen«, sage ich und verziehe das Gesicht, als würde ich angestrengt darüber nachdenken, wann das gewesen sein könnte.

»Das war im Sommer vierundsiebzig, schätze ich«, sagt Zappo schließlich. »War das letzte Mal, dass auf dieser Mole ein Jewie gefangen wurde.«

»Wer hat ihn gefangen? Waren Sie das?«

»Nö, ich nicht.«

»Wer dann?«

Zappo gibt keine Antwort. Ich denke schon, dass er meine Frage einfach ignoriert, sich wieder in sein Schneckenhaus verkriecht, aber plötzlich schießen die Worte aus ihm hervor wie Lockköder aus einem Ködereimer.

»Dougy. Der verdammt beste Fischer, den ich je gesehen habe. Der hat ihn gefangen. Vierundneunzig Pfund hatte der Bursche.«

Wusste ich's doch. Das Foto, das früher im Pub an der Wand hing. Kleiner Mann. Großer Mulloway. Vierundneunzig-Pfund-Mulloway.

»Ich hab ihm gesagt, er ist verrückt, dass er immer noch Jewies jagt. ›Die sind verschwunden und sie kommen nicht zurück‹, hab ich ihm gesagt. Aber er war stur, dieser Dougy. Wollte mir

---

* Bantam-Hühner sind eine Zwerghühnerrasse, etwa ein Drittel so groß wie normale Hühner.

nicht glauben. Und dann, eines Nachts, hol mich der Teufel, wenn er nicht einen an die Angel gekriegt hat. Bei Vollmond war das. Jesus Maria, man fängt doch keinen Jewie, wenn der Mond so voll ist wie 'ne Staatsschule. Hat die verdammte ganze Nacht gebraucht um ihn reinzuziehen.«

»Und wo ist Dougy jetzt?«, frage ich und denke, dass ich ihn vielleicht treffen könnte. Sein Gehirn anzapfen. Ein paar Tipps herauslocken.

»Sechs Fuß unter dem Boden.«

Mist! Das ist verdammt weit unten – sechs Fuß sind fast zwei Meter. Da gibt es nichts mehr anzuzapfen, fürchte ich.

Zappo dreht sich um und will fortgehen.

»Aber hat Dougy jemals …?« Zappo dreht sich wieder zu mir um.

»Kriegst du das nicht in deinen verdammten Dickschädel?«, sagt er und seine Stimme wird lauter und rauer. »Es gibt keine verdammten Jewies mehr. Sie sind abgehauen und sie kommen nicht zurück. Und außerdem bist du viel zu jung. So 'n Knirps wie du fängt im Leben keinen Jewie.«

Dieser jugenddiskriminierende alte Scheißer!

»Und warum nicht?«

»Weil dir erst ein paar Haare auf deinem Khyber wachsen müssen, darum!«

»Auf meinem was?«

»Was bringen die euch Bengeln heutzutage in der Schule eigentlich bei? Auf deinem Khyber-Pass*. Deinem Arsch, Junge.«

Ja, von wegen. Was hat ein Haar auf dem Khyber damit zu tun, ob man einen Mulloway fängt oder nicht? Das ist genauso verrückt wie die hirnrissigen Ideen, die Saphonia verbreitet – zum

---

* Bergpass in Afghanistan

Beispiel, dass der Tag, an dem man geboren wird, etwas mit dem Charakter zu tun hat.

Trotzdem studiere ich am Abend meinen Khyber vor dem Spiegel. Nicht der beste Anblick, besonders nicht so kurz vor dem Abendessen, aber ich checke ihn sorgfältig. Zappo hat leider Recht – von Haaren keine Spur. Aber das bedeutet gar nichts. Ist ja doch nur ein blöder Aberglaube. Haariger Khyber hin oder her, ich werde mir einen Mulloway fangen.

Kapitel 11

Er ist es, und schon wieder am Flossen: Warwick, der bärtige Wissenschaftler. Der hat garantiert Haare auf seinem Khyber, denke ich. Aber er kann nicht mal einen toten Fisch fangen, geschweige denn einen lebendigen.

»Tach, Kumpel«, sagt er, als er mich sieht, aber es klingt irgendwie gekünstelt, so als hätte er gerade einen Kurs gemacht zum Thema: »Wie kommuniziere ich mit meinem unbedarften Cousin vom Land«.

»Ach, Sie sind es.«

»Die Leute hier sind unglaublich nett, was?«

»Finden Sie?«

»Heute Morgen zum Beispiel klopft eine Frau an die Tür und bringt mir Tsatsiki.«

Ich höre auf, das Waschbecken zu schrubben. »Wie sieht sie aus?«

»Na ja, ich schätze, man könnte sagen, dass sie, na ja, irgendwie …«

Für einen Wissenschaftler sind Warwicks Beschreibungs-Künste ziemlich bescheiden. Ich kann mir aber trotzdem denken, wer es war – Saphonia. Ich sehe sie vor mir, wie sie in der Tür steht, die Schüssel mit dem cremigen Tsatsiki auf Brusthöhe haltend, damit der Wissenschaftler nicht umhinkann, ein Auge voll zu nehmen.

Ich spreche den Satz für ihn zu Ende: »… irgendwie hippiemäßig aussieht, mit großen Möpsen.«

»Möpse?«, sagt er verwirrt.

»Weibliche Brustdrüsen«, erkläre ich und verwende eine Sprache, die Warwick wahrscheinlich eher versteht.

»Ja, sie hat sehr gut entwickelte Brustdrüsen.«

»Haben Sie schon tote Fische gefunden?«, frage ich um das Thema zu wechseln.

»Nein, noch nicht«, sagt Warwick, und die Enttäuschung in seiner Stimme ist nicht zu überhören.

»Wie machen Sie das überhaupt? Wie suchen Sie danach?«

»Ich gehe an der Küste entlang, bis ich einen Felsen finde, der so aussieht, als könnte er etwas hergeben. Den untersuche ich dann, und wenn ich nichts finde, gehe ich weiter.«

»Das ist verrückt. Das ist ja, als würden sie die berühmte Nadel im Heuhaufen suchen.«

Warwick schaut mich an und flosst dabei lustig weiter.

»Vielleicht hast du ja mal ein Fossil auf deinen Ausflügen gesehen, Hunter. Wenn ich dir Fotos zeige, würdest du es vielleicht wiedererkennen.«

»Nein«, sage ich schnell. »Ich hab noch nie eins gesehen.« Ich halte die Klobürste und die Klokarzinogene hoch. »Muss jetzt weitermachen.«

Die erste Schüssel ist ziemlich sauber. Keine größeren braunen Spuren, und eine volle Klopapierrolle ist auch da. Sepsis, der Klo-Gott, lacht heute Morgen auf mich herunter.

Warwick pfeift. Ich muss zugeben – er ist ziemlich gut. Vielleicht hilft der Bart, verbessert die Gesichtsakustik. Ich erkenne das Lied allerdings nicht.

Sobald ich in Kabine Nummer 2 komme, weiß ich, dass etwas nicht stimmt. Das ist wie ein sechster Sinn, den ich entwickelt habe. Ein Gefühl ganz tief in meinen Eingeweiden. Und tatsächlich, da ist es – grinst mich frech aus der Schüssel an, ein potenzielles UFO, ein Unversenkbares Fäkalien-Objekt.

Man sollte meinen, dass man sich irgendwann daran gewöhnt, wenn man praktisch sein Leben lang den MWR geputzt hat. Dass einen nach der Kotzeflut am Neujahrstag und Mr Harris' geblecktem Gebiss im Waschbecken nichts mehr aus der Fassung bringen kann. Falsch. Grundfalsch. Ich werde mich nie daran gewöhnen. Ein UFO bringt mich noch genauso zum Würgen wie das erste Mal, als ich eins angetroffen habe – vor fünf Jahren, als Dad von den Außerirdischen entführt wurde und ich mit diesem Scheißjob dasaß.

Ich knalle meinen Ellbogen auf den Spülknopf. Die Rohre gurgeln. Wasser schießt in die Schüssel. Die Kacke wirbelt herum, immer wieder. Schließlich kippt sie, die Spitze nach unten, und eine Sekunde lang sieht es so aus, als ob sie in den Abfluss trudeln würde, um sich zu ihren Scheißefreunden im Faulbehälter zu gesellen, aber dann richtet sie sich wieder auf.

Also doch ein UFO. Ein Unversenkbares Fäkalien-Objekt.

»Verdammt noch mal!«, sage ich und knalle die Tür zu.

»Was ist los?«, fragt der Wissenschaftler und wirbelt herum.

Normalerweise würde ich nichts sagen. Man muss die Gäste vor den weniger angenehmen Seiten des Camping-Lebens bewahren. Aber der Wissenschaftler geht mir auf den Senkel. »Da ist ein Thorpedo«, sage ich.

»Ein Thorpedo?«, wiederholt er.

Hätte ich doch nur nichts gesagt. Thorpedo ist ein absolutes Genie und der größte Australier seit Donald »The Don« Bradman*. Aber wenn er im Schwimmbecken hin- und herzischt, so groß und schwarz, um wieder mal einen neuen Weltrekord aufzustellen, erinnert er mich unweigerlich an einen Scheißeklumpen, eins von diesen UFOs – unspülbar, unsinkbar, unschlagbar.

---

* »Thorpedo« ist der Schwimmchampion Ian Thorpe und Donald Bradman ein australischer Kricket-Profi.

»Nicht der richtige Thorpedo. So nenne ich bloß diese … na ja,
Sie wissen schon, diese Kackdinger, die nicht runtergehen«, sage ich.

»Wirklich?«, sagt er. »Lass mich mal sehen.«

»Sind Sie sicher? Das ist nicht unbedingt der beste Anblick
nach einem Tsatsiki.«

Aber der Wissenschaftler ist bereits drinnen, auf den Knien,
und begutachtet das UFO aus allen Blickwinkeln. Er drückt seinen Daumen auf den Spülknopf.

»Darf ich?«, sagt er.

»Nur zu«, sage ich. »Spülen Sie, so viel Sie wollen. Aber wenn
es nicht beim ersten Mal runtergeht, geht es nie runter.«

Er drückt trotzdem auf den Knopf. Wieder wirbelt das UFO
endlos herum. Wieder kippt die Spitze nach unten und richtet
sich dann wieder auf.

»Ich hab's Ihnen ja gesagt.«

»Woran das wohl liegt? An der Größe, würde ich sagen.«

»Nein, das hat offenbar nicht viel damit zu tun.«

»Dann vielleicht an der Form?«

Ich schüttle den Kopf. »Es hat mehr mit der Farbe zu tun,
schätze ich.«

Ein skeptischer Ausdruck breitet sich auf dem haarigen Gesicht
des Wissenschaftlers aus. Er tippt sich mit dem Zeigefinger an
die Stirn. Plötzlich lächelt er. Ein wissenschaftliches Lächeln, so
wie das von Einstein, als er endlich herausgefunden hatte, dass
$m \cdot c^2 = E$ ist und nicht A, B oder was auch immer.

»Ja, natürlich – die Farbe«, sagt er und bohrt seinen Finger in
die Luft. »Weil sie ein Hinweis auf die Dichte ist. Ein sehr inte-
ressantes Phänomen. Triffst du so was öfter an?«

»Viel zu oft«, sage ich. »Ungefähr einmal im Monat.«

Wir stehen neben der Kloschüssel und diskutieren eine Weile
über UFOs. Wir arbeiten sogar eine »kühne, erfindungsreiche

Hypothese aus«, wie Warwick das nennt – dass die Spülbarkeit des Objekts eine Funktion der Dichte ist und diese wiederum eine Funktion der Farbe.

»Und jetzt müssen wir unsere Hypothese einer strengen wissenschaftlichen Prüfung unterziehen«, sagt Warwick.

»Und wenn sie falsch ist?«

»Das ist ja genau der Punkt«, sagt Warwick und kommt jetzt richtig in Fahrt. »Darum geht es doch in der Wissenschaft. Wir formulieren eine Hypothese und testen sie. Wenn sie sich bewahrheitet, wunderbar. Wenn nicht, ist es auch gut. Weil wir dann diese Theorie abhaken und eine andere, noch kühnere und erfindungsreichere, ausarbeiten können.«

Warwick umreißt die Testmethode. Und während er redet, merke ich, dass ich mich mitreißen lasse, wie ein Fisch von einem Lebendköder. An der Wissenschaft ist nichts Abergläubisches, keine astrologischen Zeichen, keine haarigen Khyber. Ich muss ein Protokoll führen. Ich muss die Farbe der Testexemplare festhalten.

»Ich könnte sogar ein Foto machen«, schlage ich vor. »Mums Kamera ausleihen. Sie hat einen Blitz und einen Zoom, sodass ich ganz nahe herankommen könnte.«

»Ausgezeichnete Idee«, sagt Warwick. »Und dann müsstest du natürlich die Masse feststellen.«

»Die Masse feststellen?«

»Ganz richtig – die Probe wiegen.«

»Sie meinen, die Kacke? Die Kacke wiegen?«

In diesem Moment wird mir klar, dass ich vielleicht doch nicht zum Wissenschaftler tauge. Die kühne, erfindungsreiche Hypothese – das hat mir gefallen. Und die strenge Prüfung war auch okay für mich. Ein Protokoll führen – kein Problem. Foto – kinderleicht. Aber Kacke wiegen? Ich glaube nicht, dass das mein Ding ist.

»Darüber muss ich erst nachdenken«, sage ich.

»Tu das, Hunter«, sagt Warwick. »Aber es ist ein wirklich brillantes Projekt.«

Als ich die Putzmittel wegräume, wird mir bewusst, dass er gar nicht so übel ist, Warwick, der bärtige Wissenschaftler. Klar, er hört sich ein bisschen hochgestochen an und hat einen Regenwald im Gesicht und ist ständig am Flossen und er studiert tote Fische, aber er redet jetzt mit mir wie mit einem Erwachsenen und nicht wie mit einem unbedarften Landei. Und auf einmal bekomme ich Gewissensbisse. Weil ich genau weiß, wo die Nadel im Heuhaufen zu finden ist.

Kapitel 12

Sooty, Mrs Plummers kleiner Kläffer, liegt lang ausgestreckt auf dem warmen Fußweg, und seine Beine ragen unter ihm hervor wie Radspeichen. Als ich vorbeigehe, öffnet der Terrier ein Auge, macht es aber schnell wieder zu. Er scheint nicht sehr erfreut zu sein über das, was er sieht.

Ich stoße die Tür zum Pub auf oder was einmal der Pub war. Heutzutage nennt es sich *Olde Doglegge Baye Irish Tavern*.

Im Pub war früher die Hölle los, er war das Zentrum, das Herz der Stadt. Als ich noch klein war, hat Dad mich jeden Freitagabend dorthin mitgenommen. Er war der legendäre Gewinner der Fleischplatte bei der Freitags-Tombola (hauptsächlich, weil er einfach jedes Los kaufte). Die Jukebox wurde nonstop gefüttert, Acka-Dacka dröhnte heraus und die Kneipengäste standen bis auf die Straße hinaus. Es war wie in einer Bierreklame.

Dann übernahmen die Oldies die Stadt. Sie gingen nicht in den Pub, weil sie lieber Bingo spielten und Funky Chicken tanzten. Die Gotteslamentierer gingen auch nicht hin, denn in ihren Augen war der Pub ein gotteslästerlicher Sündenpfuhl. Und die wenigen jungen Leute, die noch in der Stadt waren, gingen erst recht nicht hin. Mully ist nur zwanzig Kilometer entfernt und die Schnitzel dort sind spitzenmäßig. Also machte der Pub zu.

Bis ihn dieser Bauunternehmer kaufte, Mr Brereton, oder »Brereton«, wie ihn alle nennen, um ein Altersheim daraus zu machen. Aber als er sah, wie bingoversessen die alten Knacker alle waren, hatte er eine bessere Idee. Er beantragte eine Poker-

Lizenz und machte den Pub wieder auf. Sorry, ich meine natürlich die *Olde Doglegge Baye Irish Tavern.*
Es ist düster drinnen. Die Fenster gehen aufs Meer hinaus, sind aber zugeklebt. Die Luft riecht abgestanden und klimatisiert. Wo immer man hinschaut, nichts als Poker-Automaten. Sie umzingeln die Bar, drücken sich schmollend in eine Ecke, lehnen an der Wand und blinken, piepsen und rattern vor sich hin. Auf einem Hocker vor einem dieser »Pokies« sitzt Mrs Plummer, die Besitzerin des Terriers, eine Resi vom Campingplatz. Sie hat die Beine überkreuzt und balanciert eine Schale mit 10-Cent-Stücken auf ihrem Knie, während sie mechanisch den Knopf drückt, das Gesicht völlig ausdruckslos. Hinter ihr ist der Geldautomat, der einzige in der Stadt. Brereton, der Dr. No von Dogleg Bay – der böse Erfinder, der den Ehrgeiz hat, die Welt mit seinen Schwadronen von Poker-Automaten zu beherrschen –, steht hinter der Bar und liest ein Buch. *Sieben goldene Regeln für den erfolgreichen Gastwirt.* Er trägt ein Jackett mit aufgekrempelten Ärmeln, einen Schnauzer und Haare, die nicht ganz die Deckungsrate haben, die er sich einbildet.
Er schaut zu den Fernsehern an der Wand hinauf. In einem läuft ein Pferderennen, in einem anderen Fußball und im dritten Boxen. Abba dröhnt aus den Lautsprechern und singt alles über *Money, Money, Money.*
Am einen Ende der Bar sitzen ein paar von Breretons No-Hirn-Kumpeln, am anderen Pommy George* und Vera. George ist ein kleiner Mann mit gelben Augen, immer wie aus dem Ei gepellt, mit gestärktem weißen Hemd und Manschetten. Er ist praktisch schon sein ganzes Leben lang hier, spricht aber immer noch mit einem Pommy-Akzent, feuert die Pommys beim Kricket an und sieht Pommy-Sendungen wie »The Bill, The

* Pommys sind britische Einwanderer in Australien.

Bill«. Vera, Pommy Georges Freundin, war früher die Wirtin vom Pub. In Dads Fleischplatten-Zeit war sie überlebensgroß und konnte dem unflätigsten Fischer mit einem einzigen Wort das Maul stopfen. Diese Vera hier ist kleiner und farbloser, aber ich schätze, es ist dieselbe Person.

Brereton wirft mir einen bösen Blick zu und zeigt auf das Schild über der Tür: »Zutritt für Minderjährige ohne Begleitung verboten«.

»Jetzt mach mal halblang, Chef«, sagt Pommy George. »Du bist hier nicht in der Stadt. Kinder und Pubs gehören zusammen wie Schnitzel und Pommes. Hab ich nicht Recht, Vera?«

Vera nickt.

»Ihre Kinder haben hier praktisch den Laden geschmissen.«

Vera nickt wieder.

Brereton zieht die Augenbrauen hoch, als wollte er sagen, ja, gut, aber das ist jetzt anders, das hier ist ein professionell geführter Laden.

Ich suche die Wand mit den Augen ab. Eine Menge Bilder hängen dort – Muhammad Ali voll in Action, eine irische Landschaft, Marilyn Monroe, die berühmte Filmszene, in der ihr das Kleid hochfliegt, Guinness-Reklamen –, aber die alten Fotos von den einheimischen Football-Teams, den Pferderennen, den Fischern und ihrem Fang sind alle verschwunden.

»Entschuldigen Sie bitte, haben Sie Dougy gekannt?«, frage ich Vera.

»Klar, Schätzchen, jeder hat Dougy gekannt.«

»Früher war hier ein Foto von ihm an der Wand. Ein Typ mit einem Monster-Mulloway. War das Dougy?«

»Klar war er das. Ich war hinter der Bar, als er ihn reingebracht hat. Hab noch nie 'n Jewie wie den gesehen, das kannste mir glauben. Hat ihn beim Metzger gewogen. Ich will verdammt sein, wenn der nicht fast hundert Pfund hatte.«

Ich lächle. Es ist unglaublich, wie rasant ein Fisch wächst, wenn er tot, gekocht und gegessen ist. Wenn es in diesem Tempo weitergeht, ist Dougys Mulloway bald so groß wie Moby Dick. Aber ich nehme an, Menschen wachsen auch weiter, wenn sie tot sind. Hauptsächlich ihre Fingernägel, aber das hält nicht lange vor, ehe die Würmer zuschlagen und wir ernsthaft vom Fleisch fallen, ein Gewichtsverlust, für den Jenny Craig* sich die Hand abhacken lassen würde.

»Ich glaub nicht, dass ein Jewie viel größer werden kann als der von Dougy«, sagt Vera.

»Der Rekord steht bei siebenundvierzig Komma eins Kilo«, sage ich. »Gefangen neunzehnvierundsiebzig mit einer Zwölf-Kilo-Leine.«

»Ach, geh mir fort mit deinen Kilos, das hat mich noch nie interessiert, und wenn du mich fragst, Rekorde sind bloß was für reiche Säcke. Ich sag nur eins, Schätzchen – das war der größte Fang, den ich je hier gesehen habe, und ich war schon hier, als Jesus noch Mittelstürmer in der B-Mannschaft von Jerusalem war.«

Pommy George brüllt vor Lachen. »Du bist unbezahlbar, Vera, wirklich.«

»Wie ist Dougy gestorben?«, frage ich Vera, als Pommy Georges Ausbruch zu einem leichten Beben verebbt ist.

»Gestorben? Er ist nicht gestorben.«

»Es sei denn, er hat sich diese Woche zu Tode gesoffen«, fügt Pommy George hinzu.

Sechs Fuß unter dem Boden, hat Zappo gesagt. Vielleicht hat er etwas anderes gemeint. Nein, »sechs Fuß unter dem Boden« hat nur *eine* Bedeutung.

---

* Firma, die ein bekanntes Diät- und Ernährungsprogramm verkauft.

»Aber Zappo hat gesagt, er ist tot.«

»Für ihn wahrscheinlich schon. Die beiden waren mal die dicksten Freunde, bis sie diesen Riesenkrach hatten.«

»Und weshalb?«

»Weiß nicht genau. Hatte irgendwas mit den Hühnern zu tun, die sie gezüchtet haben. Beide waren leidenschaftliche Bantam-Fans. Das hatten sie von ihrem Alten, nehm ich an.«

»Von ihrem Alten? Soll das heißen, dass Zappo und Dougy Brüder sind?«

»Vielleicht sind sie sogar Zwillinge«, sagt Pommy George.

»Aber Dougy hat nie Röcke getragen, so wie Zappo«, sagt Vera. »Und sie sehen auch nicht gleich aus.«

»Zwillinge müssen nicht unbedingt gleich aussehen«, sage ich. »Das hängt davon ab, ob sie monozygotisch sind oder nicht.«

Pommy George und Vera schauen mich misstrauisch an.

»Sind nicht viele übrig von der alten Mannschaft, was?«, sagt Vera und schüttelt den Kopf. »Aber ich kann mich trotzdem nicht beklagen. Ich hab meine Spielchance genützt.« Sie grinst und bohrt Pommy George ihren Ellbogen in die Rippen. »Besser als deine Pommy-Kricket-Heinis, hä, Georgy-Porgy? Die würden eine gute Spielchance nicht mal erkennen, wenn sie ihnen in ihren feinen Pommy-Arsch reinkriechen würde.«

Pommy George ringt sich ein Lächeln ab. Ich nehme an, wenn man sein Leben lang Pommy-Witze einstecken muss, gewöhnt man sich mit der Zeit daran.

»Wo ist Dougy dann?«

»In Mully drüben. Schläft auf der Straße, hab ich gehört.«

Brereton kommt und packt Georges Glas. »Na, wie sieht's aus – noch eins?«

»Ach, hör auf, ich hab ja noch nicht mal das hier ausgetrunken«, sagt George und zeigt auf die Bierpfütze am Boden des Glases.

Brereton schüttelt den Kopf und kehrt zu seinem Buch zurück.
»Entschuldigen Sie bitte«, sage ich.

Brereton schaut zu mir hoch und markiert mit dem Finger die
Stelle, an der er unterbrochen wurde, so als wollte er sagen, he,
sieh mal, Junge, ich hab was Besseres zu tun.

»Haben Sie noch die alten Fotos, die hier immer an der Wand
hingen?«

»Weiß nicht«, sagt er, schüttelt den Kopf und schaut wieder auf
sein Buch hinunter. Aber ich habe mir bereits eine Strategie zurechtgelegt.

»Wir machen nämlich so ein Schulprojekt in unserer Schule,
meine Klassenkameraden und ich. *Schule*, verstehen Sie?«

Er schaut wieder auf. Ich wusste, dass »Schule« ziehen würde.
Brereton braucht die Unterstützung der Gemeinde, weil einige
Leute in der Stadt etwas dagegen haben, dass er seinen Pub mit
Pokerautomaten pflastert. Deshalb rechnet er sich aus, wenn er
die Schule auf seine Seite bringen kann, wird die Gemeinde vielleicht folgen, und dann kann er noch mehr Pokies aufstellen. In
den Toiletten stehen noch keine, und da ist sehr viel Platz.

»Ein richtig großes Schulprojekt in der Schule, das die halbe
Stadt zu sehen bekommt. In der Schule. Schulprojekt. Verstehen Sie, Schule?«

Brereton hält die Hände hoch. »Ich hab's kapiert, Junge.« Er
grapscht einen riesigen Schlüsselbund von der Theke. »Komm
mit.«

Der Lagerraum ist voll von schlafenden Automaten. In dem
grellen Neonlicht sehen sie billig und schäbig aus, wie etwas,
das man für 1,98 $ im Clints Crazy Prices kauft (und sofort be-
reut). Sie brauchen wohl erst eine anständige Fütterung von
Leuten wie Mrs Plummer um wieder zum Leben zu erwachen.

»Da hast du«, sagt Brereton und zeigt auf einen Milchkarton,
der mit staubigen Fotos voll gestopft ist. »Nimm sie alle.«

»Sind Sie sicher?«

»Ich stifte sie der Schule. Und du sorgst dafür, dass dein Direktor es auch erfährt. Okay?«

»Na klar doch. Ich erzähl's ihm gleich am Montagmorgen.«

Brereton wendet sich zum Gehen, aber dann bleibt er stehen.

»Ihr habt doch Ferien.«

Gut gebrüllt, Wirt. Jetzt stecke ich wirklich in der Scheiße. In einem ganzen Scheiße-Wildbach. Ohne Kanu und ohne Paddel. Aber ich weiß, dass man brenzlige Situationen am besten bewältigt, wenn man mit einer Antwort daherkommt, die so absurd, so lächerlich ist, dass Brereton sie vielleicht sogar schluckt – so wie der Kamikaze-Barramundi, der sich neulich an der Angel des Fischmästers selber entleibt hat.

»Das ist ein Sonderprojekt. Ich opfere meine Ferien dafür«, behaupte ich.

»Gut von dir«, sagt er ohne Überzeugung und lässt mich den Milchkarton alleine heraushieven.

Mrs Plummer steht auf dem Fußweg und knuddelt Sooty. Sie riecht nach Oma-Parfüm.

»Komm, mein süßer kleiner Sootylein, für uns wird's jetzt Zeit, nach Hause zu gehen. Ich hab auch ein schönes Stück Steak für dich heute Abend, mein Schatz.«

»Und? Wie ist es gelaufen, Mrs Plummer? Haben Sie was gewonnen?«

»Nein, Hunter«, sagt sie. »Die Automaten kann man nicht schlagen. Nicht, wenn man so viel spielt wie ich. Das ist einfache Mathematik. Das Wahrscheinlichkeitsgesetz. Die Maschinen gewinnen immer.«

»Warum spielen Sie dann?«

»Weil es mir Spaß macht, Schätzchen.«

Es ist schwer, den Ausdruck auf Mrs Plummers Gesicht zu deuten, wenn sie die Automaten füttert, aber wer weiß?

»Ich mag meine Pokies. Sie sind meine Freunde. Außerdem gibt es Gratis-Kaffee, leckere Kekse, und der liebe Mr Brereton spendiert mir hin und wieder einen Sherry. Es gibt ja hier sonst nichts zu tun. Und ich habe keine Lust, mit den ganzen alten Trotteln Bingo zu spielen.«

Das kann ich ihr nicht verdenken.

»Ich hab nichts gegen Tanzen, aber manche von den alten Kerlen werden für meinen Geschmack ein bisschen zu vertraulich. Und ich geh auch nicht zu diesen Perversen auf die Mole.«

Zappo ist kein Perverser, würde ich gern sagen, er zieht nur gern Kleider an. Aber es ist mir zu dumm.

Kapitel 13

Ich spüre es, sobald ich in die Küche komme.

»Weibliche Energie«, würde Saphonia es nennen, aber ich schätze, »Mädchenkeime« ist eine viel bessere Beschreibung. Mum, Saphonia und die Fotokopien sind alle da, drängen sich um den Kühlschrank, lachen sich ihre weiblichen Köpfe ab. Eine Petrischale voller Mädchenkeime, die sich fortpflanzen, vervielfachen.

»Was ist los?«

»Saph hat deiner Mum einen neuen Kalender gekauft«, antwortet Jasmine.

»Aber sie meint, sie ist übers Ohr gehauen worden«, sagt Storm.

»Ja und?«, sage ich und quetsche mich durch um einen Blick darauf zu werfen. »Die nackte Wahrheit – einheimische Sportler ganz ohne«, nennt es sich. Auf dem Januarblatt ist ein nackter Triathlet aus Mully abgebildet, aber sein männliches Teil ist von einem strategisch günstig platzierten Fahrrad verdeckt – nur dass jemand ein anderes dazugemalt hat. Ein abartig langer Penis schlängelt sich über die ganze Seite und endet in einem kleinen Smiley-Gesicht.

»Erbärmlich«, murmle ich nur.

Saphonia dreht sich um. Einen Schreiber in der Hand. Ein Grinsen im Gesicht.

»Nimm dich in Acht, großer Krieger«, sagt sie und kritzelt in die Luft. »Sonst bist du als Nächster fällig.«

Was noch mehr Gelächter auslöst, noch mehr hysterische Mädchenkeime im Raum verbreitet.

Aber ich sehe eine Chance, mich zu rächen. Außer ihrem Sarong, den sie wie eine Windel um ihre Hüften gewickelt hat, trägt Saphonia heute ein neues T-Shirt, auf dem unten »Berühmte Vegetarier« steht und überall Bilder von Vegetariern zu sehen sind. Gandhi ziert einen ihrer Möpse. Jerry Seinfeld den anderen. Pamela Anderson, Einstein, Vincent van Gogh – alle sind sie da.

»Der berühmteste Vegetarier fehlt in deiner Sammlung«, sage ich.

»Und wer soll das sein?«, fragt Saphonia, während sie an sich herunterschaut und ihre Zwillings-Mungobohnen bewundert.

»Hitler«, sage ich. »Adolf Hitler.«

»Blödsinn«, sagt sie und wedelt mit den Händen, sodass ihre Armreifen klirren. »Der war kein Vegetarier.«

»Doch«, sage ich. »War er wohl. Wir haben es im Fernsehen gesehen.«

Ich sehe die Fotokopien Beifall heischend an; wir haben die Sendung zusammen angeschaut. Jasmine starrt auf den Selleriestängel hinunter, an dem sie knabbert, aber Storm hält ihren linken Zeigefinger unter die Nase und legt einen zackigen Nazi-Gruß hin. Es ist keine besonders überzeugende Hitler-Imitation, aber ich bin sicher, dass Saph die Anspielung verstanden hat.

Sie gibt jedoch keine Antwort. Drangekriegt, denke ich. Linke Gehirnhälfte besiegt rechte.

Aber nach einer Weile sagt sie: »Na ja, stell dir mal vor, was der erst verbrochen hätte, wenn er nicht Vegetarier gewesen wäre?«

Sofort habe ich ein Bild vor Augen, wie Adolf ein T-Bone-Steak verschlingt (fast roh). Nach diesem Fleisch-Kick verfällt er ins

Toben, greift zum Telefon und befiehlt die Ermordung von weiteren sechs Millionen Juden.

Pah! Der Stinker! Und *aya carumba*! Saphonia hat wieder mal gewonnen.

»Was ist das?«, sagt sie und zeigt auf den Milchkarton.

»Ach, nur ein paar alte Fotos. Vielleicht ist eins mit Dad dabei«, sage ich und wühle die Bilder durch, bis ich das Foto vom B-Klasse-Meisterschafts-Team von 1979 finde. Ich zeige auf Dad, der in der vorderen Reihe sitzt, die Hände über der Brust verschränkt, die Haare in einem Pferdeschwanz, ein breites Grinsen im Gesicht.

»Wow«, sagt Jasmine und nimmt das Foto. »Ist das wirklich dein Dad?«

»Na klar«, sage ich stolz.

»Er sieht dir aber gar nicht ähnlich, Hunter«, sagt Storm und nimmt Jasmine das Foto aus der Hand. »Das ist ein richtiger Feger.«

Mum wendet sich ab. Manchmal glaube ich, dass sie sich für Dad schämt, für seinen Mangel an Verantwortungsgefühl. Ich meine, das gehört sich doch nicht, einfach so von den Felsen zu verschwinden, oder? Vor einiger Zeit hat sie mal von einer Beerdigung gesprochen. Dass wir etwas in den Sarg legen sollen – einen Teil von seinem Angelzeug vielleicht? Seine Lieblingsangel? Dann mischte Saphonia sich ein. Wir könnten es doch am Strand machen – Räucherstäbchen abbrennen, Kerzen aufs Meer hinausschwimmen lassen, nackt unter dem Vollmond tanzen. Alle reden sie, als ob er tot wäre, als ob er gestorben wäre. Nicht einfach nur vermisst.

»Das musst du aufhängen«, sagt Storm und hält das Foto an die Wand, unter Mums Tattoo-Poster. »Was meinst du, Hunter?«

»Nein«, sagt Mum.

Ich habe schon eine Menge Neins von meiner Mum gehört.

Mum, kann ich heute ein Magnum Ego zum Frühstück haben? Nein! Mum, kann ich heute Abend die »Sechs Feinde aus dem All« anschauen? Nein! Mum, kann ich – Nein! Aber verglichen mit diesem hier, mit diesem Mulloway von einem Nein, waren die ganzen anderen Neins nur elendes Kroppzeug. Alle in der Küche erstarren. So als würden wir Stopptanzen spielen und die Musik wäre gerade verstummt.

Saphonia schaut Storm an, als ob sie etwas Falsches gesagt hätte, aber Storm streckt ihr nur die Zunge heraus. Es ist eine lange Zunge und sie ragt ziemlich weit heraus. Wenn ich das bei Mum machen würde, könnte ich was erleben, dann würde ich die volle Mummy-Dröhnung abkriegen. Aber Saphonia funkelt die Zunge nur an, als ob sie nicht genau wüsste, was sie mit ihr oder ihrer Besitzerin anfangen soll.

In der Kommune hatten die Fotokopien einen ganzen Stall voll Mums. Manchmal wussten sie nicht, wer ihre richtige Mutter war. Selbst als sie noch gestillt wurden, haben sie sich auf jede verfügbare Titte gestürzt.

Dann sind sie abgehauen, und plötzlich gibt es nur noch eine Mum – Saphonia. Aber Saph hat nicht viel Übung, sie muss erst noch ihren Mummy-Grundkurs ablegen, und manchmal, so wie jetzt, weiß sie nicht, was sie tun soll.

Wir dürfen nie über den Dad der Fotokopien reden, aber ich habe genug von diesem Scheiß – diesem »Lass uns so tun, als ob Dad nicht existiert«-Getue.

»Und was ist mit eurem Dad?«, frage ich Storm. »Ist der auch so ein Feger?«

Diesmal kommen die bösen Blicke von Mum und ich werde angefunkelt. Aber im Gegensatz zu Saphonia hat Mum längst ihre Mummy-Lizenz. Und natürlich hat sie als Klassenbeste abgeschnitten.

»Das reicht jetzt, herzlichen Dank. Ab in dein Zimmer, sofort!«

»Aber Mum …«

»Sofort, hab ich gesagt!«

Ab in dein Zimmer, da gibt's kein Verhandeln. Kein Wenn und Aber, nichts. Also stecke ich das Foto in den Karton zurück und trete den langen, traurigen Weg in mein Zimmer an.

Hinter mir höre ich Storms Stimme: »He, Hunter!« Ich schaue mich um. »Mein Dad ist auch ein Feger, und was für einer«, sagt sie herausfordernd. »Damit du's weißt.«

Saphonia schaut Storm an und weiß nicht, was sie tun soll. Mum schaut Storm an und weiß genau, was sie tun würde, kann es aber nicht, weil Storm nicht ihr Kind ist. Das ist wie in einem alten Hollywood-Film, wenn die Bösen über die Staatsgrenze flüchten und die Cops nichts tun können. Außer dasitzen und zuschauen, wie die Bösen ihnen den Stinkefinger zeigen. Nur dass das hier keine Staatsgrenze ist, sondern eine Mummy-Grenze.

Und Jasmine? Die starrt noch angestrengter auf ihren Selleriestängel. Und bewegt die Lippen, als würde sie ein altes Lied vor sich hinsingen. Ihr Lied. Als wäre sie ein Vogel und könnte jederzeit wegfliegen. Pah! Wer kann es ihr verübeln?

Kapitel 14

Total mein Raum. So würde Saphonia es ausdrücken, und ausnahmsweise hätte ihr Erbsenhirn mal was Richtiges abgesondert. Das ist total mein Raum, Mum, und wenn ich ein Foto von Dad und seinen prolligen Mannschaftskameraden auf meinem Bücherregal neben dem Stapel mit meinen alten Anglerzeitschriften aufstellen will, dann ist das mein gutes Recht, weil TMR – Total Mein Raum.

Ich finde auch ein Foto von Dougy und seinem Mulloway. Es ist ein altes Schwarzweißfoto, von der Sonne ausgebleicht, die früher in den Pub sickerte. Aber die Familienähnlichkeit zwischen Zappo und Dougy ist trotzdem unverkennbar. Etwas in den Augen. Wenn sie Zwillinge sind, können sie allerdings nicht eineiig sein, so wie die Fotokopien, dann sind sie zweieiig. Zwei Sperma-Brüder auf einem doppelten Date mit zwei Eier-Schwestern. Zwei befruchtete Eier, zwei Föten und zwei verrückte alte Kerle mit unterschiedlichen Genen.

Dougy ist kleiner als Zappo und seine Schultern sind nicht so fleischig. Er sieht freundlicher aus, aber irgendwie ein bisschen windig. Wenn Zappo ein zuverlässiger Verteidiger ist, dann ist Dougy der tolle Linksaußen, der manchmal brillante Leistungen bringt, aber völlig unberechenbar ist.

Der Fisch – der Monster-Mulloway – ist noch größer, als ich ihn in Erinnerung hatte. Komisch, denn meistens wachsen die Dinge in der Erinnerung, dem besten Dünger, den es gibt. Viel größer! Furcht erregend größer!

Wie soll ein dreizehnjähriger Junge einen Fisch von dieser Größe fangen? O Mann, da hab ich mir ganz schön was vorgemacht, oder?

Ich habe nicht die Kraft, so einen Fisch an Land zu ziehen. Geschweige denn die richtige Ausrüstung dafür. Angel, Spule, Leine, Zubehör – gar nichts habe ich. Im Gegensatz zu Rex werde ich nicht von *Shimano, Quintrex** und der »Royal Society zur Erhaltung von Bärten« gesponsert. Und wenn Zappo Recht hat, habe ich auch nicht genug Haare auf meinem Khyber um so einen Fisch zu landen.

Gib's auf, Hunter, du kahlärschiger Träumer.

Ein Klopfen an der Tür.

Mum natürlich. Sie hat eingesehen, wie ungerecht meine Verurteilung war. Was für ein trauriger, Mädchenkeim-verseuchter Ort die Küche ohne mich ist. Jetzt kommt sie gekrochen und fleht mich an, zurückzukommen und die Küche mit meiner antibakteriellen männlichen Gegenwart zu beehren.

»Ich bin's, Storm – darf ich reinkommen?«

Bevor ich antworten kann, schlüpft sie schon zur Tür herein und schließt sie leise hinter sich.

»He, schau dir das mal an!«, sagt sie und bewundert die Blinker, die meine Wände zieren, die Leinenrollen, die auf dem Boden aufgestapelt sind, das Gaff**, das an der Decke hängt. »Das ist ja wie in einer verdammten Anglerkiste.«

Sie entdeckt das Foto von Dad und fängt an zu schwärmen, wie cool er aussieht, so wie einer von diesen tollen Fußballspielern bei der Weltmeisterschaft.

»Vettori ist ein italienischer Name, oder?«

---

* Shimano und Quintrex sind Hersteller von Angelzubehör.
** Haken, der meist an einem langen Stiel befestigt ist und den man verwendet, um Fische aufs Boot oder an Land zu ziehen.

Storm ist heute eine richtige Plaudertasche, was gar nicht zu ihr passt. Ich weiß genau, dass sie etwas im Schild führt.

»Ja. Aber ich weiß nicht, wo er herkommt. Dad hat nie mit mir darüber gesprochen – ich meine, er spricht nie mit mir darüber.«

Storm nagt eine Weile an ihrer Lippe, so wie Mum immer, und sagt schließlich: »Danke, Kumpel, dass du mich verteidigt hast.«

Hä? Ich habe sie nicht verteidigt. Ich wollte nur Saph eins auswischen.

»Ist schon gut.«

Dann schaut sie mich an. Ich meine, schaut mich wirklich an. Ihre Augen bohren sich in meine, wie Hitze suchende Geschosse, die auf ihr Ziel herunterzischen.

»Genau in dem Moment, als ich dich schon abhaken will, kommst du plötzlich an und machst so was.«

»Da war doch nichts dabei«, antworte ich.

Und es war wirklich nichts dabei. Null. Nix. Lecko-mio. Aber so sind Mädchen nun mal. Besonders die Fotokopien. Besonders Storm. Reden stundenlang über unwichtiges Zeug, das in der Vergangenheit passiert ist. Warum müssen sie immer alles zerpflücken, warum nerven sie einen immer mit diesen ganzen Erklärungen, diesen Ideen, diesen Wörtern? Manche Sachen passieren einfach. Reicht das nicht? Warum können sie es nicht dabei lassen? Warum müssen sie dauernd dran herumpulen wie an einem alten Schorf?

Ich nehme einen Blinker von der Wand. Ein Tiefsee-Killer Mk VI. Ich will Storm gerade erzählen, wie ich einmal einen riesigen Blaufisch damit gefangen habe. Dass ich eine Fünf-Kilo-Leine verwendet habe. Dass es mich über eine Stunde gekostet hat, ihn an Land zu ziehen. Aber sie hört gar nicht hin, sondern redet nonstop über ihren Dad. Dass Saphonia will, dass sie ihn vergisst. Wie sehr sie ihn vermisst. Es ist unmöglich, auch nur ein einziges blaufischinspiriertes Wort dazwischenzuquetschen.

Dann auf einmal schießt mir das ganze Zeug in den Kopf, wie eine Kingsize-Flut in eine Meereshöhle, und füllt ihn mit Erinnerungen. Dad, wie er mir beibringt, einen geschlossenen halben Blutknoten zu machen. »Und vergiss nicht, Hunter, das Geheimnis ist viel, viel Spucke.« Dad, wie er mit seinen aufgefädelten Lachsen in die Küche hereinmarschiert. Dad, wie er das Fleischtablett bei der Tombola gewinnt und sein Los hochhält, als sei es das einzige, das er gekauft hat. Ich, wie ich an jenem Tag in der Schule sitze, wie die Lehrerin ihre Geschichte erzählt und die Märzfliege gegen das Fenster summt. Mum in der Tür, mit diesem seltsamen Ausdruck in ihrem Gesicht. Ich, wie ich auf dem Zaun sitze, unter dem »PLÄTZE FREI«-Schild, im schwindenden Licht, und darauf warte, dass Dad auftaucht.

Ich vermisse meinen Dad auch, möchte ich Storm sagen. Mehr, als du dir jemals vorstellen kannst. Du weißt wenigstens, wo dein Dad ist. Dein Dad ist wenigstens am Leben. Meiner könnte überall sein.

Ich spüre, wie mir die Tränen kommen. Lauern schon hinter den Lidern und warten nur darauf, herauszupurzeln. Ich kneife meine Augen zu und dränge die kleinen Scheißer in ihre Kanäle zurück. Und als ich die Augen wieder aufmache, ist Storm diejenige, die weint, die Tränen rinnen durch ihre Wimperntusche und hinterlassen körnige schwarze Spuren auf ihren Wangen.

»Hunter, kannst du mich mal in den Arm nehmen?«, sagt sie leise.

Bevor ich antworten kann »Soll das ein Witz sein?«, hat sie schon ihre Arme um mich geschlungen und drückt ihr Gesicht an meine Schulter. Ich spüre, wie sie schluchzt und die Feuchtigkeit in mein T-Shirt dringt. Je mehr ihre Tränen fließen, desto mehr ziehen sich meine zurück. Ich denke jetzt an ihren Dad, nicht an meinen. Gehirnwäsche. Marihuana-Anbau. Boggo Road. Nach einer Weile, nach einem Eimer voll Tränen, macht Storm sich von mir los. Sie wischt mit dem Ärmel über ihre Nase.

»Alter Fischertrick«, sage ich.

Storm sieht verwirrt aus.

Ich nehme eine imaginäre Angel in die Hand, winde mit der anderen eine imaginäre Spule auf und wische mir mit dem Ärmel die Nase ab.

Kapitel 15

»Was kriegst du, wenn du unter einer Kuh sitzt?«

»Weiß nicht.«

»Einen Fladen auf den Kopf.«

»Der ist zum Brüllen«, sage ich mit todernster Miene, während ich den Helm auf meinen Kopf drücke.

»Du wirst doch Sandy nichts davon sagen, oder?«, fragt Drilla.

»Spinnst du, oder was?«

Wenn Mum wüsste, dass ich mich gerade auf den Rücksitz einer Ducati 900 geschwungen habe, würde sie ausrasten. Ziemlich absurd für jemand, dessen größter Ehrgeiz im Leben darin besteht, sich eine Tätowierung machen zu lassen, aber so ist meine Mutter – immer auf dem engen, geraden Pfad der Tugend, der um sechs Uhr abends in den Schlafanzug und zu einem letzten Glas Milo-Milch führt. Deshalb hat Drilla mich hier abgeholt, auf der anderen Seite der Stadt, vor der alten Fischfabrik. Am Dienstagnachmittag hat er frei, damit er nach Mully fahren und De-anne, seine Verlobte, zu einem »Countery« einladen kann, einem Theken-Lunch. Ich wusste, dass er Ja sagen würde, als ich ihn gestern Abend gefragt habe, ob er mich mitnimmt. Wahrscheinlich hat er das Gefühl, dass er mir etwas schuldet.

»Alles klar?«, sagt er, drückt auf den Startknopf und der Motor springt an, gr-gr-gr-grollt. Ich recke meinen Daumen hoch und schon zischen wir los.

In letzter Zeit ist Drilla ein sehr verantwortungsvoller Fahrer. Wir überschreiten das Tempolimit nur ein ganz kleines bisschen. Die Fußstützen scheuern nur leicht über den Asphalt und es fliegen nur wenige Funken hoch, wenn wir uns in die Kurven legen. Drilla warnt mich auch ewig lange vorher, ehe er eine Vollbremsung vor dem BJ-Haarsalon hinlegt, damit ich nicht hinten herunterfalle.

De-anne wartet drinnen und blättert in einer Modezeitschrift. Sie trägt spitze Schuhe, fleischfarbene Leggins und ein Top, das aussieht, als sei es aus dem Fell einer gefährdeten Art gemacht – der großsibirischen Discokugel vielleicht. Der Stein auf ihrem Verlobungsring ist so groß, so schwer, dass ihr Arm schon ganz ausgeleiert sein muss. Und ihre blond gebleichten Haare fliegen in alle Richtungen. Nicht gerade die beste Reklame für eine Friseurin, sollte man meinen, aber De-annes Geschäft boomt – alle Stühle sind besetzt und der Boden ist knöcheltief mit Haar bedeckt. Etwas an De-anne ist heute anders, aber ich komme nicht darauf, was es ist.

»Hallo, Schnuck«, sagt sie zu mir.

Schnuck wie Schnuckelchen. De-anne nennt fast jeden »Schnuck«.

»Hunter ist *der* Mann, was?«, fügt Drilla hinzu.

»*Unser* Mann«, sagt De-anne, während sie einen Arm um meine Schulter schlingt und mit ihren Fingern durch mein Haar fährt. »Unser Trauzeuge.«

O Mann! Nicht das schon wieder. Sie möchten, dass ich ihr Trauzeuge bei der Hochzeit bin. Was mir total auf den Geist geht. Ich bin doch noch ein Junge. Ich bin nicht ihr Mann und schon gar nicht ihr Trauzeuge. Ich sage Mum immer wieder, dass ich das nicht mache, aber sie besteht darauf. *Wenn dein Vater noch da wäre, würde er es machen.* Na und? Daran hätte Drilla vielleicht denken sollen, als er an jenem Morgen nicht aus dem Bett gekommen ist.

»Deine Haare muss ich mir noch vornehmen, aber ich hoffe,

dass du sie regelmäßig wäschst und mit einer Haarspülung behandelst.«

»Klar«, antworte ich und denke daran, wie oft ich abends schlafen gehe, die Haare steif vom Salz und nach Fischinnereien stinkend.

De-anne wendet sich jetzt wieder Drilla zu. »Was essen wir denn heute, Zuckerschnäuzchen?«

Drilla schaut sich verstohlen im Salon um. Ich glaube nicht, dass er es mag, wenn man ihn »Zuckerschnäuzchen« nennt. Und mir ginge es genauso, wenn ich so einen ungehobelten Quadratschädel hätte wie er und mehr Tätowierungen als Chopper Read*. Aber keine der Frauen im Salon hat etwas mitbekommen. Sie sind viel zu sehr damit beschäftigt, sich die Haare richten zu lassen, ihre Zeitschriften zu lesen oder darüber zu tratschen, ob die Frau des Schuldirektors tatsächlich eine Affäre mit Di dem Chiropraktiker hat oder nicht. Drilla ist gerettet, seine Männlichkeit unangetastet.

»Chinesisch«, sagt er. »So wie immer.«

»Ach, komm, Süßer. Es gibt doch noch so viel anderes. Wir könnten mal zum Italiener gehen oder zum Thai oder vegetarisch essen.«

»Hör mal, Schätzchen, ich hab nichts dagegen, wenn du diese ganzen anderen Schnitzel essen willst. Aber der Chinese ist mein Schnitzel.«

De-anne schaut Drilla an und zwinkert mir zu. »Lass uns halb drei ausmachen, Schnuck, ja?«, sagt sie. »Mein Mann und ich, wir haben nämlich einiges nachzuholen.«

Im selben Moment wird mir klar, was anders an De-anne ist.

---

* Chopper Read war ein Gangster und Mörder, der den Ehrgeiz hatte, der berühmteste Verbrecher Australiens zu werden, und im Gefängnis seine Memoiren geschrieben hat.

»Jetzt weiß ich's. Deine Lippe! Die ist ganz dick geworden oder was auch immer.«

»Hab sie mir ein bisschen verschönern lassen«, sagt sie und stülpt ihren Mund vor, als ob sie mich gleich abknutschen wollte.

»Wie hast du das gemacht? Hat dir jemand eine auf den Mund gedonnert?«

»Nein, Schnuck, das war 'ne Spritze. Hat höllisch wehgetan, das kannst du mir glauben. Aber gelohnt hat sich's schon, oder? So 'n bisschen Julia Roberts mitten im guten alten Mully.«

»Du meinst wohl, so 'n bisschen Fischmaul mitten im guten alten Mully, was?«

De-anne will mich packen, aber ich schlüpfe unter ihrem Arm durch und zur Tür hinaus.

Kapitel 16

Wer Dougy sucht, wird als Erstes auf der Mole nachsehen. Einmal ein Fischer, immer ein Fischer, heißt es schließlich. Aber in Mully gibt es keine richtige Mole, nur einen hässlichen Betonkai, wo die Fischerboote vertäut sind. Ein paar Kinder sind dort, die junge Meerbarben mit *Kmart*-Ruten und Weißbrot als Köder jagen, und ein alter Knacker, der in einer Ecke auf einem Eimer sitzt, die Angelrute gegen einen Pfeiler gelehnt.

»Entschuldigen Sie bitte?«

Er schaut mich misstrauisch an, im Zappo-Stil. Weiße Haare sprießen aus seinen Nasenlöchern und aus seinen Ohren.

»Ja«, faucht er. »Was willste?«

»Kennen Sie jemand namens Dougy?«

»Fährt der 'n roten VL-Commodore-Kombi?«

»Weiß ich nicht.«

»Was fährt er dann?«

»Keine Ahnung. Ich weiß nur, dass er ein ziemlich guter Fischer ist. Ein Jewie-Fischer.«

»Kenn ich nicht«, sagt der alte Knacker und kehrt mir den Rücken zu, während er die Angel hochnimmt und die Leine aufwickelt.

Ich sehe mir seine Montage an.

»Bisschen weniger Blei könnte nicht schaden«, schlage ich höflich vor.

Der alte Knacker schnaubt unwillig und seine Nasenhaare zittern. »Weißt du, wie lange ich schon fische?«

»Wahrscheinlich seit Jesus Mittelstürmer in der B-Mannschaft von Jerusalem war. Aber ein bisschen weniger Blei wäre trotzdem besser.«

»Mach, dass du hier fortkommst. Für Gotteslästerer haben wir keinen Platz in dieser Stadt. Na los, hau ab.«

Er wedelt mich mit den Armen weg, als wollte er einen räudigen Straßenköter vertreiben. Einen gotteslästerlichen räudigen Straßenköter.

Ich frage im Pub, in der Autowerkstatt, im Supermarkt, beim Metzger, beim Bäcker. Wenn es einen Kerzenmacher gäbe, würde ich den auch noch löchern. Aber niemand hat jemals von Dougy, dem Jewie-Fischer, gehört. Das bedeutet, dass mir nur eine Möglichkeit bleibt.

Dad und Drilla haben nie ein gutes Wort für die Polizei übrig. »Korrupte Scheißbullen«, sagen sie immer. Oder »Bullenschweine« oder einfach nur »Drecksäcke«.

»Die sind dran schuld, dass Drilla sitzen musste«, hat Dad immer gesagt. »Die Drecksäcke haben ihn in die Pfanne gehauen. Ihn verknackt.«

»In die Pfanne gehauen«, »verknackt« – das klingt alles nicht besonders nett. Ich brauche eine Ewigkeit, bis ich den Mumm aufbringe hineinzugehen.

Die Frau, die hinter dem Schalter sitzt, trägt eine Uniform, die von den Gotteslamentierern geliehen sein könnte. Wenn sie im amerikanischen Fernsehen wäre, hätte sie es wahrscheinlich an den Drüsen. Aber hier ist sie einfach nur fett. Vor ihr liegt eine Großpackung Pralinen.

»Fettarm« steht auf dem Etikett. »Diät-Konfekt für Gewichtsbewusste.«

»Entschuldigen Sie bitte«, sage ich. »Ist hier ein …« Ich zögere. Ich weiß, dass es Polizisten und Polizistinnen gibt, aber ich weiß nicht, nach welchen ich fragen soll. Stattdessen sage ich:

»Ist hier heute auch ein richtiger Polizeibeamter? Sie wissen schon, in Uniform und so? Kann natürlich auch ein Kommissar sein.«

»Polizeibeamter?«, sagt sie, und ihr Mund ist innen ganz kackig von der halb gekauten Schokolade.

»Ja, Sie wissen schon, ein Polyp.«

Die Frau runzelt die Stirn.

He, Lady, ich sage wenigstens nicht Bullenschwein, so wie Dad oder Drilla.

»Nein, die sind jetzt alle unterwegs«, sagt sie kurz angebunden. »Wichtige Einsätze.«

»Na ja, vielleicht können Sie mir weiterhelfen. Ich suche einen alten Mann. Er heißt Dougy ...«

Die Frau dreht sich von mir weg und wählt die nächste fettarme Praline aus der Schachtel aus. Ich überlege mir, wie viele fettarme auf eine fettreiche gehen, als sie einen kleinen Spiegel hervorholt und ihr Gesicht darin betrachtet. Nach frischen Pickeln abcheckt, nehme ich an.

Ich bleibe hartnäckig. »Er heißt Dougy und ist ein guter Freund von Jeff Vettori«, sage ich und betone die letzten beiden Wörter.

Sie klappt den Spiegel zu und ihr Kopf fährt herum. »Jeff Vettori? Der Typ, der vermisst ist?«

»Er ist mein Vater«, sage ich und halte inne um zu schniefen und mir die nicht vorhandenen Tränen aus den Augen zu wischen. »Ich wollte mit Dougy über die guten alten Zeiten reden.«

Gute Performance, denke ich. Ihre Augen sind ganz feucht vor Mitleid, Rührung und Verständnis.

»Hier, nimm dir eins, mein Schätzchen«, sagt sie und stellt die Pralinenschachtel auf die Theke. »So viel du willst. Ich frag mal hinten nach.«

Sie taucht mit einem Polizisten männlichen Geschlechts wieder auf, der mir irgendwie bekannt vorkommt – groß und superfit sieht er aus. Oh, mein Gott – das ist er! Der einheimische Sportstar auf dem Januar-Blatt! Der Triathlet in Saphonias Kalender. Plötzlich wird mir bewusst, dass ich direkt auf seinen Hosenladen starre, weil ich mich frage, wie er diesen unsäglich langen Schlangenpenis darin unterbringt.

»Du bist Hunter, oder?«, sagt er, verwirrt an sich herunterschauend. Wahrscheinlich kann er sich nicht erklären, warum ich auf diese spezielle Körperregion starre.

»Stimmt«, sage ich. »Ich hab nur gerade auf Ihren Schlang… ich meine, auf Ihre Pistole geschaut.«

»Ich trage keine Pistole.«

»Ja, das seh ich«, sage ich und schaue hoch.

»Du suchst einen gewissen Dougy, stimmt's?«

»Ja, genau.«

»Und hat der vielleicht auch einen Nachnamen?«

Wie heißt Zappo noch gleich mit Nachnamen? Fair-irgendwas? Fair Play? Fair-flixt-noch-mal? Fair-piss-dich-alter-Sack? Fair-Child? Ja, genau!

»Fairchild.«

»So heißt doch der alte Squiffy, oder, Brett?«, sagt die fettarme Lady.

»Jawohl, das ist er. Hab den Namen oft genug getippt, will ich meinen.«

»Und wo finde ich ihn?«, frage ich und versuche meine Aufregung zu bezähmen. »Wo ist sein Haus?«

Fettarm und Brett wechseln einen Blick miteinander.

»Er hat kein Haus«, sagt sie. »Aber ich kann dir sagen, wo du ihn finden kannst.«

Sie gehört zu den Leuten, die absolut keine Wegbeschreibung geben können. »Gleich neben der Nachrichtenagentur gehst du nach rechts, nein, halt, im Prinzip könntest du dort nach rechts gehen, aber eigentlich ist es besser, wenn du links abbiegst und dann …«

Brett schnappt sich einen Schlüsselbund von einem Brett an der Wand.

»Komm schon, Hunter. Ich bring dich hin.«

»Aber Brett, du musst doch …«

Brett schneidet ihr das Wort ab. »Sag ihnen, ich bin gleich zurück.«

Wir steigen in das Polizeiauto. Ich habe noch nie vorher einen Polypen kennen gelernt. Dad und Drilla lassen kein gutes Haar an der Polizei, aber Brett scheint ganz in Ordnung zu sein. Er zeigt mir, wie die Sirene funktioniert. Und als wir auf eine leere Straße kommen, tritt er voll aufs Gaspedal und beschleunigt so stark, dass ich platt in den Sitz gedrückt werde.

»Außerirdisch«, sage ich. »Das Ding hat verdammt viel Speed.«

»Brauchen wir auch«, sagt er und dreht sich mit todernstem Gesicht zu mir um. »Weil, Hunter, du ahnst ja nicht, wie viel Böses in den Herzen der Menschen lauert.«

Brett scheint das unglaublich witzig zu finden, denn er lacht immer noch, als wir anhalten.

»Dort drüben findest du den alten Squiffy«, sagt er und deutet mit dem Kopf hinüber. »Ich muss jetzt zurück. Kommst du zurecht?«

»Klar«, sage ich. »Danke fürs Mitnehmen.«

»Kein Problem.«

Er reißt übertrieben zackig die Hand hoch, grinst und tritt aufs Gas. Dann holpert der Polizeiwagen auf den Kies und fährt die Straße hinunter.

Kapitel 17

Mully hat also doch eine Mole, nur ist sie verrottet und fällt langsam ins Wasser. Auch hier werden keine »nicht wesentlichen« Reparaturen mehr gemacht. Die Mole ist mit Stacheldraht gesichert und mit Gefahrenschildern umstellt: BETRETEN VERBOTEN! BETRETEN VERBOTEN!
Alles in allem ein ziemlich cooler Platz zum Rumhängen. Ich wundere mich, dass keine einheimischen Jugendlichen zu sehen sind, aber klar, wenn man ein Kino, vierunddreißig verschiedene Eissorten und ein brandneues McDonald's hat, kann man sich anderweitig vergnügen.
Ich steige durch ein Loch im Stacheldraht und folge einem Pfad durch ein Grasstück, bis er in den Aufgang der Mole neben der Straße mündet. Der Sand darunter ist fein und weiß, mit Wirbeln von knirschendem, getrocknetem Kelp, Seeigel-Schalen, Tintenschneckenschulp, Treibholzstücken – das übliche Zeug, das die See anschwemmt. Es riecht trocken. Da ist nichts Faules, nichts Verwesendes, nur ein angenehmer, sauberer Salzgeruch. Und kein Putzmittel, egal wie Krebs erregend, kommt dem jemals nahe.
»Dougy!«, brülle ich und halte mir die Hände vor den Mund.
Keine Antwort.
»Dougy Fairchild, sind Sie da?«
Als wieder keine Antwort kommt, gehe ich los. Mein Kopf streift an den Querbalken über mir, aber ich kann aufrecht stehen. (Manchmal hat es auch Vorteile, ein Kurzarsch zu sein.)

»Dougy!«

Vor mir ist oben ein Stück lumpige Sackleinwand zwischen zwei Pfeilern gespannt. Davor stehen Kartons, mit Zeitungen voll gestopft, ein Einkaufswagen voll zerquetschter Aluminiumdosen und ein Haufen säuberlich aufgestapeltes Treibholz.

»Dougy!«

Als ich näher komme, kann ich eine Feuerstelle in einem Steinkreis sehen; die Querbalken darüber sind rußgeschwärzt. Ein Strandstuhl ist daneben aufgebockt, und dahinter steht ein richtiges Bett mit einer Matratze, zwei Kissen und einem *Star Wars*-Daunenbett, auf dem ein Plüschtier sitzt. Es ist so dreckig und zerlumpt, dass ich nicht erkennen kann, was für ein Tier es sein soll. Vielleicht ein Plüsch-Mulloway. Aber dann schlägt mein Herz schneller (und das liegt nicht an dem Plüsch-Mulloway). Eine Anglerausrüstung! Angelruten und Spulen und massenhaft Zubehör. Die Leinen sind verheddert und die Haken rostig – sie müssen längere Zeit nicht benutzt worden sein. Aber alles ist gute Qualität und das meiste davon habe ich bisher nur in Büchern gesehen. Besonders eine Angelrute sticht mir ins Auge. Sie sieht aus wie eine Jarvis-Walker-Vollglas mit Achatlaufringen! Ein Sammlerstück – eine der begehrtesten Angeln der Welt, und ich halte sie in meinen Händen. Ich muss gestorben und im Anglerhimmel wieder aufgewacht sein.

»Was zum Teufel machst du hier?«

Der Typ sieht nicht aus wie Dougy. Oder jedenfalls nicht wie auf dem Foto im Pub. Sein Haar ist lang und verfilzt (wie das der Fotokopien, als sie auf den Campingplatz gekommen sind) und seine Haut rau und rissig. Er erinnert mich an die Antikrebs-Poster, die in den Wartezimmern der Ärzte hängen, mit den ganzen Sachen, auf die man achten soll – Sommersprossen, Verhornungen, Melanome, Hautschuppen – Dougy hat die ganze Palette. Seine Kleider sehen seltsam trendig aus –

weite Mambo-Surfershorts, ein Hawaiihemd und eine coole Sonnenbrille mit rotem Gestell, eindeutig keine *Cancer Council*-Brille. Mein erster Gedanke ist, dass er einen Surfer abgemurkst und ihm seine Sachen heruntergerissen hat. Boff – vielleicht hat er sogar Miracle um die Ecke gebracht. Aber in den Nachrichten ist nichts von einem vermissten Surfer gekommen und Miracle habe ich gestern noch gesehen. Dougy muss die Klamotten also mit friedlicheren Mitteln erworben haben.

»Haste mich gehört?«, sagt er und kommt einen Schritt näher. Seine Stimme ist erstaunlich kräftig.

Jetzt kann ich sehen, dass er doch Ähnlichkeit mit dem Dougy auf dem Foto hat. Und mit Zappo auch. Etwas in den Augen. Etwas um den Mund. Und ich weiß, warum Brett ihn Squiffy* nennt. Er ist vielleicht nicht tot, wie Zappo behauptet hat, aber er riecht eindeutig so.

Er schaut mich genauer an und reckt den Hals vor.

»Heiliger Strohsack, dich kenn ich doch.« Er bohrt seinen Finger in die Luft. »Ah, jetzt hab ich's. Du bist der kleine Scheißer, der mir immer in meiner Angelkiste rumgefummelt hat. Die Leinen verheddert. Du und dein elender Kumpel.«

Ich muss an die Geschichten denken, die Dad immer erzählt hat, als er und Drilla noch Molenratten waren. Aber sie waren viel schlimmer als wir. Haben in den Anglerkisten herumgewühlt und absichtlich die Leinen verheddert.

»Das bin nicht ich. Das war mein Dad, von dem Sie da reden.«

Dougy entspannt sich. Er muss kapiert haben, dass es stimmt, was ich sage. Armer Dougy, wahrscheinlich sind seine Gehirnwindungen genauso verheddert wie damals die Angelleinen.

»Also, was willste dann hier?«, fragt er. »Einfach 'n armen alten Kerl wie mich in seinem Bau überfallen.«

---

* Squiffy ist ein Slangausdruck für sinnlos betrunken, heruntergekommen.

»Ich wollte mit Ihnen über Jewies reden. Alle in der Bucht sagen, dass Sie der beste Jewie-Fischer sind, den es je gegeben hat.«

»So, sagen sie das?«, sagt Dougy lächelnd und zeigt seine paar Zähne, die wie Schermesserfische in einer Schlammbank bei Ebbe sitzen.

»Ich hab das Foto im Pub gesehen, wo Sie mit dem Monster-Jewie drauf sind.«

»Vierundneunzig Pfund und hundertachtundneunzig Gramm«, sagt Dougy wie aus der Pistole geschossen.

»Ja, genau der.«

»Zappo und ich, Menschenskind, wir haben vielleicht ein paar Brocken auf die Mole raufgezogen.«

»Ist Zappo gestorben?«

»Klar ist er gestorben. War verdammt gut im Jewie-Angeln, der alte Zappo. Aber nicht so gut wie ich. Ich hab die Gabe, verstehste.«

Die Gabe? Jetzt hört er sich langsam wie Saph an, total abergläubisch. Als Nächstes wird er mir sein Sternzeichen verraten und dass er auf der Grenze zu irgendwas anderem ist. »Ich kann sie riechen«, sagt er und tippt sich an seine zerfurchte Nase.

»Ja klar, Fische sind ziemlich geruchsintensiv«, sage ich.

»Du kapierst es nicht, was? Ich rieche sie, wenn sie noch im Wasser sind. Wenn in Dogleg Bay ein Jewie im Wasser war, konnte ich ihn riechen. Ganz egal, wo er war – unter der Mole, vor dem Kap, dort draußen am Drei-Meilen-Riff –, weil nämlich, und das kannste mir glauben, Junge, ein Jewie so riecht wie nichts sonst.«

Dann wechselt er plötzlich das Thema.

»Zappt immer noch auf allen Kanälen rum, oder?«

»Wer?«

»Na, wer schon? Zappo natürlich. Ich hab ihm den Spitznamen

gegeben, als er noch 'n kleiner Bengel war, weil er nie stillsitzen konnte. Einmal hier, einmal da. Der olle Zappo.«

»Es geht ihm ziemlich gut«, sage ich. »Außer …«

Ich denke an Zappo, wie er mit seinen arthritischen Gelenken die Mole entlangschlurft. Soll ich es Dougy sagen? Lieber nicht.

Stattdessen frage ich: »Gibt's noch irgendwas, das Sie mir über Jewies erzählen können? Wie man Jewies fängt?«

»Ja, vergiss es. Jedenfalls hier in der Bucht. Es gibt keine mehr. Nicht, seit sie den Staudamm gebaut haben.«

»Aber vielleicht …«

»Nicht einer. Wenn man sie nicht riechen kann, sind sie nicht da. Deshalb hab ich das Interesse verloren. Sicher, man kann auf andere Fische gehen. So wie Zappo, dem macht das nichts. Aber für mich gibt's nur einen Fisch, und das sind Jewies.«

Für mich auch, Dougy, möchte ich am liebsten sagen, für mich gibt es auch nur Jewies.

»Stimmt es, dass man Jewies nur fangen kann, wenn man schon Haare auf dem Khyber hat?«

»Ja, verreck. Wo haste das denn gehört? Das hat mein Alter, Gott hab ihn selig, immer gesagt. 'türlich ist das wahr. Hab jedenfalls keinen Jewie gefangen, bevor ich welche hatte, das steht mal fest.«

Dougy bückt sich jetzt und wühlt in einer seiner Anglerkisten herum. Dann richtet er sich wieder auf und streckt seine Hand aus.

»Hier, nimm das.«

Ich weiß sofort, was es ist – ein Gehörstein. Er ist riesig, viel größer als die Gehörsteine, die ich in Büchern gesehen habe.

»Boff«, sage ich, während ich ihn in meiner Hand wiege.

»Riecht komisch, oder?«

Dougy schaut mich überrascht an.

»Haben Sie ihn damit gefangen?«, frage ich und halte die Angel hoch.

»Hab alle meine großen Jewies damit gefangen.«

»Möchten Sie sie verkaufen?«, frage ich, obwohl ich überhaupt kein Geld dafür habe.

Dougys Stimmung schlägt um. Plötzlich ist er wütend. Knotige Sehnen treten wie Schnüre an seinem Hals hervor.

»Hau bloß ab, du. Verheddest mir meine Leinen, und jetzt willste mir auch noch meine Angel stehlen. Na los. Hau ab.«

»Eine Jarvis-Walker-Vollglas mit Achatlaufringen«, sage ich. »Es ist eine schöne Angel.«

Dougy starrt mich an. Verblüfft wahrscheinlich, dass ich so viel über Angelgeräte weiß. Er packt die Angel und reißt sie mir aus der Hand.

»Na los. Hau ab!«

Also haue ich ab und gehe zu BJ's Haarsalon zurück. Wumm-wumm-Musik dröhnt aus der Stereoanlage und Drilla sitzt auf einem der Stühle, ein rosa Laken um den Hals. De-anne, die sich im Rhythmus der Musik wiegt und dreht, schnippelt an seinem Haar herum und redet auf ihr Zuckerschnäuzchen ein, dass er sich Strähnchen in seinen Vokuhila-Haarschnitt machen lassen soll. Vorne kurz, hinten lang.

»Ach, komm, Schnuck, nur an den Spitzen. Das wird dem Vokuhila-Preisrichter ins Auge stechen. Du gewinnst den Wettbewerb dieses Jahr, da wette ich mit dir.«

Lena, das Lehrmädchen, hört auf, den Fußboden zu fegen. Sie hat knallrote Haare, eine Tätowierung auf jedem Arm und scheint im Prinzip nichts gegen einen gesträhnten Affenschnitt einzuwenden zu haben.

»Das wird die Schau«, sagt sie.

»Kommt überhaupt nicht in Frage«, protestiert Drilla und schaut mich Hilfe suchend an.

Ich zucke mit den Schultern. »Wie war dein Schnitzel?«
»Erste Sahne«, sagt Drilla. »Beim Chinesen kannst du nichts falsch machen.«
»Und deins, De-anne?«
»Scharf«, sagt sie. »Meine Lippen haben fürchterlich gebrannt auf dem Rückweg.«
Sie stößt Drilla an. »Hab ich nicht Recht, Dicker?«
Drilla schüttelt verlegen den Kopf. »Wir fahrn jetzt besser«, sagt er. »Muss diesen Mistkerl nach Hause bringen, bevor seine Mum sich wundert, wo er bleibt.«
»Hast du den Typ gefunden, nach dem du gesucht hast?«, fragt De-anne, die sich plötzlich an Dougy erinnert.
Ich hole den Gehörstein heraus.
De-anne kreischt und tritt zurück. »Ach du Schreck, ist das alles, was von ihm übrig ist? Sein linkes Ei?«
»Nein, das ist …«, fange ich an zu erklären, aber ich weiß, dass nicht jeder meine Begeisterung für den *Argyrosomus hololepidotus* teilt – den afrikanischen Adlerfisch, auch Mulloway genannt –, und deshalb lasse ich den Gehörstein in meine Tasche zurückgleiten.
Aufgepowert von seinem chinesischen Schnitzel fährt Drilla schneller auf dem Heimweg. Jetzt stieben mehr Funken von den Fußstützen auf, wenn wir um die Kurven donnern. Ich drücke meine Knie fest an, während ich mit einer Hand den Gehörstein in der linken Tasche befühle und mit der anderen fettarme Pralinen aus der rechten Tasche herausfische. Für fettarm sind sie gar nicht schlecht. Was wollt ihr? Sie hat doch gesagt, dass ich mich bedienen soll, oder?

Kapitel 18

Barbie-time, so nennt Dad es immer. Und er redet nicht von der blonden Puppe mit den Plastikmöpsen und den fehlenden weiblichen Geschlechtsteilen. Barbie-time, das ist Barbecue-Zeit, wenn die Teller klirren, die Grillöfen angezündet werden und die Luft zum Schneiden dick wird von dem fettigen Fleischgeruch, den brutzelnden Würsten und zischenden Steaks.

Ich komme bei den Gotteslamentierern vorbei. Ein Fisch und zwei Brotlaibe – mit so einem Nonsens haben sie hier nichts am Hut. Fleisch, Fleisch und noch mal Fleisch ist die Devise. Kuhfleisch. Schweinefleisch. Schaffleisch. Hühnerfleisch. Hauptsache, es ist Fleisch, dann wird es – gelobt sei der Herr – sofort auf einen Grill geklatscht.

Ich kann Saphonia im Fenster vom Dolphy sehen. Natürlich wagt sie sich nie um die Barbie-time heraus. Sitzt einfach dort drinnen, brennt Räucherstäbchen ab, lässt Walmusik laufen und tunkt Cracker in ihre Dips.

Die Krabbologen sitzen vor ihrem Armeeladen-Zelt, auf Armeeladen-Stühlen. Bei den Krabbologen ist praktisch immer Bier-time. Drehverschlüsse werden aufgedreht, Ringverschlüsse aufgezogen und Dosen aus der Verpackung befreit, gefolgt von den Knack- und Knirschgeräuschen, die darauf hindeuten, dass die Krabben-time angebrochen ist.

Warwick sitzt auf einem Campingstuhl im Schatten eines Myrtenheide-Gehölzes. Den Hammer in einer Hand, den Meißel in der anderen, stemmt er einen Felsquader auf und sucht nach den flüchtigen Plakoidschuppern, nach den unnahbaren Quastenflossern.

»Tag, Warwick.«

Er schaut auf, eine feine Staubschicht auf seinem Gesicht, in seinem Bart.

»Tag, Hunter.«

Mrs Plummer geht in ihrem Jogginganzug vorbei, die Haare Marge-Simpson-blau gefärbt.

»Was für ein phantastisches Projekt«, sagt sie. »Ihr baut einen Grill!«

»Nicht direkt«, erwidere ich. »Das sind präkambrische Felsen und Warwick ist Paläoichthyologe.«

»Oh«, sagt sie, und ich wette, sie denkt jetzt, dass Warwick pervers ist. Hals über Kopf stürzt sie davon, sodass das ganze Kleingeld in ihrer Tasche klimpert, und Sooty galoppiert hinter ihr her.

»Und? Was macht unsere kühne, erfindungsreiche Hypothese?«

»Ach, ganz gut«, lüge ich. »Hab schon drei. Zwei bräunliche. Und ein schwarzes, aber wie.«

»Gut«, sagt Warwick und klopf-klopf-klopft mit seinem kleinen Hämmerchen an dem Gesteinsblock herum. »Und Sie? Haben Sie irgendwelche Fossilien gefunden?«

»Noch nicht.«

Geduld hat er, der bärtige Wissenschaftler, das muss man ihm lassen. Nicht wie der andere Bärtige, der bärtige Einbrecher Rexy. Rex Hunt* will immer den Eindruck erwecken, als ob er massenhaft Geduld hätte, aber ich wette mit euch, wenn die Kamera nicht läuft, brüllt und schreit er herum und verflucht

---

* Rex Hunt, ehemaliger australischer Kricket- und Footballstar, moderiert eine TV-Sendung namens *Rex Hunt's Fishing World*, in der er das »Fish-Kissing« eingeführt hat.

den Fisch, weil er nicht zu einem Gastauftritt und einem schlabbrigen Kuss antanzt.

»Waren Sie schon immer Paläoichthyologe?«, frage ich.

»Nein, nicht immer.«

»Und was waren Sie vorher?«

»Ein Anzug-Typ«, sagt er und macht ein überraschtes Gesicht, so als könne er es selber nicht glauben.

»Im Ernst? So einer von diesen Geschäftsleuten?«

»Ja, genau – so einer.«

»Und wie sind Sie dann Wissenschaftler geworden?«

Warwick legt seinen Hammer weg. Kratzt sich am Bart. Kleine Staubwolken puffen in die Luft.

»Wir sind an einem Wochenende auf dem Land herumgefahren und haben in einer Stadt namens Cowindra Halt gemacht. Trostloses kleines Kaff, nicht viel los. Aber es gab dort ein Fischfossilien-Museum, und weil wir schon mal da waren, wollten wir's uns ansehen. Und sobald ich reingekommen bin und die Fossilien gesehen habe, wusste ich, das ist es. Ich wusste sofort, das will ich machen.«

Ja, von wegen. Ist doch alles nur Schrott, so wie das Gesülze, das wir uns am Berufsberatungs-Tag in der Schule anhören müssen. Wenn es noch lebende Fische gewesen wären, okay, das könnte man ja verstehen. Aber Fischfossilien – wirklich nicht.

»Ja, klar«, sage ich und gebe mir keine Mühe, meine Skepsis zu verbergen. »Und dann haben Sie den Anzug weggelegt und sich einen großen Rauschebart wachsen lassen?«

»Mehr oder weniger«, sagt Warwick mit einem Schulterzucken und nimmt den Hammer wieder auf.

Vielleicht stimmt es ja wirklich. Ich meine, warum sollte jemand so eine dämliche Geschichte erfinden? Und sich so einen Monsterbart wachsen lassen? Dann fällt mir etwas ein.

»Sie haben ›wir‹ gesagt. ›Wir‹ sind herumgefahren. Wer war ›wir‹?«

»Meine Frau und ich.«

Oh, mein Gott! Das wird mir jetzt zu gruselig. Wie kann ein Typ wie Warwick eine Frau haben? Es sei denn natürlich, dass sie auch auf Fossilien steht.

»Dann sind Sie also verheiratet?«

»War.«

»Und was ist passiert?«

»Sie mag die Stadt. Restaurants. Galerien. Theater. Solche Sachen.«

»Und Sie nicht?«

»Doch, schon«, sagt Warwick und sieht einen Augenblick ganz verloren aus. »Aber tote Fische sind mir lieber.«

Die Tür des Dolphy geht auf und Saphonia streckt ihren Kopf heraus, holt vorsichtig ein paar Nasen voll Luft. Der Geruch nach angebranntem Fleisch ist offensichtlich verschwunden. Die Barbie-time ist offiziell vorbei, weil sie sich wieder herauswagt. Sie lächelt in unsere Richtung und verschwindet im FWR (Frauenwaschraum). Wir sitzen eine Weile schweigend da, nur das Klopf-klopf-klopf des Hammers und das ferne Bu-huuu bu-huuu bu-huuu eines Rieseneulenschwarms ist zu hören.

»Wissen Sie viel über Mulloways?«, frage ich Warwick schließlich.

»*Argyrosomus hololepidotus?*«

»Genau!«

»Nicht so viel. Mulloways sind ja noch nicht ausgestorben. Wenn es dagegen ein Plakoidschupper oder Quastenflosser wäre, könnte ich dir mehr sagen.« Er hört auf zu klopfen.

»Hat deine Mum einen Freund?«

Es passt mir nicht, wie das Gespräch plötzlich entgleist. Der Anfang war erste Sahne (*Argyrosomus hololepidotus*), dann sind wir etwas abgeschweift (Plakoidschupper und Quastenflosser), aber jetzt verirren wir uns in ein Terrain, das mir nicht geheuer ist.

»Einen Freund?«

»Ich meine, gibt es einen Mann in ihrem Leben?«

»Ja, er steht vor Ihnen. Können wir jetzt wieder zu den Mulloways zurückkehren? Sie laichen in Flussmündungen, stimmt's?«

»Lass mich mal überlegen. Ja, stimmt. Du hast Recht.«

»Dann sind sie also nicht mehr da, weil der Fluss gestaut wurde und der Salzgehalt in die Höhe ging, und Mulloways brauchen eine Menge Süßwasser um sich fortzupflanzen.«

»Phantastisch! Du hast dich ja wirklich schlau gemacht, was?«

»Und wenn es mehr Süßwasser gäbe, wenn der Salzgehalt sinken würde, dann würden sie zurückkommen?«

»Möglich. Das hängt von einer ganzen Reihe von Faktoren ab – Laichbestand, Regenerationsrate. Und es würde viele Jahre dauern.«

»Aber würden sie das Süßwasser nicht einfach riechen und zum Laichen zurückkommen? Es ist ja noch gar nicht so lange her, dass der Fluss gestaut wurde, und Mulloways leben bis zu fünfzig Jahren, also muss es doch ein paar Mulloways dort draußen geben, die nur darauf warten, dass sie endlich zurückkommen können.«

Warwicks Gesicht bleibt skeptisch.

»Als der arabische Spießbock nach acht Generationen in Gefangenschaft nach Oman zurückkehrte, besaß er immer noch die Fähigkeit, sich in der Wüste zurechtzufinden und Wasser aufzuspüren, das hundert Meilen entfernt war«, sage ich, Wort für Wort David Attenborough nach einem Naturfilm im Fernsehen zitierend.

»Ist das wahr?«

»Und was ist mit den Lachsen? Sie kehren in denselben Fluss zurück, in dem sie geboren wurden.«

»Das sind beides gute Beispiele«, sagt Warwick. »Aber wir sprechen von Mulloways und nicht von arabischen Spießböcken oder Atlantiklachsen. Die Wahrheit ist, dass wir herzlich wenig über Mulloways im Allgemeinen wissen.«

Warwick geht mir langsam auf den Geist. Was ist aus seinen kühnen, erfindungsreichen Hypothesen geworden?

»Aber jeder weiß, dass der Staudamm den Fischfang kaputtgemacht hat.«

»Ich streite nicht mit dir, Hunter. Natürlich hat der Staudamm eine negative Auswirkung auf die Fischbestände. Und was diese Flussmündung braucht, ist eine ordentliche Süßwasserzufuhr. Ich bin mir nur nicht sicher, ob die Mulloways wirklich zurückkommen würden. Nicht sofort jedenfalls.«

Was weiß er denn schon?, sage ich mir. Einmal ein Anzug-Fuzzi, immer ein Anzug-Fuzzi.

Kapitel 19

Ich komme bei der alten Fischfabrik an, als Acka-Dacka gerade »Jailbreak« zu Ende singt und zum x-ten Mal eine Kugel in den Rücken kriegt. Die Farbe an der Wand schält sich in langen plastikähnlichen Streifen ab, sodass das Mauerwerk darunter zum Vorschein kommt, und die Fenster sind blind vor Schmutz. Ich gehe hintenherum, zu dem Gerümpelhaufen aus zerbrochenen Paletten und Fischkisten. Dürres Gras ragt durch die Ritzen hervor und ein schwacher Fischgeruch haftet noch an dem Holz.

Vielleicht tauchen die anderen gar nicht hier auf, denke ich. Vielleicht halten sie es für einen Witz, dass ich die Molenratten zu einem Treffen zusammengetrommelt habe.

Ich wische ein Fenster mit einer Hand voll T-Shirt ab. Jetzt kann ich so ungefähr das verstaubte Förderband drinnen ausmachen, das von einem Ende der Halle zum anderen läuft. Ich denke an das Gerücht, dass Mr Crevadas Bestattungs-Unternehmen hierher verlegt werden soll. Ich habe ein Bild vor Augen, wie die Leichen auf dem Förderband dahinruckeln, von Arbeitern in weißen Schürzen und Gummistiefeln überwacht, die ihre jeweiligen Handgriffe anbringen und sich dabei von Klassik-Rock aus dem Radio berieseln lassen. Und am Ende ploppt ein Sarg hervor, wo früher glänzende Dosen mit Dogleg-Bay-Tunfisch zum Vorschein kamen, und gleitet lautlos in den wartenden Leichenwagen hinein. Mr Crevada, der lächelnd am Steuer sitzt, tritt aufs Gaspedal und rast mit quietschenden Reifen davon. Wieder einer aus der Produktlinie abgefertigt, wieder einer der Lieben liebevoll zur Ruhe gebettet. Plötzlich tauchen die Fotokopien um die Ecke des Gebäudes herum auf. Storm trägt ihre Hexenklamotten und sieht wie ein No-Name-Goth-Freak aus und Jazz tritt in ihrem üblichen gemixten Look auf.

Es ist das erste Mal, dass ich Storm seit der Nacht der großen Schluchzorgie wiedersehe. Als sie mich anschaut, wende ich meinen Blick ab. Ich weiß nicht, warum. Schließlich war sie diejenige, die Eimer voll Tränen vergossen hat, und nicht ich. Aber ich habe sie in meinen Hals flennen lassen. Wahrscheinlich deshalb. Ich nehme meine Kopfhörer ab.

»Ein Treffen, was, Hunter?«, sagt sie. »Haben wir auch ein geheimes Passwort? Oder müssen wir mit unserem Blut unterzeichnen?«

»Eine tote Katze um Mitternacht in den Friedhof werfen?«, sagt Miracle, der jetzt hinter der Mauer vorkommt. Er trägt ein neues Shirt, Mambo natürlich, und reißt an einem losen Faden herum.

»Okay«, sage ich beschwichtigend und halte meine Hände hoch. Ich kann es ihnen nicht übel nehmen, dass sie mich so verarschen. Schließlich haben sie allen Grund dazu. Ich war immer gegen diesen ganzen Fünf-Freunde/Schwarze-Sieben-Scheiß, und jetzt fällt mir nichts Besseres ein, als ein Treffen einzuberufen.

»Also, Leute, ihr habt euren Spaß gehabt. Jetzt könnt ihr zur Abwechslung mal zuhören, was ich euch zu sagen habe.«

Was jetzt kommt, ist wichtig, das weiß ich. Ich weiß auch, dass ich meine Idee gut verkaufen muss. Und wenn ich sie gut verkaufen will, dann darf ich nicht ich sein – der mufflige, miesepetrige Stinkstiefel Hunter. Ich muss wie ein Gebrauchtwagen-Händler auftreten – Badekachelzähne und eine Zunge, die schlüpfriger ist als eine Schleimige Makrele. Miracle redet immer davon, wie wichtig Augenkontakt ist, also bombardiere ich meine Molenratten-Genossen mit ein paar durchdringenden Blicken, ehe ich anfange.

»Ich habe da einen Plan.«

Storm kichert. Jasmine schaut weg – ich glaube, sie geniert sich für mich. Miracle ist immer noch mit seinem Faden beschäftigt, wickelt ihn um seinen kleinen Finger.

»Okay«, sage ich. »Ich weiß, wir sind keine richtige Bande oder so. Aber wir haben etwas gemeinsam. Wir angeln gern und wir lieben Fische.«

»Nicht übermäßig«, sagt Miracle.

»Okay. Vielleicht lieben wir nicht alle Fische. Aber etwas haben wir wirklich gemeinsam, etwas, das uns alle interessiert.«

»Ich weiß«, sagt Miracle. »Die Simpsons.«

Die anderen lachen. Molenratten. Ha, ha, sehr witzig. Jetzt wünsche ich mir, dass wir eine richtige Bande wären, so wie die Schwarze Sieben. Zumindest würden sie dann zur Kenntnis nehmen, was ihr toller Anführer zu sagen hat.

»Ja. Aber da ist noch was anderes. Und das ist …«

Ich lege eine Pause ein und überlege angestrengt, was wir außer den Simpsons gemeinsam haben könnten.

»… das Ökosystem!«

Miracle schnaubt. Er ist nicht gerade ein Grüner – Systeme interessieren ihn nur, wenn sie sich Gewinn bringend vermarkten lassen.

»Ein gesundes Ökosystem bietet mehr Chancen.«

»Chancen?«, wiederholt Miracle.

»Ja, genau. Chancen. Todsichere Gewinnchancen.«

Jetzt horchen alle auf, das kann ich sehen. Besonders Miracle. Aber ich muss sie sofort voll an die Angel kriegen. Leider habe ich nichts als Worte zur Verfügung. Und die erscheinen mir irgendwie nicht angemessen. Ein Video. Eine PowerPoint-Präsentation auf dem Computer. Hightech, das wäre das Richtige. Aber Lowtech-Worte?

»Stellt euch ein Meer vor, in dem sich unzählige Mulloways tummeln.«

»In dem sich was?«, sagt Miracle.

»Unzählige Mulloways tummeln. Das habe ich erfunden.« Was nicht stimmte. Ich hatte es gestohlen. Na ja, eigentlich lautete der Satz »ein Meer, in dem sich unzählige Makrelen tummeln«, aber ich habe ihn für meine Zwecke abgewandelt.

»Mann, ist das ätzend«, sagt Storm.

»Okay, vergesst das Meer, in dem sich Mulloways tummeln. Stellt euch die Bucht voller Fische vor. Stellt euch vor, wie sie brodelt vor Leben. Stellt euch vor …«

Als ich weiterrede, als ich die Schwärme von schillernden Köderfischen beschreibe, die Banden von Königsmakrelen, die Drückerfische, die um gute Plätze am Boden kämpfen, die fetten Mulloways, die in den Schatten herumkurven, die Kalmare, die in Line-Dance-Formation von einer Seite der Bucht zur anderen tanzen, da kann ich sehen, dass sie angebissen haben. Storm gibt keine klugscheißerischen Kommentare mehr ab, Miracle verliert das Interesse an dem rebellischen Faden und Jasmines Augen werden immer größer.

»Und was hat dieser Wissenschaftler genau gesagt?«, fragt Storm, als ich fertig bin.

»Er hat gesagt …« Ich zögere. »Er hat gesagt, in bestimmten Situationen kann es notwendig sein, radikale Maßnahmen zu ergreifen um das Ökosystem zu bewahren. Er hat gesagt, dass solche Aktionen vernünftig und absolut gerechtfertigt seien.«

»Das hat der Wissenschaftler gesagt?«

»Klar doch«, antworte ich. »Genau das hat er gesagt. Wort für Wort.«

»Und was für radikale Maßnahmen?«, fragt Storm.

Ich lege eine kleine Spannungspause ein, dann führe ich einen Karateschlag in der Luft aus, als wollte ich Tonnen von Beton in tausend Stücke zertrümmern.

»Den verdammten Staudamm sprengen!«

Alle starren mich entgeistert an, was ich ihnen nicht übel nehmen kann. Ich verzeihe Storm sogar, dass sie sich halb totlacht. Es hört sich wirklich bescheuert an. Vielleicht noch dümmer als einige der gewagteren Pläne der Schwarzen Sieben.

»So wie in Dam Busters«, sagt Miracle. »Da haben sie eine Bombe erfunden, die übers Wasser hüpft wie ein Pingpong-Ball.«

»Vielleicht sollten wir die Luftwaffe anrufen«, sagt Storm. »Kann doch sein, dass die noch welche übrig haben.«

»Ja, und ein Flugzeug, das sie abwirft«, fügt Miracle hinzu.

»Wie auch immer, das war's dann also – gestorben, vorbei.«

Ich gehe schnell fort. Fort von ihren zweifelnden Gesichtern. Fort von ihrem schäbigen Zynismus. Diese Jugend heutzutage glaubt aber auch an gar nichts mehr. Der alte Knacker hat Recht – zu seiner Zeit war die Welt besser, um Klassen besser. Auch wenn es keine Fernbedienungen gab.

»Jetzt warte doch!«

Als ich um die Ecke biege, holt Miracle mich ein. Für eine alte Speckwanne bewegt er sich überraschend schnell.

»Wir sehen uns den Staudamm mal an, du und ich«, sagt er.

»Warum?«

Er lächelt. »Also dann bis morgen an der Mole unten«, sagt er.

»Beim ersten Spatzenfurz.«

Kapitel 20

Ich kann sie nicht sehen, hören oder riechen, aber irgendwo draußen furzen ein paar Spatzen fröhlich vor sich hin, heben ihre kleinen Beinchen und reißen einen ab.

Ich komme zur Mole, als das erste Tageslicht aufschimmert. Natürlich ist niemand da. Vielleicht früher, in der guten alten Zeit, als es im Morgengrauen noch anständige Fische zu fangen gab, aber heute nicht mehr. Drilla und ich haben einen Deal abgeschlossen – er schrubbt heute die Klos und ich räume morgen den Müll weg, damit er eine Schnitzelfahrt nach Mully machen kann.

Das Meer ist ruhig, die Mole spiegelt sich in der glasglatten Oberfläche. Plötzlich wird die Stille von dem herzlosen Putt-putt-putt eines Außenbordmotors zerrissen, und dann taucht ein Boot um das Kap herum auf, pflügt durchs Wasser, während das Kielwasser hinten ein perfektes V bildet.

Mann, der Typ hat Nerven, denke ich und fixiere die Gestalt, die im Heck steht, die Hände am Außenbordmotor. Um diese Tageszeit zum Fischen rausfahren!

Als das Boot näher kommt, fängt die Gestalt an zu winken, kreuzt die Arme über dem Kopf.

Miracle!

Ich warte, während das Boot einen Bogen beschreibt und neben die Mole gleitet.

Miracle, wie immer makellos in seinem Mambo, lächelt mich an. »Spring rein, Hunter.«

Ich klettere die Leiter hinunter und trete vorsichtig in das Boot, sorgfältig darauf achtend, dass mein Gewicht gleichmäßig verteilt ist. Es ist ein altes Boot, ein Tinnie, aber vollkommen seetüchtig – die Ankerkette sorgfältig geölt, die Ruder neu lackiert, der Außenbordmotor offensichtlich gut in Schuss. Und es stinkt nicht. Dabei ist ein Tinnie ein Fischerboot, also per definitionem ein Boot, das stinkt. Aber an dem hier kann ich keinen Geruch ausmachen, der noch drinhängt.

»Ist das nicht das Boot der Goldmans?«

Miracle nickt.

»Mann, das hätte ich nie gedacht, dass sie es dir leihen. Nicht, nach dem, was du ihrer Katze angetan hast.«

Miracle lächelt und legt den Vorwärtsgang ein.

»Oh, nein, kommt nicht in Frage, Miracle«, sage ich und stehe auf. »Vergiss es – ich fahre nirgends hin in einem geklauten Boot.«

Aber Miracle legt den Gashebel voll um, das Boot schießt vorwärts und ich knalle mit meinem Hintern auf den Sitz zurück.

»Entspann dich«, sagt Miracle. »Sie sind eine ganze Woche fort.«

Warum auch nicht? Es ist ein toller Tag. Und wenn wir erwischt werden, schiebe ich die Schuld einfach auf Miracle. Er hat mich gezwungen herzukommen, werde ich den Bullen sagen. Er hat mich in den Polizeigriff genommen, so wie ihr es immer im Fernsehen macht, und mich ins Boot gestoßen. Ja, so müsste es gehen. Ich befolge Miracles ausgezeichneten Rat. Ich entspanne mich und genieße die Fahrt.

Wir halten uns dicht am Ufer, wo das Wasser flach und klar ist. Als ich über den Bootsrand spähe, staune ich über das ganze Leben, das ich dort unten sehe. Kleine Stechrochen flitzen über den Boden und ziehen einen Sandwirbel hinter sich her. Ein

Schwarm durchsichtiger Seenadeln. Ein Drückerfisch kurvt langsam herum.

Weit vorne, jenseits einer Landspitze aus buckligen Sanddünen, zeichnet sich ein grüner Klecks ab, die Mangroven*, der Eingang zur Flussmündung.

Wir brauchen ungefähr eine Stunde, um dorthin zu kommen.

»Verdammt, das war noch nicht da, als ich letztes Mal hier war«, sagt Miracle und zeigt auf eine bumerangförmige Sandbank, die den Eingang versperrt. Wir springen heraus, klappen den Außenbordmotor hoch und ziehen das Boot über die Sandbank. Es schwimmt auf der anderen Seite, aber nur gerade eben.

Das Wasser hat hier die Farbe von Klowasser. Klowasser, das von UFOs besiedelt ist. Die spiegelglatte Oberfläche ist filmig und mit seltsamen farbigen Algenblüten bedeckt. Und es riecht komisch. Okay, Mangroven riechen immer komisch, nach Fürzen irgendwie, aber das ist nicht dasselbe, das hier ist Verwesungsgeruch – es riecht nach Tod.

Ich tauche meinen Finger hinein und koste das Wasser. Es ist so salzig wie Saxa**.

»Meinst du, wir schaffen es ganz dort rauf?«, frage ich Miracle und schaue auf die frei liegenden Bänke, die Salzkrusten. Obwohl die Flut draußen hoch steht, gibt es hier kaum Wasser. Als Antwort legt Miracle den Hebel um und wir steuern den Eingang der Flussmündung hinauf, der Außenbordmotor wühlt das schlammige Wasser auf, der quatschende Boden saugt an dem Boot.

Oft bleiben wir stecken und müssen herausspringen und schieben. Zu beiden Seiten drängen die Mangroven herein, krallen

---

* Immergrüner tropischer Regenwald, der dauernd gut mit Wasser versorgt sein muss, z. B. an Flussmündungen oder in geschützten Buchten.
** Saxa ist eine bekannte Salzmarke.

ihre fingerähnlichen Stämme in den Schlamm, als wollten sie um jeden Preis an das bisschen Wasser herankommen, das noch da ist. Es gibt nicht viel Leben hier. Hin und wieder schießt eine schmutzige Brachse vorbei, aber das ist auch alles. Es ist ein bisschen unheimlich, ein bisschen wie das »Monster aus der schwarzen Lagune«, und ich bin froh, als die Mangroven enden und das Land sich zu beiden Seiten öffnet. Es ist Weideland und ich sehe ein paar schlanke Muhkühe, die uns anglotzen.

Die Rot-Eukalypten, die die Ufer sprenkeln, sehen auch nicht gerade blühend aus. Ein paar von ihnen sind schon tot und an anderen schält sich die Rinde in riesigen Streifen ab.

Wir umrunden eine Biegung, und da ist er – der Staudamm. Ein paar zerzauste Pelikane schaukeln unter der hoch aufragenden Betonmauer. Falls sie auf ein Fischmahl aus sind, können sie lange warten, denn es kommt nur spärliches Wassergerinnsel herüber. Pah, ich habe schon alte Knacker gesehen, die mehr sabbern als das hier.

Wir gleiten ans Ufer und ziehen das Boot hoch. Über uns steht ein Haus mit einer Reihe von Schuppen daneben. Vor dem Haus breitet sich ein Rasen aus, so grün, dass er aussieht, als könnte Tiger Woods, der Golf-Champion, darauf spielen. Ich schätze, Wasser ist kein Thema, wenn man auf einem Staudamm lebt.

Ein Kelpie taucht auf. Er bellt mich an, den Kopf gesenkt. Ich zeige ihm den Stinkefinger. Der Kelpie bellt noch lauter. Das ist das Tolle am Stinkefinger – jeder versteht ihn, egal, welches Geschlecht, welche Rasse oder Spezies. Ein Mann kommt jetzt hinter dem Kelpie her. Klein und stämmig. Khaki-Shorts, Khaki-Hemd, Arbeitsstiefel und ein Akubra*. Ich ziehe den Finger zurück.

---

* Ein Akubra ist ein strapazierfähiger Hut aus Kaninchenhaarfilz, die übliche Kopfbedeckung in Australien.

»Tag, Jungs«, sagt er lächelnd und der Hund springt herum.

»Tag«, sage ich schuldbewusst.

»Heißer Tag heute«, sagt er und schaut mit schief gelegtem Kopf in die Sonne.

»Ja, sieht so aus«, sage ich.

»Ihr seht euch wohl ein bisschen hier um, was?«, sagt er, aber in freundlichem Ton, nicht so, als ob wir kein Recht hätten, hier zu sein.

»Ja.«

»Da kommt nicht viel Wasser durch, was?«, sagt Miracle.

»Keine Sorge. Ist so dicht wie ein Barramundi-Arsch, dieser Staudamm. Für die Ewigkeit gebaut. Tausend Tonnen Beton haben sie in diese Mauer gegossen.«

»Aber Sie lassen auch was durch, oder?«, frage ich.

»Ja, natürlich, mein Sohn. Wir können doch die Flussmündung nicht versanden lassen, oder? Ist 'ne verdammte Wasserverschwendung, aber was will man machen? Seht euch das hier an.«

Er winkt mit der Hand zu der funkelnden Wasserausdehnung jenseits der Mauer hinüber, die von den Skeletten überfluteter Rot-Eukalypten gesäumt ist.

»Das sauberste Wasser im ganzen Staat ist das. Und ich schätze, das Meer braucht nicht viel mehr. Hab keine Wasserknappheit am Strand entdecken können, als ich das letzte Mal dort war.«

Ich will gerade eine Diskussion mit ihm anfangen, als Miracle mir einen warnenden Blick zuwirft.

»Dann öffnen Sie also die Schleusen um Wasser abzulassen«, sagt er beiläufig.

»Das ist richtig.«

»Sieht aus, als ob sie ziemlich weit aufgehen.«

»Darauf kannst du deinen Hintern verwetten. Wir könnten den ganzen Tümpel hier leeren, wenn wir wollten.«

»Und wie machen Sie das? Gibt es einen Hebel oder so was?«, frage ich.

Miracle wirft mir wieder einen warnenden Blick zu. Meine Frage klingt viel zu begierig.

Der Mann lacht. »Computer. Wird heute alles mit Computern gemacht. Früher war das verdammt harte Arbeit, aber jetzt brauche ich nur noch ein paar Zahlen einzutippen.«

»Dann ist der Computer oben im Haus?«

»Keine Sorge. Der ist in der Stadt. Wenn ich mir vorstelle, dass der das ganze Zeug ausarbeiten kann! Wahrscheinlich könnten sie alles von der Stadt aus machen, wenn sie wollten, aber ich schätze, sie müssen mir und Scoots hier was geben, womit wir unseren Lebensunterhalt verdienen können.«

Als er seinen Namen hört, fängt der Hund wieder an zu bellen.

»War nett, mit euch zu plaudern, Jungs, aber jetzt muss ich wieder an die Arbeit.«

Dann dreht er sich um und geht fort, begleitet von seinem Hund, der vor ihm herspringt.

»Komm, wir gehen«, sagt Miracle, als er verschwunden ist. »Wir wissen jetzt alles, was wir wissen müssen.«

»Das war ein netter Typ, dieser Staudammmensch«, sage ich, als wir wieder den Fluss hinunterfahren. »Vielleicht könnte man ihn bestechen, dass er den Staudamm öffnet und das ganze Wasser herauslässt?«

Miracle schüttelt den Kopf.

»Okay, dann bleibt uns nur eine Möglichkeit«, sage ich. »Es ist zwar eine Schande, so einen freundlichen Typ zu liquidieren, aber wenn das der Preis ist, den wir bezahlen müssen, dann bin ich bereit.«

»Wir müssen ihn nicht liquidieren«, sagt Miracle.

»Ich weiß, das ist ein ziemlich radikaler Plan, und ein Menschenleben darf man nicht leichtfertig aufs Spiel setzen, aber …«

»Hacken«, sagt er.

»Ja, okay, das könnte man machen«, sage ich und stelle mir vor, wie wir den Staudammtyp mit unseren Fischmessern in Stücke hacken. »Aber ich schätze, es gibt höflichere Methoden, jemand abzumurksen.«

»Nein, doch nicht das – in den Computer einhacken, meine ich.«

»Ja, klar. So wie der Junge in den Nachrichten, der sich in die städtischen Kanalisationswerke eingehackt und die ganze Stadt in ein einziges Klo verwandelt hat. Aber kannst du das denn?«

Miracle schüttelt den Kopf. »Keine Chance.«

»Ich auch nicht. Also wer dann?«

Im selben Moment, als ich die Frage stelle, weiß ich auch schon die Antwort. Wir kennen beide die Antwort. Selbst die Buschmänner in der Kalahari wissen es.

Es. Ka. U. El. El. Es. Te. E. Er.

Kapitel 21

Der Kies knirscht unter meinen Füßen, als ich den Weg hinauf-
gehe. Der Rasen ist so grün – grüner als der beim Staudamm –,
dass er künstlich aussieht. Nein, er *ist* künstlich, wie ich fest-
stelle, als ich mich bücke um ihn zu befühlen. Ich komme an einer Statue vorbei, einer Nixe mit dicken Lippen, dicker (und
schmollmundiger) als die von De-anne, und Möpsen, so groß
wie die von Saphonia. Wasser sprudelt aus ihrem Mund hervor
und ein schwacher Chlorgeruch hängt in der Luft.
Ich bin nicht scharf darauf, in Skullsters Haus zu gehen, aber
ich habe keine Wahl – er ist der totale Stubenhocker. Ich kann
mich nicht darauf verlassen, dass ich ihn auf der Mole antreffe
oder wenn er am Strand entlanggeht. Er bleibt immer drinnen,
selbst an den heißesten Sommertagen.
Ich war noch nie so nah an seinem Haus und merke erst jetzt,
wie groß und unfreundlich es ist. Es gibt keine Veranden und alle Fenster sind geschlossen und vergittert. Ich wusste auch
nicht, wie laut es ist. Diverse Klimaanlagen geben ein stetiges,
hochtouriges Summen ab. Das Haus muss Unmengen gekostet
haben. Wahnsinn, wie viel Kohle man machen kann, wenn jemand ins Gras beißt, den Löffel abgibt und seine letzte Bingo-
Karte ausfüllt. Natürlich werden nicht alle alten Knacker in
Dogleg Bay beerdigt. Manche werden auch in die Stadt zurück-
geholt, aber ich schätze, es gibt trotzdem etwas dabei zu verdienen – Verpackung, Transport, Einfrieren und solche Sachen.
Es ist ein Wunder, dass die anderen Leute in der Bucht nicht

sofort ins Bestattungsgeschäft einsteigen und Mr Crevada Konkurrenz machen, wenn sie auch nur einen Blick auf dieses Haus werfen, auf die Saphonia-großen Möpse an der Meerjungfrau, auf den hochgetunten Leichenwagen. Aber wahrscheinlich braucht man dafür den richtigen Look. Wer will schon seine Lieben von einem Typ mit Knacki-Tattoos und Affenschnitt beerdigen lassen, oder von einem grantigen alten Kerl in einem Bibliothekarinnenkleid? Brereton könnte man es zutrauen, der ist schleimig genug, aber wahrscheinlich würde er die Hinterbliebenen schockieren, indem er die Leichenhalle mit Poker-Automaten pflastert.

Ich drücke auf die Klingel – es hört sich überraschend fröhlich an. Die Tür geht auf und Mrs Crevada steht vor mir. Geblümtes Kleid, Rüschenschürze, ein Drei- oder Vierfachkinn und eine Brille, die ihr um den Hals baumelt – sie sieht aus, als könnte sie für die Titelseite einer Landfrauen-Zeitschrift posieren.

»Oh, hallo«, flötet sie und lächelt mich an, strahlt geradezu. »Was kann ich für dich tun?«

»Ist der Sk… ich meine, ist Malcolm da?«

Mrs Crevada reißt vor Verwunderung die Augen auf. Ihr Sohn ist nicht gerade Mr Popular, der König der Pyjama-Partys von Dogleg Bay.

»Es ist doch nichts passiert, oder?«

»Nein, nein. Ich wollte ihn nur mal besuchen.«

»Gut, dann komm nur rein«, sagt sie erfreut. »Malcolm ist in seinem Zimmer.«

Ich starre auf den Teppich, der sich vor mir ausdehnt, eine riesige weiße Fläche, wie ein Schneefeld in den Snow Mountains. Ich weiß noch, wie die Lastwagen aus der Stadt nach Dogleg Bay gekommen sind, mit den riesigen Rollen auf dem Dach. Und ich erinnere mich an die Gerüchte, die sich in der Stadt ausbreiteten wie ein Lauffeuer. »Reine Berberwolle«, »von einer Wand zur anderen«, wurde gemunkelt. Ich zögere. Sind meine Schuhe sauber? Oder bin ich irgendwo in Hundekacke getreten?

»Na, komm schon, Junge«, sagt Mrs Crevada und macht die Tür weiter auf. »Ist irgendwas?«

Dann sehe ich es – die Plastikstreifen, die den Berberteppich schützen, reine Wolle, von Wand zu Wand.

»Nein, nichts«, sage ich und trete ein.

Selbst durch das Plastik spüre ich, wie weich und dick der Teppich ist. Wie er unter meinen Füßen nachgibt.

»Hier lang«, sagt Mrs Crevada.

Kricket-Champions an jeder Wand, wo immer ich hinsehe. Der Don, wie er seinen berühmten Cover Drive macht. Steve Waugh bei seinem 10 000sten Run. Der historische Sieg Australiens im fünften Test-Match in Edgbaston. Ich habe diese ganzen Kricket-Memorabilien in der Werbung auf Kanal 9 gesehen. *Bestellen Sie schnell. Limitierte Ausgabe. $ 495 (ohne Mehrwertsteuer).* Jetzt weiß ich, wer so was kauft!

Mrs Crevada zeigt den Flur hinunter. »Malcolms Zimmer ist das dritte links.«

Ich folge einem der Plastikstreifen, ein Spießrutenlaufen durch eine Gasse von Kricket-Fotos, bis ich an eine Tür mit einem großen Schild komme, auf dem zu lesen ist: »Zutritt verboten! Cyber-Trottel-freie Zone.«

Bin ich ein Cyber-Trottel? Ich bin ziemlich gut im Hotmail – ich habe den Fotokopien eine Adresse eingerichtet, kein Problem – und im Googeln bin ich auch nicht schlecht, aber ich schätze, das zählt nicht beim Skullster. Ja. Hunter, alter Junge, trage es mit Fassung, aber du bist ein Cyber-Trottel.

Ich klopfe trotzdem.

»Nein, Mum. Ich will deinen Dreck nicht«, tönt es von drinnen. Dann höre ich jemand tippen, in einem Tempo, das mir den Atem raubt.

Ich bringe meinen Mund dicht an die Tür. »Ich bin nicht deine Mum.«

»Wer dann?«

Meine Lage ist alles anderes als angenehm, das könnt ihr mir glauben. Ich meine, da ist jemand, den du praktisch dein Leben lang ignoriert hast, und wenn du ihn nicht ignoriert hast, hast du ihn fertig gemacht, ihm Saures gegeben – und plötzlich musst du dich ohne eigenes Verschulden bei ihm einschleimen, und das nicht zu knapp.

»Hunter. Hunter Vettori«, antworte ich.

»Was willst du denn?«

Was soll ich sagen? He, Mal, alter Kumpel, ich bin gekommen um mit dir über die guten alten Zeiten zu reden. Weißt du noch, wie ich dich in der vierten Klasse auf dem Schulhof aufs Kreuz gelegt habe? Tag für Tag, ein ganzes Jahr lang? Oder als wir Maden auf dein Sandwich geschmiert haben, Miracle und ich, und du hast es nicht einmal gemerkt und alles aufgegessen? Mann, das waren noch Zeiten, was?

Ich muss diese ganzen Schweinereien vergessen. Alles hinter mir lassen. So geschäftsmäßig wie möglich sein.

»Malcolm, ich habe dir einen Vorschlag zu machen.«

Das Tippen drinnen wird noch hektischer. Ich kann verstehen, dass er mich ignoriert. Ich würde es genauso machen.

»Einen Cyber-Vorschlag«, sage ich und schaue auf das Schild an der Tür.

Das Tippen hört auf. »Einen Cyber-Vorschlag?«

»Ja, genau. Einen Cyber-Vorschlag.«

»Okay, dann kannst du reinkommen.«

Ich mache die Tür auf.

In diesem Zimmer gibt es kein einziges Frischluft-Molekül.

Nur Stinksockenmoleküle, Mundgeruch-Moleküle, Körper-geruch-Moleküle und Furzmoleküle. Die Lichter sind aus, die Vorhänge zugezogen, aber das andere Ende des Raums wird von einem Computerbildschirm erleuchtet, dem größten PC-Bildschirm, den ich je gesehen habe.

Ein Poster von Bill Gates mit einem Speer im Kopf. Modems, Scanner, Drucker und anderes Zeug, das ich nicht mal erkennen kann, stehen herum, und überall schlängeln sich Kabel durchs Zimmer. Davor sitzt der Skullster, thront auf einem dieser protzigen Manager-Rollsessel. Groß, dünn, in einer Haltung wie der E-Mail-Klammeraffe @. Er trägt einen Pyjama und eine Bomberjacke und ist weißer als jedes andere menschliche Wesen, das ich je gesehen habe. Verglichen mit ihm sind Bettlaken schmuddelig und Gespenster grau im Gesicht. Man sollte ihn in einem Museum ausstellen, als Inbegriff des Weißen, an dem jedes andere Weiß gemessen werden kann.

»Hi, Kumpel, wie geht's?«, sage ich und will ihn abklatschen, auf diese komplizierte Art, die die Cyber-Freaks draufhaben. Der Skullster starrt auf meine ausgestreckte Hand, als wollte ich ihm ein UFO aus dem MWR anbieten.

»Und? Der Cyber-Vorschlag?«

»Also, das ist so«, fange ich an und erzähle ihm die ganze Geschichte. Ich habe diese Nummer schon einmal erfolgreich durchgezogen und bin hundertprozentig von ihrer Wirkung überzeugt, besonders bei meinen genialen Fähigkeiten als Geschichtenerzähler und meiner aalglatten Verkaufsmasche à la Schleimige Makrele. Ein Meer, das vor Mulloways nur so wimmelt, Schwärme von schillernden Köderfischen, Kalmare, die in Line-Dance-Formation über die Bucht tanzen.

Ich zögere – soll ich ihm den Rest erzählen? Und wenn er mich verpfeift? Wer weiß, wie er reagiert? Aber was soll's. Wozu bin ich schließlich hergekommen? Ich erzähle ihm, dass Warwick gesagt hat, drastische Maßnahmen seien in diesem Fall gerecht-fertigt. Ich erzähle ihm von unserem Ausflug zum Staudamm. Ich weihe ihn in das gesamte Staudamm-Projekt ein. Unseren Sabotage-Plan.

»Ist das alles?«, fragt er.

»Ja, das ist alles.«

»Du kannst jetzt abhauen, Hunter«, sagt er, kehrt mir den Rücken zu und fängt wieder an zu tippen.

»Ach, komm, Mal, alter Kumpel, sei nicht so hart. Oder hast du Bedenken wegen der … ähm … Legalität von unserem Plan?«

»Das kratzt mich überhaupt nicht. Ist ja nur verdammtes Wasser.«

Erleichterung. Wenigstens wird er mich nicht verpfeifen.

»Dauernd hackt ihr auf mir rum, du und deine Kumpels. Aber wenn ihr was von mir wollt, dann kommt ihr gekrochen. Das ist doch zum Kotzen.«

Er hat Recht – es ist zum Kotzen. Ich bin zum Kotzen und mei-ne Kumpel auch. Ich schrumpfe auf die Größe eines Mikro-chips zusammen.

»Okay, trotzdem vielen Dank«, sage ich, gehe hinaus und schließe schnell die Tür hinter mir. Ich will ihn nicht noch mehr ärgern, indem ich unnötige Frischluft-Moleküle herein-lasse.

Mrs Crevada wartet auf mich.

»Hast du Hunger? Ich habe ein paar Sachen vorbereitet. Leider ist ja nicht viel im Haus. Wenn ich gewusst hätte, dass du kommst …«

»Äh, nein …«, fange ich an, bis ich die paar Sachen sehe, den »Dreck«, von dem Skullster gesprochen hat – die dreckigen Cream Puffs, den dreckigen Schlammkuchen* und so.

---

* Cream Puffs sind ein Brandteig-Gebäck mit Vanillecreme und Schlamm-kuchen eine sehr reichhaltige Schokoladencreme-Torte.

»Äh … also jetzt, wo Sie es sagen, merke ich, dass ich doch ein bisschen Hunger habe …«

»Magst du Gingerbeer*?«, fragt sie und macht den Kühlschrank auf. »Selber gemacht natürlich.«

Mrs Crevada steht vor mir, die Arme verschränkt, und lächelt mir aufmunternd zu, während ich drei Cream Puffs, ein Stück Schlammkuchen und ein Stück Sponge-Cake verputze und zwei sehr erfrischende Gläser Gingerbeer dazu trinke.

Es sind die cremigsten Cream Puffs, der schlammigste Schlammkuchen und der schwammigste Sponge-Cake, den ich je gegessen habe. Und das Gingerbeer ist tausendmal besser als das von Nonna.

»Magst du Käsekuchen, Hunter?«

»Machen Sie Witze?«

»Ich backe welchen, wenn du Malcolm das nächste Mal besuchen kommst.«

»Das wär super, Mrs Crevada«, antworte ich, weil ich es nicht übers Herz bringe, ihr zu sagen, dass es kein nächstes Mal geben wird. Oder vielmehr, weil ich es nicht übers Herz bringe, mir selber zu sagen, dass es kein nächstes Mal geben wird.

»Kannst du mir einen Gefallen tun?«

»Ja, klar.«

»Kannst du mich Mrs C. nennen?«

Arme Mrs Crevada. Ich meine, Mrs C. Sie wünscht sich nichts sehnlicher, als dass andere Kinder zu ihr ins Haus kommen und ihr Essen essen und sie Mrs C. nennen. Aber niemand besucht ihren bescheuerten Sohn, weil die einzigen Freunde, die er hat, Cyber-Freunde sind. Cyber-Freunde verschlingen keine Cream Puffs und schütten kein selbst gemachtes Gingerbeer in sich hinein.

---

* Gingerbeer ist eine Ingwer-Limonade.

Die Tür geht auf und Mr Crevada kommt herein. Es scheint ihn nicht zu überraschen, dass ich da bin. Das Erste, was er zu mir sagt, ist: »Magst du Kricket, Hunter?«

Ich habe nichts gegen ein Tagesspiel*, aber unter den gegenwärtigen Umständen – umgeben von sämtlichen Kricket-Stars, die jemals den Rasen geziert haben – fühle ich mich verpflichtet, etwas mehr Begeisterung an den Tag zu legen.

»Ja, klar. Ich liebe Kricket.«

»Ich nicht«, sagt Mr Crevada. »Ist ein verdammt blödes Spiel.«

Hä?

»Das hier ist Malcolms Zukunft«, verkündet er und schwenkt seinen Arm über die Wand hinten, wo Shane Warne, der Scheich von Tweak, seinen 400sten Run im Test-Match errungen hat. »Als Investition sind sie eine todsichere Sache, diese Kricket-Memorabilien.«

Das muss ich Miracle erzählen, beschließe ich. Als Investition eine todsichere Sache, diese Kricket-Memorabilien.

»Viel zu tun, mein Lieber?«, fragt Mrs C., während sie ihrem Mann ein Stück Sponge-Cake und eine Tasse Milchtee vorsetzt.

»Zwei Beerdigungen und ein Abtransport heute Abend. Der junge Travers hat heute gekündigt. Sagt, er ist nicht für diese Art von Arbeit geschaffen«, berichtet Mr Crevada und schüttelt ratlos den Kopf. Wie kann jemand nicht für sein Unternehmen arbeiten wollen? Seine Tage damit verbringen, die Lieben liebevoll zur Ruhe zu betten?

Er isst langsam, zerlegt den Sponge-Cake mit Messer und Gabel in kleine Stücke. Und die ganze Zeit redet er von harter Arbeit. Wie er mit harter Arbeit dahin gekommen ist, wo er heute ist.

---

* Tagesspiele werden im »One Day Cricket« gespielt, im Gegensatz zum »First Class Cricket«, der anspruchsvolleren Variante.

»Ich war auf der Straße, weißt du«, sagt er. »Lutscherverkäufer. Aber ich hab gesehen, dass das keine Zukunft hat. Meine Kumpel haben mich immer ausgelacht und gesagt, dass ich wie ein verdammter Totengräber herumlaufe, und das hat mich auf die Idee gebracht, Geld damit zu machen.«

Er schaut mich an und spießt sein letztes Stück Sponge-Cake auf.

»Verdammter Totengräber, haben sie mich genannt.«

Ich merke, dass das sein Standardwitz ist, Lacherfolg garantiert, den er vermutlich in allen Clubs anbringt, im Rotary, Apex und Lions, und ich habe nicht darauf reagiert. Deshalb gibt er mir noch eine Chance. Das Problem ist nur – ich finde es überhaupt nicht witzig. Aber ich ringe mir ein Lächeln ab und er scheint damit zufrieden zu sein.

»Ich hab das Geschäft angefangen, und wie du siehst, boomt es«, sagt er, das Stück Sponge-Cake geziert auf seiner Gabel haltend.

Er schaut mich durchdringend an, studiert mein Gesicht.

»Hast du mal über die Job-Frage nachgedacht?«

»Ja, hab ich. Aber ich habe schon eine Arbeit. Ich helfe Mum auf dem Campingplatz.«

»Ja, natürlich hilfst du ihr«, sagt Mrs C. »Lass doch den Jungen in Ruhe, Derek.«

»Das Angebot steht, falls du's dir anders überlegst«, sagt Mr Crevada und der Sponge-Cake verschwindet in seinem Mund.

»Aber ich muss jetzt los. Weißt du, was ich immer sage?«

Er zwinkert mir zu und ich weiß, dass er jetzt den nächsten Witz auspackt.

»Lebendig oder tot, je schneller einer ins Gras beißt, desto schneller sitz ich beim Abendbrot. Bumm, bumm!«

Der junge Travers hat gewusst, was er macht, denke ich.

Ich gehe langsam nach Hause. Klar bin ich enttäuscht, aber ich gebe mich nicht geschlagen. Wenn der Skullster uns nicht hilft, wenn wir uns nicht in das Computersystem einhacken können, werde ich zu subtileren Methoden greifen müssen – zum Beispiel den verdammten Staudamm in die Luft zu sprengen! Okay, der Staudammtyp geht wahrscheinlich mit drauf. Vielleicht auch Scoots. Aber wie ich schon sagte, das ist ein Preis, den ich zu zahlen bereit bin.

Kapitel 22

Man kann alles im Internet finden. Das weiß jeder.

Willst du wissen, wie man eine Jurte baut? Schau ins Internet. Gibt es das Monster von Loch Ness wirklich? Schau ins Internet. Die größten Möpse aller Zeiten? Schau ins Internet. Die Zutaten für einen Sprengstoff, der tausend Tonnen stahlverstärkten Beton in die Luft jagen kann wie ein Gack-Ei? Schau ins Internet.

Ich logge mich ein. Alles ist normal, bis der Internet-Explorer hochfährt. Er fängt an zu schmelzen. Das ist kein Witz, er tropft am Bildschirm hinunter, bis nur noch ein ekliges Häufchen geschmolzener Pixel am Boden unten liegt.

»Ein Virus!«, denke ich. »Ich werde von einem Virus angegriffen!« Dann watschelt Homer Simpson auf den Bildschirm, eine Dose Duff-Bier in seiner Hand.

»Hallo, du da, Hunter«, sagt er mit seiner vertrottelten Homer-Stimme.

Mein Gott, Homer Simpson spricht mit mir!

»Ich habe gesagt, hallo, Hunter!«

»Hi, Homer«, antworte ich. »Wie geht's so? Was machen Bart, Lisa und Marge?«

»Hast du zufällig ein paar Donuts?«

»Nein, tut mir Leid. Aber wozu auch? Du bist doch nur eine zweidimensionale Zeichentrickfigur.«

Homer wird wütend, springt auf und ab. »Donuts! Donuts! Donuts!«

Plötzlich erscheinen Beavis und Butthead auch auf dem Bildschirm. »Aber ihr seid doch überhaupt nicht auf demselben Kanal!«

»Donuts! Donuts! Donuts!«, schreien sie.

Dann taucht die Crew vom South Park auf. Kenny. Der Chef. Cartman. Alle schreien: »Donuts! Donuts!«

Die Lämpchen auf meiner Tastatur blinken wie wild. Das CD-Tablett fährt rein und raus, immer schneller.

»Donuts! Donuts! Donuts!«

Es macht mich total verrückt und ich versuche den Computer abzuschalten, aber er geht nicht aus. Ich will schon den Stecker herausreißen, als der Lärm abrupt aufhört und die Figuren davonlaufen, in alle Richtungen verschwinden.

Das Einzige, was zurückbleibt, ist Homers Duff-Bier-Dose. Sie steht einfach dort in der Ecke des Bildschirms und rührt sich nicht, bis der Buchstabe S oben herausfällt. Dann noch ein Buchstabe und noch einer und noch einer. Sie hüpfen von einem Rand des Bildschirms zum anderen. Sie kommen zusammen. Sie bilden Wörter.

»Reingelegt, Cyber-Trottel. Wir treffen uns am Sonntag um vier. Bei mir zu Hause.«

Es. Ka. U. El. El. Es. Te. E. Er.

Kapitel 23

Der Fleischwagen ist auf dem Rasen geparkt. Mr Crevada (Schlauch in einer Hand, Fensterleder in der anderen) wäscht die Haube ab. Er ist barfuß und trägt Radlerhosen und ein T-Shirt mit einem lächelnden Sarg vorne drauf und der Aufschrift »Bestatter sind unterirdisch« auf dem Rücken.

»Tag«, sagt er, als er mich sieht, und hat so einen erwartungsvollen Ausdruck im Gesicht.

Ich weiß genau, was er erwartet – er will, dass ich ihm zu seinem exzellenten Geschmack in puncto Leichenwagen gratuliere.

Da kannst du lange warten, schwöre ich mir, aber als ich dann richtige hinsehe, wie das Prachtstück da vor mir steht und mich anblitzt, sprudeln die Worte einfach aus mir hervor. »Mann, ist das ein Leichenwagen!«

»STF«, sagt Mr Crevada.

»Hä?«

»So nennt sich das heutzutage: STF. Sarg-Transport-Fahrzeug. Leichenwagen, das hat so, na ja, du weißt schon, so einen unguten Beigeschmack …«

Ja, genau. So als könnte tatsächlich ein Toter drin sein.

»Willst du ihn dir mal ansehen? Die volle Besichtigungstour?«

»Ja, schon.«

Mr Crevada öffnet die Tür, zeigt auf die Klimaanlage. »Hier, der Kühlschrank.« Er drückt auf einen Knopf und die vier Fenster zischen herunter. »Schnelle Scheibe, was?« Ein anderer Knopf öffnet das Sonnendach. »Und hier das Solarium.« Er stellt die Stereoanlage an, dreht die Lautstärke auf, sodass der ganze Wagen vibriert. »Und 'ne Jukebox hat er natürlich auch.« Wieder singt Nick Cave. Und wieder hört er sich nicht glücklich an.

»Wie viel Saft hat der drauf?«, sprudle ich hervor, ehe ich mich bremsen kann.

»Voll hochgetunter Dreifünfziger Chevy-Motor. Turbogeladen.«

»Der muss ja ganz schön Speed haben.«

»Beschleunigung von null auf hundert in 9,3«, sagt er und lässt seinen Daumen nach hinten schnellen. »Und das mit ein paar Kunden an Bord.«

»Gar nicht schlecht«, sage ich und frage mich, was die Kunden wohl dazu sagen würden, wenn sie wüssten, dass sie in 9,3 Sekunden von Null auf hundert beschleunigt werden sollen.

»An den hier kommt kein anderer STF in diesem Land heran«, sagt er und schaut auf seine Uhr. »Weißt du was? Ich nehm dich auf eine Spritztour mit. Was meinst du? Wie wär's mit 'ner kleinen Mainy?«

Mainy, das ist eine Runde auf der Main Street. Eine alte Tradition in Dogleg Bay. Sobald jemand seinen Führerschein hat und ein Auto dazu, dreht er eine Mainy – nein, viele Mainys, eine Runde nach der anderen auf der Hauptstraße. Er hält Ausschau nach heißen Miezen, mit denen er flirten, oder nach schweren Jungs aus anderen Städten, die er beleidigen kann, einfach nach allem, außer dem Üblichen – alten Opis und Omis, die mit ihren Rollwägelchen von der Bowling-Bahn zum Bingo humpeln und wieder zurück.

»Kommt nicht in Frage«, will ich schon sagen, aus Prinzip, aber natürlich bin ich genauso scharf auf Mainys wie jeder andere, selbst wenn es im Leichenwagen – halt, sorry, STF – ist.

»Klar«, sage ich.

Am Ende drehen wir siebzehn Mainys. Und ziemlich gute noch dazu. Mit den getönten Scheiben, dem Kühlschrank, der auf vollen Touren läuft, und den Tieftonlautsprechern, die durch meinen Körper dröhnen, fühle ich mich wie in einem Raumschiff, das durch ein Alien-Land kurvt.

Natürlich sind keine heißen Miezen auf der Straße. Auch keine schweren Jungs. Aber dafür bringt das Auftauchen des Leichenwagens die alten Knacker auf Trab. Ich habe noch nie so viele Hochgeschwindigkeits-Rollwägelchen gesehen.

»Und? Hast du dir Gedanken über den Job gemacht?«, fragt Mr Crevada mich noch einmal, als er mich wieder vor seinem Haus absetzt.

»Nein, nicht wirklich.«

»Keine Eile, mein Sohn. Denk darüber nach. In ein paar Jahren werde ich mich nach einem Lehrling umsehen. Malcolm interessiert sich für nichts, was nicht mit 'ner verdammten Maus verbunden ist. Das hier ist ein gutes Geschäft, und es wird immer besser. Wir sind eine alternde Gesellschaft. Ist dir das klar?«

Ob mir das klar ist? Nein, Kumpel, ich laufe die ganze Zeit mit geschlossenen Augen herum. Natürlich ist mir das klar!

»Ich werde darüber nachdenken, Mr Crevada«, sage ich und steige aus dem Wagen. Und eine Mikrosekunde lang mache ich das auch. Aber das Einzige, was mich interessiert, sind Mulloways, und nicht die Lieben, liebevoll zur Ruhe gebettet.

Mrs C. ist nicht überrascht, als sie mich sieht.

»Da bist du ja – ich habe darauf gewartet! Hab den ganzen Morgen gebacken«, sagt sie, die Hände staubig vom Mehl und in verlockenden Käsekuchenduft gehüllt, der an ihrer Schürze haftet. »Malcolm ist in seinem Zimmer.«

Das Zimmer ist immer noch eine Cyber-Trottel-freie Zone, in der jeder Leben spendende Sauerstoff fehlt. Der Skullster ist weiß wie eh und je und immer noch in Pyjama und Bomberjacke. Nur Bill Gates hat jetzt eine riesige Axt im Schädel. Sie scheint jedoch nicht viel Schaden angerichtet zu haben, weil der Typ noch genauso arrogant aussieht wie vorher, so ein Ihr-könnt-mich-mal-ich-bin-der-reichste-Mann-der-Welt-Gesicht.

»Dann hast du meine Botschaft also bekommen?«, sagt der Skullster und sein Gesicht ist eine grinsende Fratze.

»Wie hast du das ganze Zeug gemacht?«

»Pipikram.«

»Aber Homer hat mit mir geredet!«

»Tatsächlich?«, sagt der Skullster und zieht die Augenbrauen hoch.

Wenn ich's mir jetzt überlege: Hat er wirklich auf das geantwortet, was ich gesagt habe? Natürlich nicht. Der Skullster hat mich voll reingelegt.

»Ich hätte deine ganze Festplatte runterladen können, wenn ich gewollt hätte, aber ich habe nichts gesehen, was der Mühe wert gewesen wäre.«

Außer den Buchungen für den Campingplatz, den Rechnungen, meinen E-Mails. Ich bin froh, dass es nicht der Mühe wert war.

»Also, machst du's?«

Der Skullster nickt mit dem Kopf. Er hat angebissen, denke ich. Und zwar voll. Meine Geschichte, meine Worte, das Meer, das vor Mulloways nur so brodelt, war sogar zu diesem abgebrühten Cyber-Zyniker durchgedrungen.

»Super Idee, der Flussmündung mal 'n anständigen Drink zu gönnen, oder? Die Jewies in die Bucht zurückzuholen?«

Der Skullster grinst. »Das kratzt mich überhaupt nicht. Die einzigen Fische, die ich mag, sind Fischstäbchen, und dann auch nur, wenn sie mit Sauce zugeklatscht sind.«

»Wie kommt es dann ...«

»Hör mal, ich hab dir einen Deal vorzuschlagen, Kumpel.«
Der Skullster beugt sich vor, als er mir seinen Deal erklärt. Hin und wieder dröhnt ein Heavy-Metal-Gitarren-Riff aus dem Computer und eine Stimme mit kalifornischem Akzent sagt: »Hey, Man, Post für dich.«
»Also, was ist? Bist du einverstanden?«, fragt der Skullster, als er fertig ist.
»Na ja, ich weiß nicht«, sage ich, »das ist ziemlich viel verlangt.«
Ich sehe die Enttäuschung in seinem Gesicht.
»Also wenn ich dich richtig verstanden habe, willst du, dass ich hin und wieder hierher komme. Dass ich so tue, als ob ich dein Freund sei. Dass ich den Dreck esse, den deine Mutter kocht. Das war's doch so ungefähr, oder?«
»Ja, mehr oder weniger. Sie macht mich wahnsinnig. Ständig hackt sie auf mir herum, dass ich rausgehen soll. Mit anderen Leuten herumhängen. Und das ganze Zeug, das sie kocht! Dabei brauchst du nur Cream Puff zu mir sagen, und schon hab ich 'n Pickel im Gesicht. Und wenn ich einen esse, krieg ich ein ganzes Pickelfeld. Man könnte den Eiter abzapfen und in Flaschen verkaufen.«
Ich habe sofort eine Vision: Miracle und der Skullster tun sich zusammen: Der Dicksack verkauft den Eiter des Pickelknaben. Ein todsicheres Geschäft. Aber ich verbanne es schnell aus meinen Gedanken. Das hier ist ernst. Ich tue so, als ob ich noch eine Weile länger darüber nachdenken müsste. Geschäftsleute machen das so. Wir lassen uns nicht in die Karten schauen.
»Ich muss also nur so tun, als ob ich dein Freund wäre, und den Dreck von deiner Mum essen, dann lässt du ein bisschen Wasser aus dem Damm?«, sage ich und meine Magensäfte brodeln über vor lauter Vorfreude auf den versprochenen Käsekuchen.

»Hab schon mal 'ne Erkundungstour um ihren Mainframe gemacht, Kumpel. Das ist ein Witz. Keine Firewalls. Nichts. Ich könnte die Brühe bis zum letzten Tropfen abzapfen.«

»Mach das nicht«, sage ich und denke an den Rasen. »Lass ein bisschen was drin. Wie wär's mit 'nem Drittel? Das müsste reichen.«

»Kein Problem. Wann soll ich es machen?«

»Weiß nicht. Heute Nacht? Ganz spät. So dass niemand was davon mitkriegt.«

Der Skullster lächelt. »Wird gemacht.«

»Bist du sicher, dass du nicht erwischt wirst?«, sage ich. »Was ist mit dem Typ, der die ganze Gülle rausgelassen hat? Den haben sie gekriegt.«

»Jämmerlicher Amateur«, sagt der Skullster abfällig.

Wir geben uns die Hand. Cyber-Guru und Cyber-Trottel in einem gemeinsamen Projekt vereint.

Ich bin so aufgeregt, dass ich mich dauernd ermahnen muss, ruhig zu bleiben um nicht Verdacht bei allen zu erregen. Wie Mr Morrison, unser Naturkundelehrer, zu sagen pflegt, ist »Australien der trockenste Kontinent der Welt und Wasser ist ein kostbares Gut«. Besonders das Wasser der Baumwoll-Farmer. Natürlich tun sie mir Leid. Aber nicht sehr. Sie haben lange genug Wasser verprasst, und es ist nicht nur ihr Wasser. Es gehört allen, egal welcher Spezies – den Winkerkrabben, den Schlammspringern*, den Moskitos und den laichenden Mulloways. Besonders den laichenden Mulloways. *Meinem* laichenden Mulloway.

Aber gegen Abend nagen allmählich Zweifel an mir. Wie die Ebola-Viren fressen sie die Gewissheit auf, dass mein Plan tatsächlich so brillant ist, wie ich die ganze Zeit dachte.

---

* Schlammspringer leben in Mangroven-Sümpfen und können als einzige Fische das Wasser verlassen und sogar auf Bäume klettern.

Vielleicht hat uns der Staudamm-Typ auf den Arm genommen. Vielleicht gibt es gar keinen Computer und er muss selber dort hinuntergehen und mit einem schmutzigen Mega-Schrauben-Schlüssel die Schleusen öffnen. Oder vielleicht sind die Schleusen eingerostet, nachdem sie so lange nicht mehr voll aufgemacht wurden. Vielleicht unterschätzt der Skullster die Mainframes der Wasserwerke. Vielleicht werden wir erwischt. Ich weiß nicht, welche Strafe darauf steht, aber sicher eine schwere. Ein Verbrechen, das mit aller Härte bestraft wird. Enthauptung? Entmannung? Kerkerhaft? Wer weiß?

Als die Ebola-Viren sich endlich satt gefressen haben, ist von meinem brillanten Plan nichts mehr übrig. Wie konnte ich mir nur einbilden, dass ein paar wilde Jungs aus Dogleg Bay in der Lage seien, einen Staudamm zu knacken? Das passiert nicht, sage ich mir, während mein Kopf tiefer in die Kissen sinkt. Nie und nimmer.

Die Fotokopien, Miracle und ich – wir sitzen alle am Ende der Mole und trauen unseren Augen nicht: Ein Strom von kackbraunem Wasser schießt aus der Flussmündung hervor und breitet sich in der Bucht aus.

»Wir haben es geschafft«, rufe ich und reiße triumphierend meine Arme hoch. »Wir haben den Staudamm geknackt!«

»Ja, von wegen«, schnaubt Storm. »Hast du nicht in die Zeitung geschaut?«

Natürlich habe ich in die Zeitung geschaut. Seite drei des *Mullaranka Argus*.

Technische Störung verursacht beträchtlichen Wasserverlust
Nach Auskunft der Wasserwerke führte eine Computer-Störung in der Nacht von Donnerstag auf Freitag dazu, dass 200 000 Millionen Liter Wasser aus dem Staudamm geflossen sind. Mr Mal Attner, Vor-

sitzender der Baumwollpflanzer-Vereinigung, bezeichnet diesen Verlust als Katastrophe. Mehr als die Hälfte der Kapazität des Staudamms sei auf diese Weise verloren gegangen. Mr Attner verlangt eine sofortige Aufklärung des Sachverhalts. *(cm)*

»Das ist doch alles Kacke. Das waren wir, ich und der …«
Bevor ich meinen Satz zu Ende sprechen kann, zwickt Miracle mich mit voller Kraft in den Arm. Wahrscheinlich hat er Recht. Je weniger Leute die Wahrheit kennen, desto besser.
»Ja, okay, wahrscheinlich war's doch nur 'ne Computer-Störung«, gebe ich zu. »Aber trotzdem – schaut euch mal das ganze Süßwasser an. Die Bucht wird wieder aufblühen!«

Kapitel 24

Warwick sägt mit seiner Zahnseide vor sich hin.

Der bärtige Wissenschaftler, sage ich mir, flosst seine Zähne, so wie andere Leute Fingernägeln kauen, in der Nase bohren oder an der Unterlippe nagen – um ihre Nervosität zu bekämpfen. Mit jedem weiteren plakoidschupperlosen, quastenflosserfreien Tag, der vergeht, verbraucht er noch mehr Zahnseide. Wenn Warwick nicht bald einen toten Fisch findet, wird er mit abgewetzten Zahnstummeln und zerfetztem Zahnfleisch von Dogleg Bay weggehen.

»In der Zeitung stand, dass es eine Computer-Störung war«, sagt er. »Aber weißt du, was ich glaube?«

»Nein«, sage ich nervös und quetsche noch einen Schuss lila Karzinogen in die ohnehin schon hochkarzinogene Kloschüssel. »Was glauben Sie, Warwick?«

»Ich glaube, dass sich jemand in ihr Computer-System eingehackt hat, aber die Wasserwerke wollen es nicht zugeben, weil es eine Blamage für sie ist. Das glaube ich.«

Dieser verdammte Wissenschaftler mit seinen kühnen, erfindungsreichen Hypothesen. Ich drücke auf den Spülknopf; lila gefärbtes Wasser wirbelt in der Schüssel herum.

»Wirklich?«, sage ich und versuche so unschuldig wie möglich zu klingen. »Aber wer macht so was? Ist doch idiotisch.«

»Ich habe mehrere Theorien. Vielleicht war es die Herausforderung. Hacker sind so. Die machen etwas, nur um zu beweisen, dass sie es können.«

»Das ist eine gute Theorie, Warwick. Verdammte Angeber, diese Hacker!«

»Meine zweite Theorie ist, dass jemand dahintersteckt, der davon profitiert, dass das ganze Wasser herausgelassen wurde. Nicht unbedingt finanziell. Vielleicht eine Öko-Terror-Gruppe«, sagt er und schaut mich durchdringend an, als ob ich die Öko-Terror-Gruppe wäre.

Verdammt! Warwicks Gedankengänge, seine streng wissenschaftlichen Schlussfolgerungen führen ihn schnurstracks zur Wahrheit und zu meiner Schuld. Ich muss ihn aus dem Konzept bringen. Ich könnte mir eine von Saphonias bescheuerten Ideen zunutze machen und ihm eine Ladung lila Putzmittel in sein linkes Ohr kippen, damit die betroffene Gehirnhälfte nicht mehr so gut funktioniert. Aber nein, ich habe eine bessere Idee.

»Ich weiß, wo es ein Fischfossil gibt.«

Es ist, als würde Warwick mit einem Schlag größer, röter und haariger, und seine Augen leuchten auf. So wie Mums Augen, wenn sie über ihren Tattoo-Zeitschriften brütet, oder Miracles Augen, wenn er von seinem Super-Blinker »Killalure Terminator II« redet, und meine eigenen Augen, schätze ich, wenn ich über meinen Mulloway ins Schwärmen gerate.

»Wo?«

»Ein Stück die Küste hinunter.«

»Los, gehen wir«, sagt er und packt mich am Oberarm.

»Ich muss hier erst fertig machen«, sage ich und nicke zu den Klos hinüber.

Bevor ich auch nur piep sagen kann, liegt Warwick auf den Knien, die Bürste in der Hand, und schrubbt wie ein Wilder, so ein Sauberkeits-Wirbelwind wie in einem Fernseh-Werbespot. In null Komma nix sitzen wir in seinem Toyota und fahren über den Campingplatz.

Der Dolphy kommt in Sicht, die Fotokopien sitzen draußen auf alten Peddigrohrstühlen. Jasmine spielt Gitarre und Storm schreibt in ihr Book of Shadows.

»Halt!«

»Was ist los?«, fragt Warwick und tritt auf die Bremse.

Ich brauche jemand, der mit mir kommt.

»Jazzy, hast du Lust auf eine Spritztour?«, brülle ich.

Auch wenn wir manchmal Meinungsverschiedenheiten haben, war ich immer überzeugt, dass zwischen Jasmine und mir eine besondere Verbindung besteht, dass wir einen besonderen Draht zueinander haben. Etwas, das ich nie mit Storm haben könnte. Storm ist zu kompliziert, zu unberechenbar.

»Wo fahrt ihr hin?«, fragt Jasmine.

»Auf die Jagd«, antworte ich. »Nach Fischfossilien.«

Wenn die Molenratten eine richtige Bande wären, hätten wir jetzt einen Geheimcode. Dann müsste ich nur an meinem linken Ohrläppchen zupfen, meine Zunge herausstrecken oder meinen Mittelfinger ein Stück weit in die Nase stecken (vielleicht bis zum zweiten Knöchel), und Jasmine wüsste genau, was ich will, so wie Anne in den Fünf Freunden. Aber wir sind keine richtige Bande, auch nicht annähernd, und es gibt keinen Geheimcode.

Zum Glück gibt es diese besondere Verbindung zwischen Jasmine und mir, und deshalb muss es genügen, wenn ich sie flehend anschaue. Ein Bitte-komm-mit-Jasmine-ich-brauche-dich-wirklich-Blick.

»Tote Fische? Machst du Witze oder was?«, sagt sie verächtlich und wendet sich wieder ihrer Gitarre zu.

»Ich komme mit«, sagt die komplizierte, unberechenbare Fotokopie.

Bevor ich etwas antworten kann, kommt Storm zum Auto gerannt und springt herein. Warwick fährt los, noch ehe sie die Tür zumachen kann, und wir rumpeln über die Bremsschwelle am Eingang, dass der Fossilienstaub nur so aus den Sitzen aufstiebt und Warwicks Forscher-Equipment hinten herumknallt.

»Alles in Ordnung?«, flüstert Storm mir von hinten zu.

Ich nicke. Mehr oder weniger.

Während wir nach Süden fahren, der Küstenlinie folgend, bombardiert Warwick mich mit Fragen. Was für ein Fossil? Welche Gesteinsart? Welches dies und welches das. Wir kommen an der Bootsrampe vorbei, wo die verlassenen Schlepper vor sich hinrosten, und dann endet der Asphalt und die Straße wird löchrig und rissig.

»Hunter, warum hast du mir nicht eher von diesem Fossil erzählt?«

Ich wusste, dass Warwick das irgendwann fragen würde, aber ich habe mir immer noch keine Antwort zurechtgelegt, also sage ich, was mir gerade einfällt.

»Weil ich Sie nicht besonders gut leiden konnte.«

»Was? Du konntest mich nicht leiden?«, fragt er ungläubig.

Ich meine, wie kann man so einen großen, vertrottelten Paläoichthyologen nicht mögen?

»Nicht besonders. Ich fand Sie ein bisschen eingebildet.«

»Aber warum?«

»Na ja, dieses Getue mit Ihrer Zahnseide und so …«

»Zahnseide? Was hast du gegen …«

»Wir sind da.«

Warwick biegt von der Straße ab und fährt in eine kleine Lichtung.

»Ich war noch nie hier draußen«, sagt Storm, als wir aus dem Wagen steigen. »Wo sind wir, Hunter?«

»Thommos«, antworte ich, und im selben Moment greift etwas in meinen Bauch, packt eine Hand voll Gedärme und zwirbelt sie herum, drückt immer fester und fester zu.

Warum zum Teufel habe ich dieses Fossil erwähnt? Ich hätte

Warwick seinen Gedankengang zu Ende führen lassen sollen, bis zum fahrplanmäßigen Ziel. Was hätte der Wissenschaftler dann gemacht? Mich verpfiffen? Wohl kaum. Außerdem, wer glaubt schon einem Typ mit so einem Bart? Kein Bulle der Welt. Und selbst wenn, könnte ich ihnen sagen, dass Warwick von Anfang an mit dabei war, dass er uns die theoretische Basis für unsere Ökoterroraktionen geliefert hat. Dass er sozusagen der Kopf der Bande ist.

»Also, welcher Weg?«, fragt er ungeduldig.

»Es gibt keinen …«, fange ich an, aber als ich Warwick ansehe, den Ausdruck in seinem Gesicht, die Augen, die wie Leuchttürme funkeln, kann ich meinen Satz nicht zu Ende sprechen. Ich denke an die Geschichte, die er mir erzählt hat – das Fossilienmuseum in Cowindra, seine Frau, die lieber in der Stadt lebt –, und mir wird klar, dass es stimmt, dass die toten Fische tatsächlich sein Leben verändert haben, dass tote Fische sein Leben *sind*. Ich muss das jetzt zu Ende bringen, ihm das Fossil liefern, das ich versprochen habe.

»Das dort ist der Weg«, sage ich.

Ich war nicht mehr hier, seit Dad verschwunden ist. Und sonst auch niemand, so viel steht fest, denn der Pfad, der durch das niedrige Unterholz führt, ist zugewachsen und sieht völlig unbenützt aus.

»Na los, gehen wir«, sagt Warwick.

Als Kind erschien es mir immer wie eine Ewigkeit, bis wir zu den Murk-Felsen kamen. Und der Rückweg dauerte sogar noch länger, besonders mit einer Ladung Fische, auch wenn Dad immer behauptete, dass das Auto nur ein paar Sekunden entfernt sei. Aber mit Warwick an der Spitze, der mit Riesenschritten vorausprescht, dauert es überhaupt nicht lange. Dafür krampft sich mein Magen mit jedem Schritt noch mehr zusammen. Ich spüre, wie die Panik in meinem Körper aufsteigt, wie sie nur darauf lauert, mich zu überwältigen, sodass ich irgendwann Hals über Kopf zum Wagen zurückrenne.

»Alles okay, Hunter?«, fragt Storm ein paarmal.

»Ja, klar«, lüge ich. Dann sind wir da. Ich bin auf riesige Wellenberge gefasst, die über zackige Felsen herunterstürzen, auf schäumendes Wasser, das himmelwärts gischtet. Stattdessen ragt ein glattes Felsband, wie der Kiefer von Superman geformt – mit neongrünem Laichkraut und Kolonien von Uferschnecken bewachsen –, in eine schläfrige See hinaus.

Die Hand lockert ihren Griff und meine Eingeweide entspannen sich. Ich schäme mich fast dafür, dass Dad, der beste Felsenfischer im ganzen Distrikt, von so einem harmlos aussehenden Ort verschwunden ist. Pah! Man könnte hier ein Kindergarten-Picknick machen oder einen Ausflug für alte Knacker mit Rollwägelchen und allem Drum und Dran.

Ich versuche also, mir eine fliegende Untertasse vorzustellen, die über den Felsen schwebt, eine Leiter wird heruntergelassen und drei Aliens steigen aus und laden Dad zu einer Tasse Tee ein. Aber ich kann nicht. Mag sein, dass drei Komma sieben Millionen Amerikaner an Entführungen durch Außerirdische glauben, aber ich nicht.

»Mensch, so ein toller Platz zum Fischen. Wie kommt es, dass du mir noch nie was davon gesagt hast?«, sagt Storm und funkelt mich an.

»Weiß nicht.«

Warwick räuspert sich. »Und das Fossil?«

»Folgen Sie mir«, sage ich.

Ich weiß noch, wie Dad mir die Versteinerung zeigte. Wie er dahockte, sein Rücken nass von der Gischt, und wie ihm sein Pferdeschwanz schlaff am Rücken herunterhing.

»Verdammt alt ist das«, hat er gesagt. »Könnte tatsächlich ein Fisch sein.«

Für mich sieht es nicht besonders nach Fisch aus. Eher wie ein Teller voll alter Hühnerknochen.

Es dauert eine Weile, bis ich die Stelle finde.

»Da ist es«, sage ich.

Im nächsten Moment liegt Warwick auf den Knien und sagt: »*Placodermis groenlandis, Placodermis groenlandis*«, immer wieder. »*Placodermis groenlandis. Placodermis groenlandis.*«

Er strahlt über sein ganzes Gesicht, ist wie verwandelt. Wie jemand, der eine tiefe religiöse Erfahrung gehabt oder gerade beim Powerball gewonnen hat.

»Das nennt sich ›in Zungen sprechen‹«, sagt Storm wissend. »Ich habe gesehen, wie sie das im Zelt machen.«

»Das ist der Erste«, sagt Warwick und schaut zu uns hoch, während die Worte wie Frisbees aus seinem Mund fliegen. »Der Erste, den wir in Australien gefunden haben. In Grönland wurden schon welche gefunden, versteht ihr. Und in der Antarktis. Und jetzt hier.«

»He, die sind ja ganz schön herumgekommen«, sagt Storm.

»Nein«, sagt Warwick. »Das nun gerade nicht. Sie sind nicht herumgekommen. Die herrschende Theorie ist, dass Antarktika, Grönland und Australien ursprünglich mal einen einzigen Kontinent bildeten. Sie gehörten alle zu Gondwanaland. Das hier ist ein weiterer Beweis dafür.«

Wenn er sich weiter so aufregt, braucht er demnächst noch eine Windel.

»Cool«, sagt Storm, und ich glaube, sie findet es wirklich cool. Wahrscheinlich denkt sie, dass so ein Fossil alle möglichen magischen – Verzeihung, maggischen – Eigenschaften hat.

»Kann ich es mal in die Hand nehmen?«, frage ich und gehe neben Warwick in die Knie.

»Sicher, mach nur.«

Ich lasse meine Finger über den *Placodermis groenlandis* gleiten.

Ich spüre die Rauheit seiner Haut. Das Spitze seiner Knochen. Die Form seines Wesens.

»Und wie alt ist das hier?«

»Ungefähr zweihunderttausend Millionen Jahre.«

»Wow! Ich halte einen Fisch in der Hand, der zweihunderttausend Millionen Jahre alt ist?«

»Nicht direkt. Es ist nur der Abdruck eines Fisches, nicht der Fisch selber. Was wir einen Schatten nennen.«

Warwick geht zum Auto und kommt mit einem Rucksack voll Archäologen-Ausrüstung zurück. Obwohl er sagt, dass wir ihm helfen können, macht er so ziemlich alles selber. Storm und ich sitzen nur da und sehen zu, wie er Karten zeichnet, Fotos macht, Messungen vornimmt. Er arbeitet sehr gründlich, sehr sorgfältig. Strenge wissenschaftliche Prüfung, nehme ich an, aber es ist nicht so besonders spannend, ihm zuzusehen.

Ich spüre, dass der Wind auffrischt. Weiße Schaumkronen tauchen vor der Küste auf. Die Flut ist gestiegen und das Meer kracht jetzt gegen das Felsenband und verbreitet einen dunstigen Sprühnebel in der Luft. Jetzt ist es kein harmloser Kinderspielplatz mehr und die alten Tattergreise wären längst verschwunden. Dad dagegen würde immer noch fischen. Ich sehe ihn vor mir, wie er auf dem Felsen steht, die Beine gespreizt, in seiner gelben Regenjacke.

Die Hand reißt wieder an meinen Eingeweiden. Drückt diesmal brutal zu.

»Können wir jetzt nach Hause gehen?«, frage ich leise, beinahe als ob ich mit mir selber reden würde.

»Von mir aus gern. Ich krieg hier noch 'ne Gänsehaut«, sagt Storm. »He, Hunter, was ist los?«

Ich antworte nicht. Storm schaut aufs Meer hinaus.

»Ach du Schreck, das sind die Murk-Felsen, stimmt's? Ich wusste doch, dass an dem Ort hier irgendwas komisch ist.«

Sie tippt Warwick auf die Schulter. »Wir möchten gehen.«
»Nein, jetzt nicht«, sagt Warwick ohne aufzusehen.
Storm tippt ihm noch fester auf die Schulter.
»Wir müssen jetzt gehen«, sagt sie energisch. »Saphonia macht sich sonst Sorgen um mich.«
»Ja, gut«, sagt Warwick. »Morgen ist auch noch ein Tag.«
Warwick redet pausenlos auf dem Heimweg. Er ist ungefähr so euphorisch wie Michael Jackson auf einer Schönheits-Chirurgen-Konferenz. Als wir in den Campingplatz einbiegen, bedankt er sich bei uns – und das ungefähr eine halbe Stunde lang. Jetzt erst merke ich, dass Storm ihre Hand auf meiner Schulter hat. Und dass die Hand den ganzen Heimweg über dort gelegen hat.

Kapitel 25

Natürlich war es Saphonias Idee. Mum macht nie ein großes Gedöns um ihren Geburtstag. Aber der hier ist angeblich etwas Besonderes, was irgendwie mit dem Jahr der Ziege im chinesischen Horoskop, der Konjunktion von Jupiter und Mars, der Mondphase und der Hämorriden-Creme des Dalai-Lama zusammenhängt.

Die Fotokopien haben die Küche geschmückt. Bunte Wimpel, Luftballons und ein Schild mit der Aufschrift »Happy Birthday, Sandy«. Auf dem Tisch stehen Teller mit Crackern und Schalen mit verschiedenen Dips. Blauschimmelkäse und Zitronengras. Chili. Bok choy, Kumera* und Pinienkerne.

»Saphonia hat einen Kuchen in Mully gekauft«, sagt Jasmine stolz. »Ohne Zucker, ohne Milch, ohne Eier – total vegan.«

Sie trägt ein blaues Batiktop, das vorne geschnürt ist, einen Jeans-Minirock und Turnschuhe ohne Socken. Ihr Haar ist offen und voller Glitzerzeug.

»Na toll«, sage ich. »Unsere Kinder werden als Plankton auf die Welt kommen.«

»Unsere Kinder?«

»Ich meine die Kinder, die jeder von uns getrennt haben wird. Nicht zusammen.«

Jasmine lächelt mich an, dann boxt sie mich leicht gegen die Schulter und fragt: »Tanzt du später mit mir?«

---

* Bok choy ist ein chinesisches Kohlgemüse, Kumera eine Süßkartoffel.

»Ja, klar, gerne«, antworte ich automatisch, ohne zu überlegen, worauf ich mich da eingelassen habe. Dann wird es mir plötzlich bewusst. Tanzen? Ich? Kommt nicht in Frage. Hunter tanzt nicht. Durch die offene Tür sehe ich Saphonia, die sich in Mums Schlafzimmerspiegel betrachtet. Sie hat ein weißes Spagettiträger-Top an und statt ihrem üblichen Sarong eine glänzende rote Hose.

»Bisschen mehr?«, fragt sie Mum, ganz gierig darauf, noch mehr Make-up auf ihr zugekleistertes Gesicht zu schmieren.

Der Paläoichthyologe hat versprochen, sich heute Abend von seinen toten Fischen loszureißen und mitzufeiern. Deshalb legt Saphonia die doppelte Menge Make-up auf, damit sie noch mehr Eisen im Feuer hat, falls ihre Möpse nicht gleich auf Anhieb die übliche verheerende Wirkung zeigen.

Sie sprüht sich mit Parfüm ein.

Das Parfüm heißt Paris oder Rom oder vielleicht auch nur Adelaide – eine dieser aufregenden internationalen Metropolen jedenfalls.

»Mum trägt heute ihren Tanga-Slip«, verkündet Jasmine stolz, als Saphonia in die Küche kommt.

»Jasmine!«, sagt Saphonia.

He, ich bin beeindruckt. Vielleicht hat Saphonia doch endlich ihre Mummy-Lizenz erworben.

»Entschuldige«, sagt Jasmine. »Ich meine natürlich, Saph trägt heute ihren Tanga-Slip.«

»Na also, das ist schon besser«, sagt Saphonia.

»Ist die Hose aus Leder?«, frage ich.

»Natürlich nicht«, sagt Saph und spielt die Empörte. »Ich trage keine toten Tiere. Die ist synthetisch. PVC, falls du es genau wissen willst.«

Ja, genau. PVC wie Platt gemachte Vergewaltigte Chromleder-Kuh.

De-anne kommt als Erste. Sie trägt ein Leopardenmuster-Top und Leggins im großsibirischen Discokugel-Stil. Drilla kommt hinter ihr herein, einen Karton VB-Bier auf der Schulter.

»Herzlichen Glückwunsch, Schnuck«, sagt De-anne und reicht Mum einen Umschlag.

Es ist ein Geschenkgutschein von »Tattoos R U«, dem Laden eines Tätowierers in Mully. Mum ist natürlich begeistert. Sie umarmt De-anne und Drilla überschwänglich.

»Willst du ein Bier, De-anne?«

»Nein, Schnuck«, sagt De-anne, wühlt in ihrer Tasche und holt eine Flasche Limonade und einen karzinogen-gelben Advocaat heraus. »Ich bin heute Abend auf Fluffy Ducks*.«

Dann kommt Storm mit einer Kiste CDs an. Sie ist heute Abend der DJ. Selbst ernannt natürlich. Ihre Aufmachung ist die übliche, weites Samtkleid und das bescheuerte Pentakel, das um ihren Hals baumelt. Die Wimperntusche um ihre Augen ist noch dicker und dunkler als sonst.

Jasmine geht ihr zur Hand und ordnet die CDs nach den verschiedenen Richtungen. Heavy Metal. Death Metal. Thrash Metal. Black Metal. Doom Metal. Als ich die beiden nebeneinander stehen sehe, wird mir bewusst, dass die Zwillinge eigentlich gar nicht wie Zwillinge oder Fotokopien oder Spiegelbilder aussehen. Und das ist komisch, denn bisher habe ich sie immer als eine Person gesehen. Wenn ich Jasmine ohne Storm begegnet bin oder Storm ohne Jasmine, dann waren sie nur ein halber Zwilling, nicht das komplette Set, Angelrute und Spule sozusagen. Aber jetzt ist es, als ob sie sich trennten, sich unterschiedlich entwickelten.

Okay, vielleicht hat Breeannah ja Recht, dass sie zu große Münder, Segelohren, ein schiefes Lächeln haben. Wenn man,

---

* Fluffy Duck ist ein Drink mit Eierlikör, Gin, Cointreau und Orangensaft.

wie Warwick, diese Dinge wissenschaftlich messen, mit dem na-
tionalen Durchschnitt vergleichen würde, dann könnte man
vielleicht von einer Idee zu groß, zu segelohrig, zu schief sprechen. Aber ich sag dir was, Breeannah Spaßbremse, Jasmine ist
total süß, echtes Babe-Material. Und was Storm angeht: Ich sage es ungern – besonders nachdem sie neulich bei den Murk-
Felsen so cool war –, aber mit der ganzen Wimperntusche erinnert sie mich irgendwie an das gemeine australische Beuteltier,
das Wickelschwanz-Opossum.

Wieder läutet es an der Tür und herein marschiert der
Paläoichthyologe. Warwicks Bart ist gekämmt. Oder geflosst.
Wer weiß? Er trägt eine Levis, ein hellblaues Hemd, das verdächtig frisch gebügelt aussieht, und Jesussandalen. Der strah-
lende Powerball-Sieger-Ausdruck in seinem Gesicht ist unver-
ändert. Er hat ein paar edel aussehende Weinflaschen mitge-
bracht. Und einen toten Fisch für Mum.

»Das ist ein *Diplomystus*«, sagt er. »Aus Green River in
Wyoming.«

»Oh«, sagt Mum, während sie das Geschenkpapier aufwickelt.
»Ist der aber schön. Wirklich schön.«

Gut gemacht, Mum, denke ich. Das klang beinahe ehrlich. Aber
dann sehe ich ihr Gesicht und merke, dass sie es auch ehrlich
meint. Sie findet Warwicks *Diplomystus* wirklich schön. Und als
ich genauer hinsehe, muss ich ihr sogar Recht geben. Der
Diplomystus sieht aus wie ein Fisch, nicht wie das Hühner-
knochen-Gebilde von den Murk-Felsen.

»Ist das auch ein Schatten?«, frage ich Warwick.

»Nein, das ist wirklich ein Fisch.«

Saphonia geht zum Frontalangriff über. Die Möpse hochge-
schnallt, das Gesicht mit Schminke zugekleistert, die PVC-
Hose Marke »platt gemachte, vergewaltigte Chromleder-Kuh«
quietschend beim Gehen, packt sie einen Teller mit Crackern

und eine Schale Räucherlachs- und Wasabi-Dip und bietet es Warwick an. Die Musik setzt ein, der unverkennbare Jaulende-Kettensägen-Sound von Teenager Death Snot.

De-anne packt Drilla am Arm.

»Komm, Schnuck, wir tanzen.«

Ich sehe ihnen zu, wie sie sich im Rhythmus der Musik zu bewegen versuchen.

Vergesst es, würde ich am liebsten sagen, da gibt's keinen Rhythmus.

Zwei Teenager Death Snot-CDs weiter, und die Party geht immer noch nicht ab. Natürlich tanzt niemand, was mir nur recht ist. Mum blättert wieder in ihren Tattoo-Zeitschriften um endlich das richtige zu finden. De-anne und Saphonia diskutieren über die astrologischen Aspekte der Hochzeit, ob Löwe und Schütze sich wirklich vertragen. Warwick und Drilla reden über Paläoichthyologie.

»Ist doch einfach Recycling, was?«, sagt Drilla und leert seine VB-Dose.

»So könnte man es nennen«, antwortet Warwick und trinkt einen Schluck Wein.

Und ich hänge mit Jazzy herum. Ich muss sagen, es gibt sie wirklich, diese besondere Verbindung zwischen uns, den besonderen Draht, den wir zueinander haben, denn wir amüsieren uns königlich. Reden dummes Zeug. Blödeln herum. Lästern über alle auf der Mole. Besonders Miracle und seine Pläne, wie man im Schnellverfahren reich wird. Was bin ich eigentlich für ein Idiot, dass ich die ganze Zeit geglaubt habe, die Fotokopien hätten nur ein halbes Hirn?

»Schau sie dir mal an«, sagt Jasmine und zeigt mit einer Kopfbewegung auf Storm.

Storm nimmt ihren DJ-Job todernst, arbeitet mit den CDs, fadet Tracks ein und aus. Aber als der Katzenquäler-Sound von

Death Breath ertönt, brechen Jazzy und ich in Gelächter aus. Irgendwann muss Storm doch merken, dass hier niemand ihre grässliche Musik mag, oder? Sie schaut zu uns herüber, schüttelt angewidert den Kopf und dreht die Lautstärke noch mehr auf. Was uns natürlich noch mehr zum Lachen bringt.

Die Türglocke läutet – das Schweinepublikum ist im Anmarsch um uns wieder mal das Leben zu vermiesen. Saph geht hin und macht auf. Als sie zurückkommt, hat sie einen korrupten Scheißbullen im Schlepptau. Der Scheißbulle ist groß und blond. Er hält seine Scheißbullenmütze in seiner Scheißbullenhand. Der korrupte Scheißbulle ist Brett.

»Storm, dreh den Radau leiser«, sagt Saphonia.

Sie muss wirklich ein paar Mummy-Stunden genommen haben. Drilla knallt seine Bierdose auf den Tisch und seine Muskeln treten drohend hervor.

»Ganz ruhig, Schnuck«, sagt De-anne und packt ihn am Arm.

Ich stürze zum Kühlschrank, drücke mich dagegen, um den »Nackte Wahrheit«-Kalender zu verdecken, den unglaublich langen Schlangenpenis des einheimischen Triathleten mit dem Smiley-Gesicht. Einen Wurmfortsatz, von dem er vermutlich nicht weiß, dass er ihn besitzt.

»Tag«, sagt Brett zu mir.

Drilla schaut mich misstrauisch an. *Auch noch freundlich zu so 'nem Bullenschwein, wie? Was würde dein Dad dazu sagen?*

»Du bist Hunter, stimmt's?«

Der Staudamm! Jemand hat mich verpfiffen. Es muss der Skullster gewesen sein. Bei dem brauchst du nur Hoden und Elektroschock in einem Satz zu sagen, und er singt wie ein Vogel, erzählt ihnen alles. Oder vielleicht war es Miracle. Sie haben ihm ein Angebot gemacht, das er nicht ausschlagen konnte. Einen Dollar? Einsfünfzig? Was für eine Strafe steht darauf – Enthauptung, Entmannung oder Kerkerhaft? Vielleicht das

Letzte, ich bin ja schließlich noch ein Kind. Vielleicht stecken sie mich mit dem Dad von den Fotokopien in eine Zelle, und hinterher komme ich raus und sehe wie Drilla aus. Comic Arme und ein Kopf wie aus einem Mallee-Stumpf gehauen.

»Das ist richtig«, sage ich und warte darauf, dass er mir Handschellen anlegt oder mich auf der Stelle erschießt.

Aber es gibt keine Handschellen und keine Pistole. Brett schaut mich nur an. Fragt sich wahrscheinlich, warum ich den Kühlschrank-Magneten spiele. Es ist wie in einem Western-Showdown. Drilla funkelt Brett an. Saphonia starrt Warwick an. Warwick starrt Mum an. Mum starrt mich an. Im Hintergrund läuft immer noch Death Breath, aber dann hört der Radau auf und es herrscht Stille im Raum. Und eine Spannung, so dick, dass man sie mit dem Messer schneiden, in Mehl wenden und in der Pfanne braten könnte.

»Interessiert sich hier jemand für Tätowierungen?«, fragt Brett schließlich mit einem Blick auf den Tattoo-Gutschein auf dem Tisch und den unordentlichen Tattoo-Zeitschriftenstapel.

Drillas Augen werden schmal. Und ich bin sicher, alle warten darauf, dass der korrupte Scheißbulle eine Predigt vom Stapel lässt, wie schlecht und unmoralisch Tätowierungen sind. Mädchen werden schwanger davon, Jungen kriminell. Unsere Gesellschaft in ihren Grundfesten erschüttert und korrumpiert. Und das alles wegen ein paar Pigmenten, die in die Haut injiziert werden.

Stattdessen sagt Brett: »Wollt ihr mal meine sehen?«

Ohne auf eine Antwort zu warten, stellt er seinen Stiefel auf den Stuhl, zieht sein Hosenbein hoch und rollt seine Socke herunter. »Die hier hab ich in Hawaii machen lassen, vor ein paar Jahren. Nachdem ich den Ironman* gemacht habe.«

---

* Ironman Australien, der Triathlon-Wettkampf

Alle drängen sich um ihn und wollen einen Blick darauf werfen, sogar Drilla.

»Die ist aber schön«, sagt Mum.

»Und sie hat eine starke Energie«, sagt Saphonia.

»Ziemlich professionell«, meint Drilla.

»Cool«, sagt Jasmine. »Haben Sie gewonnen?«

»Siebenunddreißigster«, sagt Brett. »In meiner Altersgruppe.« Er nimmt seinen Stiefel herunter und stellt den anderen drauf.

»Und die hier hab ich letztes Jahr bekommen. Da bin ich Dreiundzwanzigster geworden, und deshalb war ich ein bisschen betrunkener. Und die Tätowierung ein bisschen größer.« Ein bisschen größer? Sie nimmt praktisch sein ganzes Schienbein ein.

Jetzt gibt es kein Halten mehr. Saphonia rollt ihren Ärmel hoch und zeigt ihre Tätowierung.

»Das ist Chinesisch für ›Frieden und Verständnis‹«, sagt sie. Ja genau. Vielleicht Chinesisch für »Bathurst 2000*«.

De-anne besteht darauf, dass wir alle ihren kleinen blauen Schmetterling bewundern. Er sitzt auf ihrem Hintern, sodass es eine Weile dauert, bis jeder ihn gebührend bewundert hat. Drilla hat sein Hemd ausgezogen und erzählt uns haarklein die Entstehungsgeschichten seiner Schönheiten. Dann wird Mum mit Ratschlägen überschwemmt, was sie mit ihrem Gutschein anfangen soll. Und die ganze Zeit bleibe ich mit dem Rücken am Kühlschrank kleben.

»Auch 'n Bier, Constable?«, sagt Drilla zu Brett.

»Na ja, technisch gesehen bin ich im Dienst und …«

»Ach, scheiß drauf. Wir haben ein paar Lights im Kühlschrank. Sie können eins von denen haben, okay?«

Brett lächelt: »Bevor ich mich schlagen lasse.«

---

* Australisches Motorradrennen

»Gib uns ein Light, Kumpel«, sagt Drilla zu mir.

Ich rühre mich nicht.

»Hunter?«, sagt Mum.

Alle sehen mich jetzt an.

»He, schaut mal!«, sage ich und zeige zum Fenster. »Da ist Celine Dion.«

Sobald alle die Augen abgewendet haben, reiße ich den Kalender an mich. Aber dann wird mir klar, dass sie nicht wirklich weggeschaut haben. Es ist ziemlich unwahrscheinlich, dass die kanadische Sängerin auf dem Campingplatz von Dogleg Bay auftaucht, und ich schätze, niemand ist scharf darauf, dass sie ihren Phar-Lap-Kopf* durchs Fenster streckt, selbst wenn sie tatsächlich hier aufkreuzen würde. Der Kalender fällt mir aus der Hand und landet auf dem Boden, auf der Januarseite, Bretts Seite, aufgeschlagen, sodass jeder die Bescherung sehen kann.

Noch mehr Stille. Noch mehr Spannung. Bis Brett sich bückt und den Kalender aufhebt. Mit ernstem Gesicht studiert er ihn von allen Seiten, dreht ihn herum und folgt den Windungen seines Penisses, die dem Murray River Konkurrenz machen.

»Wer immer das gemacht hat«, fängt er an, mit todernster Miene, den Blick auf mich geheftet.

Das war Saphonia, würde ich gern sagen. Die Hippie-Tante dort drüben.

»Wer immer das gemacht hat, hat gute Arbeit geleistet. Die Ähnlichkeit ist verblüffend.«

Natürlich prusten alle los, am meisten Brett. Er brüllt vor Lachen, und selbst als die anderen verstummt sind, lacht er noch weiter.

---

* Phar Lap ist ein berühmtes australisches Rennpferd, auch der »rote Hengst« genannt.

Ich reiche Brett ein Bier. »Jetzt hätte ich doch fast den Grund für meinen Besuch vergessen«, sagt er. »Ich hab was für dich, Hunter.«

Ja, eine Vorladung. Gehe direkt ins Gefängnis. Gehe nicht über LOS. Ziehe keine 200 Dollar ein. Hunter, du bist verratzt, aber total.

»Es ist im Auto. Kommst du mit und holst es?«

O Mann! Das muss eine große Vorladung sein.

»Wenn es sein muss«, sage ich und folge ihm nach draußen, wo der Polizeiwagen steht, direkt neben dem Parkverbots-Schild.

»Es ist ein Geschenk von Squiffy«, sagt er und schließt die hintere Tür auf.

Also doch keine Enthauptung, Entmannung oder Kerkerhaft. Das ist eine Erleichterung. Aber ein Geschenk von Dougy? Was kann das sein? Vielleicht der Plüsch-Mulloway.

Als Brett sich umdreht, hält er Dougys Angelrute, die Jarvis-Walker-Vollglas mit Achatlaufringen in der Hand. Oh, nein, Dougy ist tot, ist mein erster Gedanke. Er ist tot und hat mir seine Angelrute vererbt.

»Ist Dougy friedlich gestorben?«, frage ich Brett.

»Der alte Scheißer? Der weiß doch nicht mal, wie man friedlich schreibt.«

»Dann war es also schmerzlich?«

»Es ist immer schmerzlich, Hunter.«

Ich nicke zustimmend. Weise Worte, korrupter Scheißbulle.

»Dieser Gestank macht dich einfach wahnsinnig«, fügt er hinzu. Der Gestank? Vielleicht hat es eine Weile gedauert, bis seine Leiche gefunden wurde. Ich sehe sie vor mir, wie sie unter der alten Mole liegt. Halb verwest. Krebse, die am Fleisch herumfressen. Maden, die sich in den Augenhöhlen ringeln. Wieder nicke ich.

»Dann ist die Beerdigung schon vorbei?«

»Beerdigung?
»Dougys Beerdigung.«
Brett lächelt. »Dougy ist nicht tot. Keine Angst. Der macht uns im Polizeirevier immer noch das Leben zur Hölle, indem er die ganze Bude verstinkt. Aber neulich kommt er rein und fragt mich, ob ich ihm einen Gefallen tun könne. Ob ich diese Angelrute dem naseweisen Rotzbengel aus der Bucht geben könne. Also, da ist sie.«
»Danke«, sage ich und nehme die Angel. »Und sagen Sie Dougy auch vielen Dank, ja? Vielen, vielen Dank von mir.«
»Kein Problem«, sagt Brett mit einem Blick auf seine Uhr. »Weißt du was? Ich bin nicht mehr im Dienst.« Er wirft seine Mütze ins Auto. »Dann trink ich jetzt besser mal das Bier aus.«
Als ich zurückkomme, ist Storm als DJ gefeuert worden. Sie sitzt in einer Ecke und schmollt, das Gesicht finster und, wie ihr euch denken könnt, stürmisch.
Die Musik hört sich jetzt nicht mehr so an, als müsste man den Tierschutzverein einschalten. Es ist Michael Jackson, ein altes Album von ungefähr sieben Nasen früher.
Drilla und De-anne tanzen langsam, tanzen eng, à la Verlobte und Verlobter. Drilla mit seiner Bierdose, De-anne mit ihrem Fluffy Duck, der im Glas herumschwappt wie Schlagwasser auf dem Boden eines Tinnie. Brett hat ein paar gute Tanzbewegungen drauf, aber weil er immer noch in Uniform ist, sieht er aus wie eine Gestalt aus »Village People«, als könnte er jeden Augenblick das alte CVJM-Lied anstimmen. Und man sollte meinen, dass Saphonia als totale Esoterik-Tante so einen bescheuerten Hippie-Tanz hinlegen würde – die Arme vor dem Gesicht herumwirbeln wie Tintenfischtentakel oder so. Aber ich muss zugeben, dass sie eine richtig gute Tänzerin ist.
»Komm schon, Hunter«, sagt Jasmine. »Denk an dein Versprechen.«

Nichts würde ich mir mehr wünschen, als mit Jasmine zu tanzen, und es ist auch nicht so, dass ich keine Musik mag. Ich liebe Musik (außer der metallischen Variante). Und es ist auch nicht so, dass ich nichts am Tanzen finden könnte. Ganz im Gegenteil. Ich glaube, dass es wahnsinnig Spaß macht, das Beste, was man tun kann, wenn man keine Angel in der Hand hat. Das Problem ist nur – Hunter tanzt nicht, weil Hunter nicht tanzen kann. Ich bin zu unkoordiniert, zu ungeschickt. Mein linker Fuß und mein rechter Fuß sind wie Israel und Palästina, sie kommen einfach nicht zusammen. Und ich geniere mich immer, so als würden mich alle anstarren und sich über den guten alten Hunter halb totlachen.

»Tut mir Leid«, sage ich und greife mir ans Bein. »Ich hab mir mein Knie verletzt. Vorderkreuzbandriss, schätze ich. Könnte ernst sein.«

Jasmine kann ihre Gefühle nicht sehr gut verbergen, sie sind ihr ins Gesicht geschrieben. Sie ist enttäuscht. Ich kann es ihr nicht übel nehmen – ich habe es schließlich versprochen. So enttäuscht, dass sie zu Storm geht und sie fragt, ob sie mit ihr tanzen will. Storm weigert sich natürlich. Das ist ein bekanntes Prinzip – wenn du als DJ gefeuert und stinksauer auf die ganze Welt bist, dann ist jedes Vergnügen – besonders Tanzen – strengstens untersagt. Aber Jasmine greift zu verzweifelten Mitteln. Sie entdeckt Warwick, der mit Mum redet, und in null Komma nix hat sie ihn auf der Tanzfläche.

Der tanzende Paläoichthyologe. Das wird eine Lachnummer. Er geht die Sache natürlich streng wissenschaftlich an. Die Hypotenuse des Takts multipliziert mit der Quadratwurzel des Rhythmus, geteilt durch Pi, ergibt den Professors-Boogie. Aber als »Billy Jean« anfängt, fegt Warwick durchs Zimmer wie ein durchgeknallter Quastenflosser. Jasmine versucht mitzuhalten, während er herumstampft, wild mit den Armen fuchtelnd, und seine Paläoichthyologen-Hüften in rasendem Tempo rotieren lässt. Der Bart umflattert ihn wie eine Fahne. Das Lächeln in seinem Gesicht ist so strahlend, dass man es an Colgate versteigern könnte. Man kann nicht behaupten, dass er ein toller Tänzer ist, aber auf jeden Fall hat er seinen Spaß. Jetzt geht er in die Hocke, die Arme vor der Brust verschränkt, und wirft seine Beine hoch wie ein russischer Kosake. Natürlich sieht es bescheuert aus, aber das scheint niemand zu stören. Außer Storm und mir sind alle auf der Tanzfläche, klatschen und feuern ihn an, sodass er immer schneller und schneller wird.

Ach scheiß drauf! Was ein Professor und Ex-Anzug-Fuzzi kann, das kann ich noch lange! Ich husche neben Jasmine auf die Tanzfläche und klatsche mit den anderen mit.

»Ist das Kreuzband wieder besser?«, fragt Jasmine.

»Scheint so«, sage ich und beuge meine Knie.

Ich weiß nicht, um welche Zeit die Party zu Ende war, aber alle sind sich einig – es ging voll ab. Außer Storm natürlich, die die ganze Nacht beleidigt spielen musste. Saphonia machte weiter Jagd auf Warwick und rückte ihm mit ihren Möpsen auf den Leib, aber er hielt nie still. Im einen Moment war er John Travolta, im nächsten Mick Jagger. Am Ende gab Saphonia auf und hüpfte mit dem korrupten Scheißbullen herum. Drilla und De-anne tanzten immer enger und enger, bis sie miteinander zu verschmelzen schienen und ein zweiköpfiges, vierbeiniges Mega-Wesen bildeten, mit einem Affenschnitt, der über den Boden schleifte.

Jazzy und ich tanzten ununterbrochen. Ich hatte den Dreh allmählich heraus. Israel und Palästina schlossen einen Waffenstillstand und mein linker und rechter Fuß arbeiteten ausnahmsweise zusammen.

Vielleicht tanzt Hunter doch.

Kapitel 26

Vor Mrs Plummers Bungalow liegt meine Zielspezies in einem Fleckchen Morgensonne und schläft. *Canis familiaria.* Sooty, der Hund. Vom Zelt der Gotteslamentierer driften Gesangsfetzen herüber, aber als ich den Bereich mit den Augen absuche, ist niemand zu sehen.

»Sooty, ich hab was für dich«, sage ich und halte ein Stück Salami hoch.

Der Hund rührt sich nicht.

»Absolut köstlich, glaub mir.«

Immer noch kein Mucks.

»Hier, guck mal, Sootylein, der gute alte Hunty-Wunty hat ein großes Stücki Jammy-jammy-Salami-wammi für dein kleines Sooty-Wampili.«

Sootys Nasenlöcher weiten sich. Ein Auge geht auf, dann das andere, als ich die Salami in der Luft herumschwenke. Aber das Misstrauen steht Sooty ins Gesicht geschrieben. Ich kann es ihm nicht übel nehmen. Meine Absichten sind nicht durch und durch ehrenwert. Sondern ausgesprochen schändlich, um die Wahrheit zu sagen.

Ich lege meine Angelrute weg.

Gestern hat Drilla mir geholfen, ein paar von den Achat-Laufringen anzubringen. Okay, sagen wir, ich habe Drilla dabei geholfen, und nicht umgekehrt. Oder genau genommen habe ich nur dagesessen und zugesehen, wie Drilla die ganze Arbeit gemacht hat.

»So was wird heute gar nicht mehr gemacht«, sagte Drilla, als er fertig war, und zwirbelte die Angel in seiner Hand herum.
»Aber meinst du, die Spule da hält was aus?«, fragte ich.
»Verdammt gute Spulen, diese Alveys.«
Okay, schon möglich, dass diese Alveys verdammt gute Spulen sind, aber ich war trotzdem nicht überzeugt. Wie Zappo immer sagt, kann man nicht einfach eine x-beliebige alte Spule auf eine alte Angel setzen. Sie müssen sich verbinden, eine Ehe eingehen. Jarvis, willst du Alvey zu deiner angetrauten Frau nehmen? Um sie zu lieben und zu ehren, in guten wie in schlechten Zeiten?
»Mit der kannst du anstandslos ein paar von diesen großen Blaubarschen an Land ziehen«, sagte Drilla.
Ich lächelte. Drilla kapierte es einfach nicht. Es gibt nur einen Fisch, an dem ich interessiert bin, und das ist bestimmt kein popeliger Blaubarsch. Ich hatte Recht gehabt – seit wir den Staudamm geknackt haben, ist die Bucht lebendig geworden. Schwärme von Köderfischen schießen im Wasser herum, verfolgt von beutegierigen Raubfischen, während obendrüber die Seemöwen lauern. Und Warwick hatte auch Recht, dass radikale Aktionen gerechtfertigt seien. (Oder jedenfalls hätte er Recht gehabt, wenn er das wirklich gesagt hätte.) Auf der Mole werden jetzt massenhaft Fische gefangen – Blaubarsche, Barrakudas, Tunfisch und Makrelen. Ein Mulloway war allerdings nicht darunter. Aber jetzt, in diesem Moment, strömen zweihunderttausend Millionen Liter des saubersten Wassers im ganzen Staat ins Meer hinaus, greifen aus wie Tentakel, locken die Fische an. Kommt her, ihr ganzen Exilanten-Mulloways. Kommt zurück und laicht. Wenn ihr Sperma in euren Spermatozoen habt und Eier in euren Eierstöcken, dann ist Dogleg Bay der richtige Ort für euch.
»Hab ein Geschenk für dich, Kumpel«, sagte Drilla und wühlte einen Augenblick in seiner Tasche. Dann holte er eine Rolle ge-

flochtene deutsche Fünfzehn-Kilo-Leine heraus. »Verdammte Qualitätsleine ist das.«

Ich musste ihm Recht geben, es ist wirklich Top-Qualität. Ungefähr die beste Angelschnur, die es gibt. Nachdem wir sie aufgespult hatten, legte Drilla einen imaginären Wurf hin und zog einen imaginären Fisch an Land, einen Mordsbrocken von einem Fisch.

»Du musst mit mir zum Angeln kommen«, sagte ich. Sein Gesicht hellte sich einen Augenblick auf. Dann erlosch das Strahlen wieder.

»Meine Anglerzeiten sind vorüber, Kumpel.«

Ich sagte mir, dass die frisch Vermählten, die Angelrute und die Spule, einen guten Probelauf bekommen müssen, bevor ich damit zu den Mulloways rausgehe. Und deshalb bin ich jetzt hier und schleime: »Großes Stückilein Yummi-yummi-Salami-wami für dein kleines Wampilein, Sootylein.«

Irgendwann ist der Salamigeruch zu viel für den armen kleinen Sootylein. Er kommt langsam näher. Als er sich auf die Salami stürzt um den Leckerbissen hinunterzuschlingen, packe ich ihn am Halsband und binde das Ende der Leine an ihm fest. Dann werfe ich die Salami so weit weg, wie ich nur kann. Sie landet auf der Veranda eines Bungalows.

»Los, hol sie, Sooty. Na los!«, sage ich und löse die Spulenbremse.

Sooty rennt los und die Leine zischt von der Spule herunter.

Kurz bevor er die Salami erreicht, haue ich die Bremse rein. Die Leine spannt sich, Sootys Halsband dehnt sich, und er kommt abrupt zum Halten, sodass seine kleinen Beinchen unter ihm herausfliegen.

Ich fange an, ihn einzuholen. Pumpe die Angel – hebe die Spitze an, um etwas Leine zu gewinnen, dann senke ich sie und wickle schnell die Spule auf, um die überschüssige Leine einzuholen. Pumpen und winden, pumpen und winden, Sooty über den Boden herüberziehen, eine Staubwolke im Schlepptau. Bis Sooty auf die Füße kommt und wieder davonrast.

Die Angel arbeitet phantastisch. Die Spule ebenso. Und Sooty, gelobt sei seine kleine Hundeseele, macht seine Sache großartig. Er ist jetzt kein kleiner Kläffer von einem Foxterrier mehr. Er ist ein Tunfisch, mächtig, stromlinienförmig, der tiefer und tiefer taucht. Ein Speerfisch, der in die Luft springt und seinen gewaltigen Kopf schüttelt. Er ist ein Mulloway – vierzig, fünfzig Kilogramm kämpfender Fisch.

Meine Arme schmerzen. Schweißtropfen treten auf meine Stirn. Ich habe meinen Tunfisch beinahe an Land gezogen, meinen Speerfisch, meinen Mulloway, meinen Sootylein. Er wird doch nicht wieder ausbrechen? Ich halte die Leine straff, den Druck konstant. Aber irgendwie gelingt es ihm, sich auf die Füße aufzurappeln und wieder loszurennen.

Diesmal lasse ich ihn den ganzen Weg bis zu der knoblauchgewürzten Wurst rennen. Mit der Salami im Maul läuft er um einen Pfosten herum. Ich haue die Bremse voll rein, aber die Leine zischt immer noch davon. Die verdammte Alvey glitscht ab. Sooty läuft um den Mast herum, immer und immer wieder. Dann macht er etwas wirklich Dummes. Selbst für einen Hund. Er springt von der Veranda herunter.

Im Gegensatz zu der Alvey bleibt der Pfosten, wo er ist. Sootys Hals streckt sich. Er ist jetzt kein Tunfisch, Speerfisch oder Mulloway mehr. Er ist der große australische Volksheld Ned Kelly – der im Gefängnis von Melbourne baumelt! Seine Beine kicken wütend in die Luft, seine kleine rosa Zunge hängt heraus, er stößt hohe, erstickte Japser aus.

Mrs Plummer taucht vom Wäscheplatz auf, eine rote Klammer in der Hand und eine alte Oma-Unterhose in der anderen.

»Sootylein!«, schreit sie. »Was hast du denn, mein kleiner Sootylein?«

Ich lasse die Angel fallen, renne zu ihrem Bungalow und klappe mein Taschenmesser auf.

Sooty japst jetzt nicht mehr. Er rührt sich auch nicht mehr. Seine kleine rosa Zunge ist lila verfärbt und nicht mehr so klein.

Mrs Plummer kommt aus der anderen Richtung angerannt. Für eine alte Oma hat sie einen ganz schönen Galopp drauf.

Ich hacke mit dem Messer auf die deutsche Leine los. Sooty plumpst auf den Boden und bleibt liegen. Wie ein Haarknäuel, das eine Monsterkatze hervorgewürgt hat.

Mrs Plummer fällt auf die Knie. »Sootylein, Sootylein, Sootylein«, fleht sie und hebt ihren Liebling auf, während sie sein Gesicht behutsam mit ihrer Oma-Unterhose abwischt. »Bitte, Herr, nimm meinen kleinen Liebling nicht von mir.«

Endlich ein Wunder in Dogleg Bay! Obwohl ich mir nicht sicher bin, ob es genau das ist, was die Gotteslamentierer im Sinn hatten, als sie den ganzen Sommer lang drauflos sangen.

Sootylein rührt sich, ein Auge geht auf, dann das andere.

»Oh, mein kleiner Schatz«, seufzt Mrs Plummer. »Mein Baby.« Sie entdeckt die Überreste der Leine, die an Sootys Halsband hängt. »Was ist das denn?«, sagt sie, und ihre Stimme bebt vor Entrüstung. »Da hat jemand versucht, meinen Liebling zu ermorden!«

»Diese verdammten Gotteslamentierer! Die haben noch nie was Gutes im Schild geführt. Wahrscheinlich so eine Art Satansanbetung«, sage ich und tätschle Sooty sanft den Kopf. »Stimmt's, Sootylein?«

Sooty beißt mich, schnappt nach meiner Hand. Ich spüre, wie seine kleinen Zähne sich in meine Haut bohren, so als würde mir ein Arzt eine Monster-Injektion mit stumpfen Nadeln verabreichen.

»Hör auf, mein Kleiner«, sagt Mrs Plummer. »Lass Hunter bitte los, ja?«

Der Kleine hat aber nicht die Absicht, Hunter loszulassen. Ganz im Gegenteil, der Kleine schüttelt jetzt den Kopf und liefert eine eindrucksvolle Imitation des großen Weißen Hais, wie er seine Beute zerfetzt.

»Lass los, mein Schatz«, verlangt Mrs Plummer und zwängt Sootys Kiefer auseinander.

Ich ziehe meine Hand heraus. Und mache, dass ich fortkomme, während ich an die ganzen Krankheiten denke, die von Hunden übertragen werden – Tollwut, Ruhr und Hodenelefantiasis.

Die Jarvis hat ihren Dienst getan, oder? Die Alvey dagegen, was für eine Scheißspule! Wie kann man einem armen, wehrlosen Hundebaby – na ja, vielleicht doch nicht ganz so wehrlos – so etwas antun? Wenn ich nicht so schnell reagiert hätte, wäre Sooty jetzt tot, für eine letzte Mainy im STF prädestiniert. Ich erwäge meine Möglichkeiten. Vielleicht kann die Alvey rehabilitiert, recycelt werden. Aber irgendwie glaube ich es nicht. Das ist wie bei den Menschenfresser-Tigern in Asien. Wenn sie einmal einen Menschen angegriffen haben und auf den Geschmack von Menschenfleisch gekommen sind, werden sie bösartig und töten weiter. Die Alvey ist so ein Menschenfresser-Tiger; sie muss vernichtet werden, ehe sie wieder ein armes Hundebaby attackiert. Ich werfe sie über die Mole. Ohne einen Blick zurück.

Aber jetzt habe ich ein Problem. Ein Spulenproblem. Ein großes Spulenproblem. Keine meiner Spulen ist gut genug um eine Verbindung mit der Jarvis einzugehen. Drilla hat ein paar schöne *Penn*-Spulen, aber die können alle keinen 45,6-Kilo-Mulloway halten.

Als ich an den Fischmäster mit seinem Monaro denke, packt mich die Wut über so viel Ungerechtigkeit und ich würde ihn am liebsten in die Luft jagen. Eine Spule wie seine ist dazu gemacht, Hunde und peitschende Mulloways zu fangen. Aber okay, ich habe sowieso nie daran geglaubt, dass die Welt ein Ort ist, an dem es besonders gerecht zugeht. Das passiert einem höchstens in den Ferien, wenn man zu viele kitschige Disney-Filme anschaut und den Kontakt mit der Realität verliert.

Kapitel 27

Der Dolphy ist innen das reinste Hippie-Paradies. Überall auf dem Boden liegen Kissen herum. Buddhastatuen glotzen dich an. Wo immer du hinschaust, lauter Krempel, den Saphonia am Wochenende auf dem Markt in Mully verkauft. Ich habe mich nie besonders wohl darin gefühlt, aber heute finde ich es ganz gemütlich. Na ja, das liegt vielleicht an Jasmine.

Storm ist drüben im großen Zelt und gönnt sich ein bisschen Gemeinschaftssingen und -tanzen und Gotteslamentieren. Ziemlich abartig für eine Hexe, aber ich habe sie in letzter Zeit öfter dort drinnen gesehen. Saph ist auch fort, sie hat Warwick dazu überredet, mit ihr in den Pub von Mully zu gehen. Ich kann mir die beiden gut vorstellen, wie sie dasitzen und begehrlich auf ihre jeweiligen Schnitzel schielen.

»Soll ich ein paar Kerzen anzünden?«, fragt Jasmine.

»Ich mach nicht mehr mit bei euren blöden Zaubersprüchen, falls du das meinst«, sage ich.

Vor ein paar Monaten hat Storm versucht, Mr Wilson, unseren Direktor, zu verhexen. Natürlich ist ihm nichts passiert, er war so dumm wie immer, aber ich musste mir stundenlang ihren jämmerlichen Hokuspokus mit ansehen.

»Von wegen«, sagt Jasmine. »Als ob ich an diesen ganzen Weiße-Magie-Quatsch glauben würde. Das ist einfach unwissenschaftlich.«

Ich nicke zustimmend. Wenn man ihre Hippie-Erziehung bedenkt, hat Jasmine den vollen Durchblick.

»Nicht so wie Astrologie und Tarot und solche Sachen«, fügt sie hinzu.

Uff.

Wir zünden so ungefähr jede Kerze im Bus an, sogar die allerheiligsten, die vom Dalai-Lama persönlich gesegnet wurden. Saphonia wird einen Tobsuchtsanfall bekommen, aber als wir die elektrischen Lichter ausmachen, sieht es ziemlich cool aus. Und Jasmine ist wunderschön, noch viel schöner als in der Party-Nacht. Sie setzt sich mir gegenüber, die Beine gekreuzt und einen merkwürdigen Ausdruck im Gesicht.

Ich weiß nicht so recht, was ich sagen soll, also hebe ich ein 19,95-$-Kissen auf und werfe es nach ihr, und es trifft sie seitlich am Kopf. Sie zahlt es mir mit einem 29,95-$-Kissen zurück (von 34.95 heruntergesetzt). Es prallt von meiner Nase ab und reißt einen fetten Buddha voll aus seinem Nirwana heraus. Ich kann ihn gerade noch auffangen, bevor er auf den Boden knallt und wir alle eine Ladung schlechtes Karma abkriegen, das für ein ganzes Leben reicht.

Plötzlich hören wir Fußtritte draußen und ich stelle den Buddha schnell auf sein Regal zurück. Aber die Schritte verschwinden in der Ferne.

»Wann kommt Storm zurück?«

Jasmine ist offenbar genervt von meiner Frage. »Spät«, faucht sie. »Sehr spät.«

Eine halbe Ewigkeit sagt keiner von uns ein Wort. Ich will Jasmine gerade mein Spulenproblem anvertrauen, als sie plötzlich hervorsprudelt: »Weißt du, was ich echt hasse an der Schule?«

»Mr Wilson?«

»Nein. Ich hasse es, wenn wir eine Mannschaft auswählen, und dann heißt es immer: ›Ach, Storm oder Jasmine, eine von euch beiden‹, als ob wir genau gleich gut wären.«

»Aber das seid ihr doch auch!«

»Nein, sind wir nicht. Und meinst du vielleicht, es ist toll, wenn die Lehrer uns immer nur ›die Zwillinge‹ nennen? ›Darum können sich die Zwillinge kümmern.‹ Oder: ›Frag die Zwillinge, die werden es schon wissen.‹ So als würde ich als einzelner Mensch gar nicht existieren. Als ob ich nur ein halber Zwilling wäre und sonst nichts.«

Da hat sie Recht, denke ich. Diese verdammten Lehrer sind immer so unsensibel.

»Glaubst *du* denn, dass wir gleich sind?«, fragt Jasmine.

Du bist total süß und sie ist eine Wickelschwanz-Beutelratte. Du bist die, die frei wie ein Vogel sein will, und sie ist die Black-Thrash-Doom-Death-Metal-Tante. Aber du hast meinen Bitte-komm-mit-Jasmine-Blick nicht verstanden und Storm ist mit mir zu den Murk-Felsen gekommen.

»Natürlich nicht«, sage ich.

Jasmine lächelt bei dieser Antwort, aber ich sehe, dass sie immer noch nicht zufrieden ist, dass sie noch weiterbohren will.

»Okay«, sagt sie und schleudert ihre Haare herum. »Wen magst du lieber?«

Dich, Jasmine, ist die offenkundige Antwort, das, was das Volk hören will. Natürlich mag ich dich lieber als die komplizierte, unberechenbare Storm. Aber aus irgendeinem Grund bringe ich es nicht über die Lippen.

»Storm ist ziemlich launisch«, sage ich stattdessen. »So wie auf der Party neulich.«

»Und mit wem würdest du lieber knutschen?«

O Mann. Was für eine Frage. Vielleicht ist Jasmine in Wahrheit die Komplizierte, Unberechenbare. Und warum fragt sie mich das überhaupt? Ich bin bloß ein dreizehnjähriger Junge, der einen großen Mulloway fangen will. Aber dann fällt mir ein, dass es letztes Jahr immer Ärger mit den Neuntklässlern gab, weil sie auf dem Schulhof herumgeknutscht haben. Und ich komme dieses Jahr in die neunte Klasse. He, vielleicht bin ich doch kein kleiner Junge mehr.

Und als ich Jasmine anschaue und sehe, wie das Dalai-Lama-Kerzenlicht auf ihrem Gesicht, um ihre Lippen spielt, wird mir klar, dass diese Frage kinderleicht ist. Dass ich diesmal unbesorgt sagen kann, was der Menge gefällt, weil es zufällig die Wahrheit ist.

»Mit dir, Jasmine.«

»Na bitte, dann sind wir eben doch nicht gleich, Storm und ich«, sagt Jasmine triumphierend. »Überhaupt nicht gleich!«

Reingefallen! Es war nur eine hypothetische Frage, aber ohne den strengen wissenschaftlichen Test. Sie hatte nie die Absicht, sich von mir knutschen zu lassen.

Jasmine steht auf und legt eine CD ein. Ich erkenne sie sofort – es ist Barry White, Guru of Love.

Mit einer Stimme, so schwer und süß wie goldener Sirup, singt er von »Lurve«, von seinem Baby, von noch mehr »Lurve« und noch mehr Baby.

Jasmine lächelt mich an.

»Ach, komm, sei ein großer Junge. Lass uns knutschen«, sagt sie.

Wow. Mir fehlen die Worte. Jedenfalls meine Worte.

»Dank deiner Mutter für die Kaninchen«*, ist alles, was ich hervorbringe.

Jasmine sieht ein bisschen verwirrt aus. »Kaninchen?«, wiederholt sie.

Zum Glück stöhnt Barry jetzt und legt sich voll in die Kurve, gibt die Stimmung vor. »Klar«, sage ich, meine Stimme so schwer und süß wie goldener Sirup. »Lass uns knutschen.«

---

* »Thank your mother for the rabbits« ist ein Ausspruch, den Rex Hunter in seiner TV-Show verwendet.

»Aber ich leg mich nicht hin oder so was. Und keine Zunge, okay?«, sagt Jasmine.

Wir einigen uns darauf, dass wir es im Stehen machen und dass Zungen nicht erwünscht sind.

Jasmine ist ein bisschen größer als ich, sodass ich mich auf die Zehenspitzen stellen muss. Ich strecke den Hals vor. Jasmine streckt den Hals vor. Und dann knutschen wir los, einfach so. Ehrlich gesagt ist es gar nicht so übel, wenn auch nicht so gut wie ein Acht-Kilo-Blaubarsch an einer Zwei-Kilo-Leine, aber trotzdem.

»He, warte einen Moment. Meine Lippen sind müde. Ich muss mal ausruhen«, sage ich nach eineinhalb Liedern Nonstop-Knutsch-Aktion.

Ich mache ein paar Aufwärmübungen. Ein paar Dehnungen. Jasmine trinkt solange einen Schluck Karube-Sojamilch, spült sie im Mund herum und spuckt sie in den Ausguss.

Dann machen wir weiter. Plötzlich ist etwas in meinem Mund. Etwas Warmes, Feuchtes, Karubiges. Jasmines Zunge! Ich überlege, ob ich mich beim Schiedsrichter beschweren soll, aber es fühlt sich nicht so schlecht an, gar nicht eidechsenartig. Ich revanchiere mich und setze jetzt auch ein bisschen Zunge ein. Tiefer und tiefer geht sie. Schlüpft an ihren Mandeln vorbei, steppt auf ihrem Kehlkopf. Jasmine drückt sich enger an mich und jetzt wird es komisch. Der Geruch der Räucherstäbchen, das Flackern der Kerzen, Barry White im Hintergrund. Mein Herz schlägt schneller, springt in meiner Brust herum, ein durchgeknallter Pingpong-Ball. Boing! Boing! Boing!, macht es. Boing! Boing! Boing!

Kapitel 28

Wir sitzen in Mums altem braunem, verkratzten Corolla, auf dem Weg nach Mully zur Hochzeits-Generalprobe. Mum fährt, Saphonia thront vorne neben ihr und ich bin hinten, zwischen den Fotokopien eingequetscht.

Ich habe mich doch noch breitschlagen lassen. Mum hat einfach zu viel Druck auf mich ausgeübt. Es ist der wichtigste Tag in Drillas Leben. Es bedeutet De-anne so viel. Blah. Blah. Blah. Und da bin ich nun – Trauzeuge. Was für ein Witz.

Außerdem ist heute auch T-Tag. Tattoo-Tag. Nachdem Mum fünf Jahre lang jede verfügbare Tätowierungszeitschrift gelesen hat, will sie jetzt endgültig ihre Wahl treffen. Sie redet pausenlos davon. Tattoo hier und Tattoo da.

Storm pult an einem Schorf auf ihrem Knie herum. Okay, sie tut so, als würde sie gar nicht pulen. Kratzt an der Seite. Unterdrunter. Aber ich falle nicht darauf herein. Der Schorf ist schon halb runter, ich sehe einen Tropfen Blut. Es ist ein eindeutiger Fall von Pulen.

Jasmine hat ihren Discman auf und wiegt sich leicht im Rhythmus der Musik. Falls wir nicht direkt verliebt sind, müssen wir ziemlich nahe dran sein. Jasmine hat nicht wirklich etwas gesagt, aber wir haben uns gegenseitig die Zunge in den Mund gesteckt, bis runter in den Hals.

Wir fahren an der Abbiegung zum Staudamm vorbei. Vor uns liegen riesige Reisfelder. Sie sehen nicht gerade blühend aus und ich bekomme Gewissensbisse. Aber nur ganz leicht, einen

Hauch von schlechtem Gewissen sozusagen. Und sobald ich an meinen Mulloway denke, ist das alles wie weggeblasen.

Ich weiß nicht, wie es kommt, aber meine linke Hand berührt jetzt Jasmines Hand und meine rechte die von Storm. Während die Mummys vorne weiterkakeln, spüre ich etwas Elektrisches in meinen Fingern. Es schießt mir durch die Arme hoch und überflutet meinen ganzen Körper mit so einem köstlichen, prickelnden Gefühl. Ich will diesen Bann nicht brechen, deshalb mache ich den Mund zu und schließe die Augen. Dann kommt mir der Gedanke, dass ich die Elektrizität messen sollte, die Volt oder Ohm zählen oder was auch immer man nimmt um einen Strom zu messen. Warwick würde mir wahrscheinlich raten, es wissenschaftlich anzugehen, ein zuverlässiges Multimeter zu verwenden. Pech gehabt, Professor, ich habe vergessen, es mitzunehmen. Also muss ich subjektiv sein, nach meinen Sinneseindrücken gehen. Der Strom, der von Storm kommt, ist eindeutig stärker. Nein, das kann nicht stimmen. Jasmine und ich gehen doch praktisch miteinander. Ich versuche es noch einmal. Wieder kommt mir der Strom von Storm stärker vor. Subjektivität, sage ich mir, ist zum Kotzen. Wenn ich ein zuverlässiges Multimeter hätte, würde es mir die Wahrheit sagen – dass Jasmines Strom stärker ist, dass sie Mega-Volts von Elektrizität, Bewunderung, Begierde in meine Finger, in mich hineinschießt. Genug Elektrizität, um Sydney bei Nacht zu erleuchten oder einen Schwerverbrecher auf dem elektrischen Stuhl zu schmoren.

Wie fahren vor der Kirche vor. »Dann bis drei im McDonald's«, sagt Mum, als wir vom Rücksitz heruntergleiten.

»Viel Glück beim Tätowieren«, sagt Jasmine. »Hoffentlich tut es nicht so weh.«

Mum lächelt wissend. Wehtun? Wehtun ist doch nur was für gewöhnliche Sterbliche.

»Deine Mum ist so toll«, sagt Storm, als wir zuschauen, wie der Corolla die Straße hinunter verschwindet, in Richtung von *Tattoos RU*.

Nur nicht zu früh schreien, Storm. Ich glaube es erst, wenn das Tattoo fix und fertig ist, wenn es da ist, ein unauslöschliches Mal auf Mums Haut. Nicht nur ein Bild in *Tattoo Weekly*. Oder eine verrückte Idee in ihrem Kopf.

Drinnen warten Drilla, De-anne und Lena, das dritte Brautmädchen, auf uns. Ihr Haar ist jetzt grün, und ich bin sicher, dass sie vorher noch kein Piercing in der Zunge hatte. Sie trägt eine tief sitzende Hipster-Jeans und ein kurzes Top.

Sobald wir hereinkommen, fängt der Priester mit seinen Mr-Bean-Imitationen an, die einfach umwerfend sind. Ich platze fast vor Lachen. »He, Sie sind fast so gut wie der richtige Mr Bean«, sage ich zu ihm.

»Wie wer?«, fragt er.

Kein guter Start. Ich fühle mich auch nicht besonders wohl in der Kirche. Ich habe dem alten Knacker in Mully erzählt, dass Jesus Mittelstürmer in der B-Mannschaft von Jerusalem war. Ich mache abfällige Bemerkungen über die Gotteslamentierer – ich glaube, ich habe ihnen sogar unterstellt, dass sie Sooty dem Teufel opfern wollten. Ich habe ein ziemlich blasphemisches Leben geführt. Und außerdem, wenn ich es mir überlege, glaube ich ja noch nicht einmal an Gott. Aber bedeutet das auch, dass er nicht existiert? Ich glaube ja auch nicht an Paternoster-Angeln, und es gibt sie massenhaft. He, vielleicht ist es einfach der Tag der Vergeltung. Der gute alte Blitzstrahl, der direkt auf mein Heidenherz zielt.

»Hey, Schnuck«, sagt De-anne zu Pater Bean.

»Ja, meine Liebe?«, antwortet der Pater.

»Können wir nicht diese Stellage dort wegtun? Das passt überhaupt nicht.«

Lena nickt zustimmend. *Das passt überhaupt nicht.*

»Sie meinen doch nicht den Altar? Ich fürchte, der ist eine feste Einrichtung.«

Ich gebe es nur ungern zu, aber die Generalprobe läuft wirklich gut. Die Fotokopien sind natürlich perfekt. Besonders jetzt, wo Storm ihre normale Haarfarbe wieder herauswachsen lässt.

»Ihr seid die geborenen Brautmädchen, ihr zwei«, sagt Deanne, je eine Fotokopie unter ihre solariumbraunen Arme geklemmt.

Die Rolle des Trauzeugen ist nicht so schwierig. Ein bisschen Ring-Zauber, und das war's dann im Prinzip. Ich bin trotzdem nicht beruhigt. Wenn der große Tag kommt, wird garantiert irgendwas schief gehen.

Hinterher müssen die Mädchen zu einer Anprobe ins »Frock You Baby« gehen und ich schleiche mich zu »Bait & Tackle« davon, Johnnos Anglerladen.

»Hol mich der Teufel, du schon wieder!«, sagt Johnno, die Arme in gespieltem Entsetzen vor sein Gesicht geschlagen, als ich in den Laden komme. »Du löcherst mich noch zu Tode mit deinen ewigen Fragen.«

Wenn »löchern« lebensbedrohlich wäre, dann wäre Johnno längst tot, seine Asche in der Bucht von Mully verstreut. Ich habe ihn gelöchert, seit ich ein Dreikäsehoch war, seit Dad mich zum ersten Mal hierher gebracht hat. Ich bin übrigens ziemlich sicher, dass Johnno sich gerne löchern lässt. Er findet, dass zu viele Kinder auf ihren fetten Hintern vor den verdammten Computerspielen sitzen, während sie lieber draußen sein und fischen sollten, so wie ich.

Also löchere ich ihn noch mehr, werfe eine ganze Batterie von Fragen in seine ungefähre Richtung aus. Weitwurfspulen? Bandspulen? Daiwa-Spulen? Penn-Spulen? Bis Johnno schließlich den Finger in die Luft streckt und »Bingo!« sagt.

Das »Bingo« beunruhigt mich ein bisschen – ich will eine Spule und kein totes Huhn, aber ich vertraue Johnno.

Er fischt einen Schlüssel aus den Tiefen seiner Tasche, schließt den Schaukasten auf und holt eine Spule heraus, die er oh-so-behutsam anfasst, als sei sie ein unschätzbares Kunstwerk, ein Picasso oder ein Ken Done*. Ich traue meinen Augen nicht. Es ist eine Tiagra Saltmeister 600 B, der Monaro unter den Spulen. So wie die von dem Fischmäster neulich! Johnno preist mir alle ihre Vorzüge an. Maschinengefrästes Aluminiumgehäuse. Rostfreie Stahlkugellager. Schräg verzahntes Getriebe. »Hier, fühl mal«, sagt er und dreht den Griff. »Glatt wie ein Eimer voll Rotze ist das.«

Ich teste es. Die Spule ist noch viel glatter als ein Eimer voll Rotze. Es ist Liebe auf den ersten Blick. Oder vielleicht Begierde auf den ersten Blick, denn jetzt begehre ich – mehr als alles, außer dem Mulloway natürlich – die Tiagra Saltmeister 600 B. Ich will dieses maschinengefräste Aluminiumgehäuse fühlen, die rostfreien Stahlkugellager in meiner Hand drehen, das schräg verzahnte Getriebe.

»Wie viel?«

Johnno schaut auf das kleine Preisschild, das von der Spule baumelt. Holt einen Rechner und tippt mit seinen Wurstfingern ein paar Zahlen ein. »Ich schätze, ich könnte sie dir für fünfhundert verkaufen.«

Ich habe bereits einen verstohlenen Blick auf das Preisschild geworfen. Fünfhundert ist weit unter dem empfohlenen Ladenpreis.

»Ich nehme sie«, sage ich und die Begeisterung schwappt wie eine Welle über mich hinweg.

»Bar oder auf Kredit?«

---

* australischer Maler

Bar? Kredit? O Mann! Das Geld habe ich gar nicht in Betracht gezogen.

»Kann ich, äh, eine Anzahlung machen und die Spule nach und nach abbezahlen?«

»Klar kannst du das, Hunter. Mit wie viel willst du anfangen?«

Hände fahren in die Taschen. Hände suchen nach Geld. Die Linke ist erfolglos, aber die Rechte trifft auf Gold – ich lege es auf die Theke. »Ist das genug?«

Johnno lächelt, nimmt das Geld und legt es auf die Kasse. Dann schreibt er eine Quittung aus. »Hunter Vetorri« – kein Mensch schreibt meinen Namen richtig. »Anzahlung auf eine Tiagra Saltmeister 600-B-Spule – 1 $. Geschuldeter Restbetrag – $ 499,–.«

Noch vierhundertundneunundneunzig Dollar! Wie soll ich jemals vierhundertundneunundneunzig Dollar auftreiben, ohne zu verbrecherischen Mitteln zu greifen? Das schaffe ich ja noch nicht mal *mit* verbrecherischen Mitteln!

Der McDonald's in Mully riecht nach Putzmitteln, die noch billiger und krebserregender sind als die, die wir im MWR verwenden. Meine schöne Freundin sitzt bereits an einem Tisch in der Nähe des Fensters. Da es keine McVegan Happy Meals gibt, isst sie Pommes.

Storm steht an der Theke und bestellt. Vielleicht gibt es ja McKetschup-Sandwiches im Angebot, extra für sie. Und ratet mal, wer noch da ist? Breeannah. Sie sitzt mit ihrer Großmutter am Nebentisch. Die Großmutter trägt superkurze Shorts und ein durchsichtiges Top. Sie hat ein Piercing im Bauchnabel und eines in den Augenbrauen. Breeannah, die Spaßbremse, sieht irgendwie verlegen aus, aber ich weiß nicht so recht, warum. Ich würde es cool finden, so eine Granny zu haben. Zumindest spielt sie nicht Bingo und tanzt Funky Chicken.

»Hey, Baby«, sage ich und setze mich neben Jasmine. »Ich dachte, wir sollten mal über uns reden.«

Jasmine starrt mich an und sieht so geschockt aus, dass es beinahe komisch ist. Eine Fritte hängt schlaff aus ihrem Mund, wie ein Wurm aus dem Schnabel eines Brachvogels.

»Wie hast du mich gerade genannt?«

»Ähm ... äh ... Jazz?«, sage ich und beginne sofort mit den Rettungsarbeiten.

»Nein, hast du nicht. Du hast mich Baby genannt, oder?«

Storm setzt sich zu uns, einen McFett-Burger auf ihrem Tablett. Die McKetschup-Burger sind offenbar ausgegangen.

»Storm, Hunter hat mich gerade Baby genannt!«

»Ist nicht wahr!«, sagt sie.

Ich kann nicht sagen, ob die Empörung in ihrem Gesicht echt oder gespielt ist.

»Doch, hat er. Stimmt's, Hunter?«

»Ja, schon.«

»Warum, Hunter?«, fragt Jasmine.

Du weißt genau, warum, Jazz. Weil wir geknutscht haben und all das, und jetzt gehen wir praktisch miteinander. Und ein Junge, der mit einem Mädchen geht, nennt seine Freundin immer »Baby«. Oder Zuckerpuppe, süße Maus und Knuddelbärchen. Aber das kann ich natürlich nicht sagen, weil ich dich nicht an Storm verpfeifen will. Wenn Storm herausfindet, dass du und ich uns abgeschleckt haben, dass meine Zunge auf deinem Kehlkopf getanzt hat, dann wird sie nie wieder ein Wort mit uns reden.

»Weil, na ja, du weißt schon, weil wir doch ...«, fange ich an.

Storm grinst. »Redest du vielleicht vom Knutschen?«

»Woher weiß sie das?«, frage ich Jasmine.

Jasmine zuckt mit den Schultern. »Wir sind Zwillinge, Hunter. Wir haben keine Geheimnisse voreinander.«

»Aber … aber … aber …«

»Beruhige dich, Hunter«, sagt Storm. »Es war doch nur ein bisschen Knutschen. Hat nichts zu bedeuten.«

Hat nichts zu bedeuten? Wie bitte? Wie kann Knutschen nichts zu bedeuten haben? Wie kann es nichts zu bedeuten haben, wenn man seine Zunge praktisch im Zwölffingerdarm von jemand anderem gehabt hat?

Ich schaue Jasmine an. In dem grellen McDonald's-Licht sieht ihr Gesicht hart, fast grausam aus – ganz anders als im Kerzenlicht gestern Abend. Aber etwas Weiches ist trotzdem noch in ihren Augen. Sie sagt nichts.

»Lass ihn fallen«, sagt Storm.

Jasmine bleibt stumm.

»Okay«, sagt Storm. »Hunty, du bist abserviert.«

Ich schaue Jasmine an. Sie nickt. Hunty, du bist abserviert.

Abserviert! Ich bin noch nie abserviert worden. Und schon gar nicht von der Schwester meiner Freundin. Ich bin am Boden zerstört. Platt gemacht. Von Glatzen zusammengeschlagen. Kopf abgehackt und Gedärme herausgerissen. Und sie nennt mich Hunty! Ich hasse Hunty! Ich kämpfe noch um eine angemessene Reaktion, als Mum und Saph hereinkommen.

»Mum, zeig uns dein Tattoo!«

Ich weiß nicht, warum ich das gesagt habe. Wahrscheinlich hat es damit zu tun, dass ich abserviert bin. Dass man mich Hunty genannt hat. Aber selbst wenn, weiß ich immer noch nicht, warum ich es so laut gesagt habe. So laut, dass alle im McDonald's zu essen aufhören, mitten in ihrem Burger, mitten in den McFries und ChickenMcNuggets. Sie hören auf und starren Mum an.

Mum wird weiß. Dann rot. Dann nimmt sie eine Farbe an, die man, soviel ich weiß, »Ochsenblut« nennt. Und plötzlich dreht sie sich um, stößt die Tür auf und stürzt hinaus.

Alle prusten los. Krümmen sich vor Vergnügen, ersticken fast an ihrem guten alten Mc-Lacher. Auf Kosten meiner armen, Tattoo-losen Mum.

Wenn das Leben eine Vorabend-Soap wäre, würde ich jetzt hinausrennen und meine Mum trösten. Es würde eine große Szene zwischen uns geben. Wir würden Dinge sagen wie: »Weißt du, für mich war das auch nicht leicht« oder »Morgen ist der erste Tag vom Rest deines Lebens*«. Aber das Leben ist keine Vorabend-Soap – falls ihr das noch nicht gemerkt habt –, also bleibe ich da, während Saph und die Fotokopien Mum nachjagen, mampfe Jasmines restliche Pommes und versuche, nicht auf die ältlichen Möpse von Breeannahs Großmutter in dem durchsichtigen Top zu starren.

---

* nach dem berühmten Janis-Joplin-Song »Tomorrow is the first day of the rest of your life«

Kapitel 29

Der Angel-Boom auf der Mole hält an. Die Fischmäster und Leinennässer, die Anfänger mit ihren Monaros, die ganzen Leute, die keinen blassen Schimmer haben, die kein einziges Wort im Perfekten Angler nachgelesen haben, gehen mit reicher Beute nach Hause, viel mehr, als sie verdienen. Aber vom *Argyrosomus hololepidotus* keine Spur. Ich habe mit Warwick im MWR darüber gesprochen. Er sagt, dass Mulloways vielleicht anders reagieren als die anderen Fische. Nicht die angereicherten Nährstoffe im Wasser, die ganzen Köderfische, locken sie an, sondern das Süßwasser selber, die Veränderung des Salzgehalts. Deshalb brauchen sie vielleicht länger um nach Dogleg Bay zurückzukommen. Was ein Glück für mich ist, weil ich immer noch ein großes Spulenproblem habe.

Das Einfachste wäre, die vierhundertundneunundneunzig Dollar zu borgen, aber wer soll sie mir leihen?

Mum jedenfalls nicht. Sie spricht kaum noch mit mir. Nur so Sachen wie »Steh auf«, »Putz dir die Zähne«, »Mach den MWR sauber«. Als wir an jenem Tag nach Hause gekommen sind, ist sie total ausgerastet – fegt im Haus herum und radiert jede Tätowierung aus, die ihr in die Finger fällt. Reißt alle Tattoo-Poster herunter, sammelt alle ihre Tätowierungs-Zeitschriften ein, wirft sie in den Ofen und verbrennt sie. Trotz absolutem Feuerverbot und allem. Sie hat Drilla nicht einmal das Vergnügen gegönnt, die Zeitschriften zu recyceln. Dann hat sie sich einen neuen Pyjama und eine Megadose Milo gekauft.

Sie hat sich mit ihrem Schicksal abgefunden, nehme ich an. Hat gemerkt, dass am Ende immer die Biologie siegt. Dass ihr genetisches Erbe Pyjamas und Milch-Milo um sechs Uhr dreißig sind und eine Haut, frei von injizierten Pigmenten. Zwecklos, dagegen anzukämpfen, oder?

Die Fotokopien kann ich auch nicht fragen, weil sie nicht mehr existieren. Nein, ich habe sie nicht liquidiert, obwohl mir der Gedanke durch den Kopf gegangen ist (so oft, wenn ich ehrlich sein soll, dass ich mir überlegt habe, ob ich an dieser Stelle vielleicht einen Zebrastreifen einrichten soll). Und genau genommen wäre es auch gerechtfertigt gewesen.

Richter (empört): Sie haben diese beiden prachtvollen jungen Frauen in der Blüte ihres Lebens umgebracht. Was haben Sie zu Ihrer Verteidigung zu sagen?

Ich: Na ja, die eine der beiden hat mich abserviert, einen Tag nachdem meine Zunge auf ihrem Kehlkopf getanzt hat. Und die andere hat mich Hunty genannt, Euer Ehren.

Richter: Hunty, sagen Sie? Die Klage ist abgewiesen.

Nein, die Fotokopien sind noch da, aber sie sind zu Nicht-Personen geworden. Und das Leben ohne sie ist viel besser. Ich kann gar nicht glauben, dass ich so lange mit diesen nichtswürdigen Ektoplasmaklumpen herumgehangen habe.

Ich könnte Drilla fragen, aber der ist knapp bei Kasse – die Hochzeit kostet ein Vermögen. De-anne spart nicht an den Kosten, für sie ist nur das Beste und Teuerste gut genug. Allein das Geld für meinen geliehenen Anzug würde ausreichen um die maschinengefräste Aluminiumrolle zu bezahlen und mindestens zwei von den rostfreien Kugellagern. De-anne gibt sich auch nicht mit einem x-beliebigen alten Kummerbund zufrieden. »Kommt gar nicht in Frage, dass mein Trauzeuge in so einem lachhaften Mickymauslappen herumläuft«, sagt sie und sucht den teuersten im Laden aus. Lila Brautseide. Velcro-Verschluss.

Ich habe wirklich keine andere Wahl.

»Miracle, heute ist dein Glückstag.«

»Wie das, Kumpel?«

»Weil ich dir die einmalige Chance gebe, mir 499,– Dollar zu leihen.«

Natürlich will er alles bis ins Kleinste wissen. Dann muss er darüber nachdenken. Am nächsten Tag sagt er: »Ich hab's mir überlegt, Hunter, aber leider sehen wir uns nicht in der Lage, dir zu diesem speziellen Punkt unsere Dienste anzubieten.«

»Und wieso nicht?«

»Na ja, wir haben einige Nachforschungen angestellt und sind auf ein paar enttäuschende Fakten gestoßen. Du hast, soweit wir sehen können, keine nennenswerten Sicherheiten, keinen Grundbesitz, keine Vermögenswerte, keine Investitionen und kein regelmäßiges Einkommen.«

»Aber Miracle. Ich bin doch noch ein Kind. Und ich bin dein Freund.«

»Das ist mir klar, Hunter, aber Geschäft ist Geschäft.«

Ich werfe ihm alle möglichen Sachen an den Kopf. Ich sage ihm, dass alle Mädchen ihn für einen Drecksack halten. Ich sage ihm, dass Mambo zum Kotzen ist. Dass es so was von out ist, aber schon total. Mit anderen Worten, ich raste völlig aus. Als ich fertig bin, steht er einfach nur da, und sein Gesicht ist völlig leer.

»Nimm's doch nicht gleich so persönlich«, ist alles, was er sagt, bevor er fortgeht.

Natürlich weiß ich, dass es nur einen Anruf kosten würde, und ich hätte einen Job beim Bayside-Bestattungsunternehmen – Ihre Lieben liebevoll zur Ruhe gebettet. Aber es kommt nicht in Frage, dass ich dort arbeite. Ein ganzes Haus voller Toter. Nein, das nicht. Auf keinen Fall. Nicht einmal für meinen Mulloway.

Kapitel 30

Ich gehe zu Johnnos »Bait & Tackle«-Laden.
»Na, willst du wieder einen Dollar an der Tiagra abbezahlen?«,
fragt der Besitzer höchstpersönlich.
»Nein«, antworte ich. »Ich bin gekommen um das Scheißding
zu kaufen.«
Ein großes »Ja, von wegen« zeichnet sich auf Johnnos Gesicht
ab, also knalle ich das Geld auf die Theke wie ein abgebrühter
Gangster in einem zweitklassigen Western.
»Da bitte – vierhundertundneunundneunzig bar auf die Kralle.«
»Was hast du gemacht? Eine Bank ausgeraubt oder was?«
»Nein. Ich hab einen Job gekriegt.«
Johnno nickt. Er findet es gut, wenn Kinder jobben. Wenn es
nach ihm ginge, gäbe es ein Gesetz dafür – jedes Kind Gewinn
bringend angestellt. Und die Kohlenbergwerke könnten wie-
der Zehnjährige in ihre Schächte runterschicken.
»Was für einen Job?«, fragt er.
Ich sage es ihm.
Das »von wegen« erscheint wieder auf Johnnos Gesicht. Ich
muss ihm die ganze Geschichte erzählen.
»Willkommen im Team, Ernie.«
Das ist das Erste, was Scraper Joe zu mir sagte, als ich zur Arbeit
im Bayside-Bestattungsunternehmen auftauchte. Weil ich
trotzdem noch den MWR putzen musste, hatte ich mit Mr
Crevada abgemacht, dass ich um elf Uhr anfangen würde.
»Ich heiße Hunter«, antwortete ich.

»Nein, hier heißt du Ernie. Mit einem U.«

Was zum Teufel soll das heißen? Ernie mit einem U?

Ich fand es nur zu bald heraus. Urnie, der Urnenjunge. Es war meine Aufgabe, die leeren Urnen aus dem Ausstellungsraum zu holen und dafür zu sorgen, dass die nicht mehr ganz leeren Urnen abholbereit waren.

Mr Crevada ist sehr stolz auf seine Urnen-Auswahl. »Die beste und größte in diesem Teil von Australien«, prahlt er immer. Und, Junge, Junge, er weiß die Leute zu nehmen. Ich habe ihn oft in voller Aktion gesehen, und es war schwer, nicht von seiner Verkaufsstrategie beeindruckt zu sein.

Er fing damit an, die billigeren Urnen zu beschreiben, die »Blumentöpfe«, wie Scraper Joe sie nannte. Dann ging er die ganze Bandbreite durch, jedes einzelne Modell, bis er zu der Elite-Auswahl kam. An dieser Stelle zögerte er, als widerstrebte es ihm, sich tatsächlich von diesen Kunstwerken zu trennen, als seien sie völlig unerreichbar für normalsterbliche Kunden, und seine Stimme wurde gedämpft und geheimnisvoll, wenn er die ganzen exquisiten Details beschrieb, die erlesene Arbeit des De-luxe-Modells »aus echtem griechischem Marmor«, des Modells »Elysische Gefilde mit Goldfolie« oder des Modells »Toskana, kanneliert und mit Cherubim«. Es ist unglaublich, wie viele der trauernden Hinterbliebenen ihm auf den Leim gingen und ihren Jahresurlaub absagten oder eine Hypothek auf ihr Haus aufnahmen um einen Luxus-Sarg zu kaufen.

Außer »Ernie mit einem U« hatte ich auch noch andere Spitznamen. Ich war der »Holma« wie in »Hunter, hol mal dies« und »Hunter, hol mal das«. Und manchmal war ich das Mädchen für alles – dann musste ich Mr Crevada helfen, den STF zu putzen, oder mit ihm zum Friedhof rausfahren und eine Grabstelle abmessen oder den Cola-Automaten im Einbalsamierungsraum füllen.

Ich muss zugeben, es war ein ziemlich angenehmer Job – Mr Crevada war ein super Boss und bezahlte wirklich gut. Aber immer wenn ich an der Mole vorbeikam und die Angler dort sah, hatte ich ein schlechtes Gewissen – dort war von Rechts wegen mein Platz und nicht in einem Leichenwagen, wo ich Leonard Cohen hörte und das zigste Stück von Mrs C.s Käsekuchen aß. Sobald ich genug Geld verdient hatte, hörte ich auf. Einfach so: »Mr Crevada, es tut mir Leid, aber ich kündige.«
Er war nicht allzu enttäuscht. »Du kommst schon wieder«, sagte er. »Wenn du erst mal auf den Geschmack gekommen bist, dann gibt es kein Halten mehr. Dann ist es fürs Leben.«

Ich hatte mich von Drilla nach Mully mitnehmen lassen. Dann war ich bei Johnno hereinstolziert, im Al-Capone-Stil, und hatte ihm die vierhundertundneunundneunzig Piepen auf die Theke geknallt.
»Gut gemacht, mein Sohn«, sagt Johnno jetzt und nimmt die Tiagra Saltmeister aus dem Schaukasten. »Bestattungsunternehmer, das ist ein Beruf mit Zukunft. Wir sind eine alternde Gesellschaft, verstehst du?«
Pah! Warum erzählt mir das jeder?
»Brauchst du sonst noch was?«, sagt er, als er mir meine Spule reicht. Ich lasse meinen Blick über die Wände schweifen, betrachte das ganze Angelzubehör, das dort hängt, die gebogenen Haken, die prächtigen Senker und sexy Wirbel. Besonders die sexy Wirbel, weil ich ziemlich sicher bin, dass ich welche brauche. Aber ich habe kein Geld mehr. Warum hab ich nicht ein bisschen länger gearbeitet? Aber ich weiß auch sofort die Antwort auf diese Frage. Weil es wichtigere Dinge im Leben gibt als Geld, als die Lieben liebevoll zur Ruhe zu betten.
Viel wichtigere Dinge.
Fisch-Dinge.

Kapitel 31

Hat der Perfekte Angler jemals einen Staudamm geknackt und zweihunderttausend Millionen Liter des besten Wassers im ganzen Staat in die Bucht herausgelassen?
Von wegen.
Hat der Perfekte Angler jemals eine Jarvis-Walker-Vollglas mit Achatlaufringen und eine Tiagra-Saltmeister-600-B-Spule, glatter als ein Eimer Rotze besessen, mit einer deutschen Top-Qualitäts-Leine bespult?
Ja, klar.
Hat der Perfekte Angler seine neue Montage jemals an einem Hund getestet, wurde er dabei von dem Hund zerfleischt, ohne auch nur einen Schmerzenslaut von sich zu geben?
Ich glaube nicht.
Hat der Perfekte Angler jemals als Urnenjunge gearbeitet um das Geld für eine Spule zu verdienen, die es mit einem Mulloway aufnehmen kann?
Wohl kaum.
»Perfekter Angler«, sage ich, während ich das Buch hochhebe, »sosehr ich dich bewundere, muss ich doch zweifelsfrei sagen, dass ich ein perfekterer Angler bin als du.«
Ich werde auch ein Buch schreiben. Ich weiß sogar schon, wie es anfängt:
Frisch geschlachteter Delfin, in handliche Stücke geschnitten, ist kein idealer Haiköder. Im Gegenteil, es ist verboten, Delfine zu schlachten und in handliche Stücke zu schneiden. Ein Delfin ist ein wunderschö-

nes Tier – auch wenn er vielleicht nicht in der Lage ist, Krebs zu heilen, wie manche Hippie-Typen, so wie Saphonia, behaupten.

Mit einem verächtlichen Schwung fliegt der Perfekte Angler durch die Luft und landet mit einem dumpfen Schlag im Mülleimer.

Der Schüler ist über den Meister hinausgewachsen. Ich bin der Superperfekte Angler.

Kapitel 32

Zappo ist an seinem üblichen Platz, umringt von seiner Groupie-Schar. Er trägt mein zweitliebstes Kleid – eine heiße pinkfarbene Nummer mit lauter blauen Schnörkeln drauf. Es steht ihm wirklich gut, passt ideal zu seinen Krampfaderbeinen.

»Tag, Zappo. Toller Tag heute, was?«

Er gibt keine Antwort, tut so, als hätte er mich nicht bemerkt.

Ich lasse nicht locker. »Haben Sie was gefangen?«

»Was fragst du so blöd?«, sagt er. »Sieht es vielleicht so aus?«

Und sein Gesicht ist noch mürrischer als sonst.

Ich bin überrascht. Ich weiß, dass der Fischfang während meiner Zeit bei Mr Crevada nachgelassen hat, aber es war mir nicht klar, dass es so schlimm geworden ist. Außerdem, Zappo mag vielleicht der knurrigste Kerl der südlichen Hemisphäre sein, aber er ist ein verdammt guter Fischer. Mit seiner Zauberpaste und seiner jahrelangen Erfahrung kann er dem geizigsten Meer einen Fisch entlocken.

Ich schaue über den Rand. Es ist Niedrigwasser, die freigelegten Pfosten sind mit Austern verkrustet. Das Wasser kräuselt sich leicht, ein paar Wassergräser driften herum.

Eine Krähenscharbe taucht unter der Mole auf. Dann noch eine. Und noch eine. Ich zähle acht Krähenscharben, die in Formation schwimmen und abwechselnd ihre Köpfe unter Wasser tauchen.

»Wow!«, sage ich. »Ich hab noch nie gesehen, dass Krähenscharben so zusammenarbeiten.«

»Verdammt schlechtes Zeichen«, brummelt Zappo.

»Warum?«

»Die verdammten Krähenscharben hassen sich wie die Pest. Wenn sie zusammenarbeiten, heißt das, dass es keine Fische gibt.«

Was würde Warwick dazu sagen? Er würde wahrscheinlich die Hypothese aufstellen, dass die Nährstoffe, die aus der Flussmündung in die Bucht herausgeschwemmt wurden, inzwischen verschwunden sind. Und ebenso die Köderfische und ihre Fressfeinde. (Er ist klug, der alte Warwick!) Ich mache mir aber deshalb keine allzu großen Sorgen. Ich bin hinter einem Mulloway her und nicht hinter dem anderen Kroppzeug.

Zappo will sich wieder seiner Arbeit zuwenden, als sein Blick auf meine Angel fällt.

»Guck dir das mal an«, sagt er, packt die Rute und reißt sie mir aus der Hand.

Er dreht sie hin und her, untersucht sie sorgfältig.

»Wo hast du die denn her?«

Ich überlege, ob ich ihm sagen soll, dass ich sie im Cash Converters in Mully gekauft habe, einem Laden, in dem man Gebrauchtwaren aller Art finden kann. Sie hätte ja auch gut dort landen können. Aber ich bin neugierig, ich will wissen, was zwischen ihm und seinem Bruder passiert ist, und deshalb sage ich ihm die Wahrheit.

»Dougy hat sie mir gegeben.«

Zappo verstummt, sein Adamsapfel hüpft auf und ab wie eine Boje in kabbeliger See, als ob er Mühe hätte, diese spezielle Information hinunterzuschlucken. Endlich sagt er: »Wie geht es ihm?«

Es gibt eine Menge, was ich ihm sagen könnte. Obdachlos. Dermatologisches Katastrophengebiet. Miesepetrig wie du. Aber schließlich lasse ich es bei: »Ganz gut, glaube ich.«

»Herr im Himmel, was haben wir damit für Fische an Land gezogen«, sagt Zappo.

Ein paar eingerostete Gesichtsmuskeln ächzen und knarzen und etwas wie ein Lächeln erscheint auf seinen Lippen.

Die Muskeln kehren in ihre normale Stellung zurück, als Zappo sich räuspert. Es ist auch kein besonders nettes Räuspern. Es klingt grantig und verschleimt.

»Na dann«, sagt er und gibt mir die Angel zurück. »Na dann.«

Auf der Mole herrscht Hochbetrieb, zu beiden Seiten drängen sich Angler, die herumprahlen, wie viel Fisch sie gefangen haben. »He, Kumpel, hab meinen Eimer in 'ner halben Stunde voll gekriegt, kann ich dir sagen.« »He, Kumpel, hab 'ne ganze Tiefkühltruhe voll zu Hause, kannste mir glauben.« Aber ich falle nicht darauf herein – es ist die übliche Ansammlung von Stümpern, Möchtegern-Fischern und Losern. Ich habe den Staudamm geknackt, und das war ihr Glück, sie haben davon profitiert, das ist alles. Heute sind die Eimer alle leer, ihre Köder unbehelligt.

Ich komme an zwei Ektoplasmaklumpen vorbei. Der eine von ihnen macht ein Geräusch, das sich verdächtig nach »Morgen, Hunter« anhört. Ich weiß, das kann nicht sein, weil Ektoplasmaklumpen der menschlichen Sprache nicht mächtig sind. Es muss der Wind gewesen sein, also ignoriere ich es und gehe weiter zum Ende der Mole.

Ich rieche Sunblocker. UV-Schutz 100. Und tatsächlich, da vorne sind sie – die *Cancer Council*-Familie.

»Da ist der grausame Junge«, sagt einer der beiden Jungen und zeigt auf mich.

Das Netz des Lebens, Rotznase. Das Netz des Lebens.

Der Fischmäster mit der Monaro-Montage holt seine Leine ein und die Saltmeister macht ihre Sache wunderschön. Wie immer verwendet er ein Paternoster.

»Entsetzlich«, sage ich leise, aber nicht zu leise, und schüttle ungläubig den Kopf über die zahlreichen Wirbel, übergroßen Haken, faustgroßen Köder und Senker, die groß genug sind, um die Manly-Fähre in Sidney zu versenken. Das sind die Sachen, die den Pessimismus in mir zum Vorschein bringen, so wie Hitze den Eiter aus einem Geschwür herauszieht. Wieder einmal habe ich Grund, ernsthaft an der Zukunft der menschlichen Rasse zu zweifeln.

Der Fischmäster ist sichtlich erbost über den Mangel an Angelaktion. Er wirft aggressiv aus und der Senker landet weit draußen im Meer.

»Wirft bis nach Tansania«, murmle ich, während ich mich zwischen zwei Leinennässer zu quetschen versuche.

»Pack dich weg, Kumpel«, sagt der eine, ein stämmiger Typ mit einem Gesicht wie eine Radkappe. »Hier ist verdammt noch mal kein Platz.«

»Klar ist hier Platz«, antworte ich. »Für mich ist hier immer Platz. Ich bin der superperfekte Angler.«

Radkappe zieht eine Grimasse und schaut seinen Freund viel sagend an, so als ob ich geisteskrank wäre.

»Verdammt und zugenäht«, sagt Radkappe und stößt seinen Kumpel an. »Hast du die Spule von diesem Punk gesehen?«

Ich ignoriere seinen Kommentar, und als der Fischmäster meine Angelmontage sieht, ignoriere ich auch den Ausdruck in seinem sunblockerverschmierten Gesicht, seinen »Das-kann-doch-nur-ein-Witz-sein«-Blick. Der superperfekte Angler gibt sich nicht mit geringeren Anglern ab.

Es geht kein Wind, nur eine kleine Strömung, und deshalb verwende ich ein Minimum an Blei, nur ein kleiner gleitender Senker. Das Stück gesalzene Schleimige Makrele, das ich auf den Haken spieße, sieht so verlockend aus, dass ich am liebsten selber hineinbeißen würde.

Ich werfe aus. Nicht bis Tansania natürlich. Nur bis zu dem Riff, von dem ich weiß, dass es ungefähr fünfzehn Meter draußen ist, ein bisschen nach links.

Die deutsche Top-Qualitäts-Leine fliegt von der Spule herunter und der Köder landet genau dort, wo ich ihn haben wollte. Was für eine Spule! Dafür hat es sich gelohnt, im Bayside zu arbeiten. Ich bereue nichts. Keine einzige Leiche.

Ich wickle die Leine auf, hole das überschüssige Schnurstück ein, bis ich ein leichtes Ziehen am Köder spüre.

Was für ein Tag. Warm, mit einer kühlen Brise, die Jarvis Tiagra in meinen Händen, und dort draußen in der Dogleg-Bucht die post-koitalen Mulloways. Eier abgelegt, Sperma verschossen, driften sie jetzt verträumt herum und denken an die Zukunft, an ihre Kinder, an den Schwarm von kleinen Fischen. Irgendwann werden sie ein bisschen Appetit auf die maritime Variante eines Käse-Tomaten-Toasts bekommen. Unaufhaltsam werden sie aufeinander treffen, die Schleimige Makrele und der Mulloway. Ich kann schon die Titelseite des *Mullaranka Argus* sehen, mit einem Foto von dem superperfekten Angler, wie er einen fünfzig Kilogramm schweren *Argyrosomus hololepidotus* heraushievt.

»Hunter Vettori«, steht darunter, »und sein rekordverdächtiger Mulloway.«

Natürlich werde ich einen von diesen Namen ablegen müssen. Das machen berühmte Leute immer. So wie Gandhi. Hitler. Kylie*. Warney**. Bald bin ich nur noch Vettori. Oder vielleicht Hunter. Ich habe mich noch nicht entschieden.

Eine Fliege landet auf meinem Arm. Ich hasse Fliegen, aber diese Fliege hier ist ein gutes Omen. Es muss ja nicht immer ei-

---

* Minogue, australische Sängerin
** ein berühmter australischer Kricketspieler

ne Friedenstaube mit einem Ölzweig im Schnabel sein, oder ein brennender Busch oder sonst irgendwelches spektakuläre Zeug. Warum nicht mal ein donnernder Furz, ein besonders griffiges Stück Rotze oder *Musca vetustissima*, die australische Buschfliege? Die hier ist eindeutig eins. Hunter, sagt sie, ich verspreche dir einen Prachtkerl von Mulloway. Darauf wette ich mein dreckiges kleines Fliegenherz, und hol's der Teufel, das ist kein Scherz.

Der Morgen geht in den Mittag über und plötzlich ist es Nachmittag. Ich drehe mich um und schaue über die Mole zurück. Angelruten ragen in verschiedenen Winkeln in die Luft. Wolken hüpfen am Himmel entlang. Seemöwen segeln in alle Richtungen. Es ist eine Szene, wie geschaffen für einen Bildschirmschoner oder für einen Ehrenplatz an einer der Wände der Crevada-Residenz, zwischen den Kricket-Memorabilien, Skullsters Erbe. »Die Molenfischer« wäre ein guter Titel. Erhältlich für nur $ 495 (ohne MwSt). Und bestellen Sie schnell. Das ist eine limitierte Edition.

Wunderschön, nur leider bleiben die Ruten gerade, die Leinen schlaff. Kein Fisch wird gefangen.

Und die Fliegen, klebrige kleine Buschfliegen mit Velcro an den Füßen, vermehren sich exponentiell, wie Mädchenkeime in der Küche. Bis zum Spätnachmittag ist eine ganze Wolke davon über die Mole hereingebrochen. Unermüdlich wie Lleyton Hewitt, der Tennischampion, piesacken sie meine Knie, meine Knöchel. Sie drängen sich in meine Augenwinkel. Sie stürzen sich kopfüber in meine feuchte Mundhöhle. Ein paar von ihnen haben es sogar geschafft, überfallkommandoartig in meine Boxershorts zu kriechen, und belagern meine jugendlichen Organe.

Radkappe packt jetzt sein Angelgerät zusammen.

»Scheiß drauf«, sagt er, während er einen wenig bekannten

Volkstanz aufführt – den Fliegen-klatschen-Macarenatanz. »Ich weiß was Besseres mit meiner Zeit anzufangen.«

»So, jetzt hast du die Mole für dich, Superperfekter Angler«, sagt sein Kumpel.

Umso besser für mich. Die anderen Fischmäster brechen auch alle auf. Noch besser. Jetzt krieg ich die Burschen.

Aber von wegen. Ich kriege gar nichts. Außer eine total miese Laune. Keine Fische, zu viele Fliegen. Also Schluss mit dem Angeln für heute.

Die Ektoplasmaklumpen sind schon gegangen, was gut ist, weil es mir die Mühe erspart, sie total zu ignorieren, aber Zappo ist immer noch an seinem Platz. Allerdings fehlen ein paar von seinen Seemöwen-Groupies.

»Und? Wie läuft's?«, frage ich.

»Den Kerl sollte man an den Eiern aufhängen.«

»Welchen Kerl?«

»Na wen schon, verdammt noch mal? Den Idiot, der das ganze Wasser rausgelassen hat, sodass es nix mehr zu fischen gibt.«

»Aber der Fang war doch super.«

»Jetzt nicht mehr«, sagt Zappo und schlägt wütend nach den Fliegen. »Hat auch diese verdammten Quälgeister hervorgebracht.«

Ich trotte nach Hause und stelle mir vor, wie es sein muss, an den Eiern aufgehängt zu werden. Komischerweise fühle ich mich jetzt besser.

Ein schlechter Tag. Jeder hat mal einen schlechten Tag. Dad hatte auch schlechte Tage. Drilla auch. Sogar Rex hat schlechte Tage (sie kommen nur nicht in seiner Sendung vor).

Als ich auf dem Campingplatz ankomme, bin ich wieder obenauf. In meinen Gedanken tummeln sich Monster-Mulloways. Ich entdecke Drilla, der hinter dem Dolphy steht, die Motorhaube neben ihm im Gras. Als ich näher komme, sehe ich, dass seine Hände schwarz vor Schmiere sind. Der Dolphy hat so lange hier herumgestanden, dass ich vergessen habe, dass er einen Motor hat. Ja, ich hatte sogar vergessen, dass er ein Bus ist. Für mich ist er nur ein langes, schmales Haus, das zufällig vier Räder und eine Gangschaltung hat.

»Was machst du da?«, frage ich Drilla.

»Saph hat mich gebeten, einen Blick draufzuwerfen.«

»Wieso das?«

»Weiß nicht, Kumpel. Weiß nicht.«

»Die Mühe kannst du dir sparen. Futsch. Die Karre ist hin.«

»Weiß nicht, ob es so schlimm ist. Kommt wahrscheinlich daher, dass sich von vornherein keiner die Mühe gemacht hat, mal richtig hinzuschauen.«

Drilla lächelt und hält ein verrottet aussehendes Kabel hoch.

»Das hier ist hin, nicht die ganze Karre. Sie hätten schon zehnmal um Australien herumfahren können.«

Das kann nicht sein, sage ich mir, und sehe mir das Kabel genauer an. Es kann nicht sein, dass das der einzige Grund ist, warum die Ektoplasmaklumpen hierher gekommen sind. Warum wir gefischt haben. Karten gespielt. Videos angeschaut. Geknutscht. Ein kaputtes Kabel, das ist nicht genug. Kaputter Motor – okay, das ist was Ernstes. Aber doch nicht ein armseliges kaputtes Kabel.

Mum ist in der Küche und macht sich ein Glas Milo. An der Wand sind dunkle Flecken, wo vorher die Tattoo-Poster waren. (Das Komische ist, dass sie mich noch mehr an die Tätowierungen erinnern als die Poster selber).

»Mum, wie kommt es, dass Drilla sich den Dolphy anschaut?«

»Vielleicht wollen sie weiterziehen.«

Sie redet jetzt wieder mit mir. Es hat nicht lange gedauert, bis sie zur Vernunft gekommen ist. Schließlich ist sie diejenige, die vor dieser Tätowierung gekniffen hat, und nicht ich.

»Ach, komm, Mum, es muss doch einen besseren Grund dafür geben. Zeit zum Weiterziehen? Das hört sich wie ein Cowboy-Film an.«

»Okay. Saphonia ist der Meinung, sie braucht einen Mann in ihrem Leben.«

»Ich dachte, sie hätte einen. Warwick.«

»Wohl kaum«, sagt Mum und verdreht die Augen – was versteht schon ein fischiger Dreizehnjähriger wie ich von solchen Dingen?

»Aber es gibt doch massenhaft Männer in der Bucht.«

»Ja, sicher, aber die sind alle über siebzig.«

»Na ja, aber da ist doch der …« Nein, halt, der ist älter als siebzig. »Oder der …« Nein, der ist verheiratet. »Und wie wär's mit …« Er ist jünger als siebzig und zurzeit nicht verheiratet, aber seine letzten beiden Frauen haben es nur eine Woche ausgehalten, bevor sie wieder auf die Philippinen zurückgekehrt sind. Ich weiß nicht, ob Saphonia sich so gut mit ihm verstehen würde.

»Okay, es gibt nicht so viele Männer hier. Aber das ist kein guter Grund für Saph, von hier fortzugehen. Was ist mit ihren Töchtern? Hat sie je danach gefragt, was die wollen?«

Mum lächelt mich an.

»Ich dachte, du hasst ihre Töchter, Hunter.«

»Klar hasse ich sie. Kann sie nicht ausstehen. Mir wird schlecht, wenn ich sie bloß sehe.«

Als ich am nächsten Morgen aufwache, ist mein Optimismus wieder voll da. Vergiss gestern, das war einfach so ein Tag, an dem alles schief läuft.

Die Fliegen haben sich noch stärker vermehrt, falls das überhaupt möglich ist. Sobald ich meine Füße auf das splittrige Holz der Mole setze, lässt sich ein ganzer Fliegenteppich auf meinem Rücken nieder, so dick und üppig wie der reinwollene Berber der Crevadas. Aber heute bin ich pfadfindermäßig gerüstet, ich drehe meinen Arm auf den Rücken und verpasse dem Teppich eine Turbo-Ladung Fliegenspray. Leider zeigt es keine Wirkung, außer dass die viel strapazierte Ozonschicht noch mehr Löcher kriegt.

Ich komme an Zappo vorbei, aber als ich sehe, dass seine Möwengroupies ihn verlassen haben, dass Mr Percivals Gesicht noch länger aussieht als vorher, dass Smoky nicht so satt und selbstzufrieden ist wie sonst, mache ich mir nicht die Mühe, ihn nach seinem Fang zu fragen. Der bewegt sich noch immer in der Kategorie »beschissen«. Aber es hat auch sein Gutes: Die Fliegen und die fehlenden Fische haben die Fischmäster und Leinennässer vertrieben. Haben sie alle nach Mully zurückgescheucht. Wo sie ins Kino gehen, Cappuccino trinken und ihre vierunddreißig Eissorten verputzen.

Selbst die anderen Molenratten – die unaussprechlichen Ektoplasmaklumpen, Miracle und sein Köderwerfer, sind nicht aufgetaucht. Zappo und ich haben die ganze Mole für uns.

Hier ist ein weiterer Auszug aus meinem künftigen Buch:

Die Fischgleichung hat viele Variablen. Das Ziel des Anglers muss sein, diese Variablen, soweit es möglich ist, in Konstanten zu verwandeln.

Mit Hingabe, Entschlossenheit, Geschicklichkeit und meinem blendenden Aussehen habe ich genau das erreicht. Die Jarvis, die Tiagra Saltmeister 600 B, die deutsche Top-Qualitäts-Leine, die zweihunderttausend Millionen Liter des saubersten Wassers im ganzen Land, das alles sind Konstanten. Aber es gibt immer noch zu viele Variablen für meinen Geschmack. Und Geduld ist eine davon. Geduld war nie meine Stärke. »Hunter mangelt es an Geduld«, steht auf allen meinen Zeugnissen. Und Geduld ist der Schlüsselfaktor. Heute, schwöre ich mir, werde ich sie nicht verlieren, ich werde nicht wütend, grantig oder sogar stinksauer sein. Heute werde ich geduldig sein. Heute bin ich ganz Zen. Den ganzen Vormittag übe ich mich in Zen. Den ganzen Nachmittag ebenso. Und als es dämmert, als ich mit überkreuzten Beinen am Ende der Mole sitze, einen Heiligenschein von Fliegen um mein Haupt, bin ich immer noch ganz Zen.

»Du bist der Dalai-Lama von Dogleg Bay«, lobe ich mich selber, während ich die Leine einhole und meine Angel an das Geländer lehne.

Ich beschließe mich eine Weile ins Nichts zu versenken. Das Nichts eines leeren Eimers. Das Nichts des null Fisch, null Biss, null Knabbern, null Berührung. Das Nichts des Null-Nix. Des Nichts. Aber es wird mir bald zu dumm und ich packe zusammen und gehe heim.

Zappo ist immer noch da, aber seine Groupies haben ihn jetzt ganz im Stich gelassen, er ist wie ein alternder Rockstar, der zu viele Schrott-Alben gemacht hat. Ich wusste immer, dass Mr Percival ein Gangster ist, und ich habe nie geglaubt, dass er im »Storm Boy« tatsächlich die Fischer gerettet hat. Aber ich bin überrascht, dass Smoky nicht bei ihm ausgeharrt hat.

»Haben Sie wieder nichts gefangen?«

Zappo schüttelt den Kopf. »So schlimm war es noch nie. Nicht mal neunundsechzig, als das ganze Öl in die Bucht geflossen ist. Ich sag dir ja, der Typ, der das Wasser rausgelassen hat, gehört an den Eiern aufgehängt.«

Ich denke Dalai, ich denke Lama. Aber dann raste ich aus. »Das können Sie verdammt noch mal laut sagen. Und rot glühende Nadeln sollte man ihm in die Augen stechen. Und ihm die Zunge rausschneiden. Und dann sollte man ihn häuten und das, was von ihm übrig bleibt, den Straßenkötern vorwerfen.«

»Herrje, jetzt bist du aber ein bisschen zu hart, oder?«, sagt Zappo.

»Nein, Zappo«, beharre ich mit einem Blick zu dem unseligen

Hügel hinüber, zu der sprudelnden Meerjungfrau, dem größten Haus in Dogleg Bay, zu der Weiße, an der alles Weiß der Welt gemessen werden sollte. »Für solche wie den kann gar nichts hart genug sein.«

Am nächsten Morgen, als ich vor dem Haus sitze und mir meine Tagesstrategie zurechtlege, höre ich ein Geräusch, das Klappern eines Deckels. Ich gehe hin um nachzusehen, was los ist. Es ist Smoky, die den Müllcontainer plündert und nach Nahrungsresten sucht.

»Smoky! Was zum Teufel machst du hier?«

Smoky gibt mir natürlich keine Antwort. Nur in Comics und kitschigen Disney-Filmen können Katzen sprechen. Aber der Ausdruck auf ihrem Gesicht ist eindeutig schuldbewusst. Und zu Recht. Man stelle sich vor, einfach das Vertrauen in Zappo zu verlieren, nur weil er zwei unspektakuläre Tage hatte.

Gestern, sage ich mir, war ich *zu* geduldig. Fischen ist Krieg, das ist eine Tatsache, der man ins Auge blicken muss, und Buddhisten sind nicht gerade die Rambo-Typen. Also, steck dir das Zen sonst wohin, und du kannst mich mal, Buddha. Heute trage ich meine Kampfhose. Heute bin ich bis an die Backenzähne bewaffnet. Heute gehe ich da raus und starte eine rot glühende Aussie-Attacke.

Zappo sieht komisch aus, wie er so mutterseelenallein dasitzt, ohne seinen ganzen Hofstaat.

»Haste Smoky gesehen?«, fragt er mich, als ich vorbeikomme.

»Nein«, lüge ich. »Aber die wird schon wieder auftauchen, früher oder später.«

Ich lege fünf Leinen aus. Die Jarvis Tiagra, eine Wurfangel und drei Handleinen, jede mit einer anderen Montage. Ich versuche es ohne Blei, sodass der Köder dicht unter der Oberfläche treibt. Ich versuche es mit wenig Blei, nur ein Spaltschuss, sodass der Köder zwischen der Oberfläche und dem Boden hängt.

Ich versuche es im Fischmäster-Monaro-Stil, mit einem dicken Klumpen Blei, sodass der Köder am Boden verankert ist. Ich versuche es am flachen Ende der Mole. Am tiefen Ende der Mole. Vom Strand aus. Ich versuche es mit Tintenfisch, Hering, Makrele, Pilchard, Krabben, Brot, Pipis. Austern, Maden, Hühnerdärmen, Brot und einem saftigen Schorf, den ich von meinem Knie herunterpule.

Als die Sonne, eine Zwei-Dollar-Münze, ins Meer schlüpft und das Licht verblasst, sitzt der superperfekte Angler am Ende der Mole. Zusammengesackt, das T-Shirt mit Fliegenscheiße verdreckt, die Beine mit dem Blut verschmiert, das aus seinem Knie geschossen ist, als er den Schorf abgekratzt hat, niedergeschlagen, am Boden zerstört und vielleicht ein bisschen irre.

Plötzlich steht er auf, packt die Jarvis am Griff unten und hält sie hoch über seinen Kopf. Irgendjemand muss für diese Fliegenplage bezahlen, für diese drei fischlosen Tage. Er knallt die Angel mit voller Wucht gegen den Pfosten. Die Erschütterung setzt sich durch die ganze Rute fort, sodass der Griff in seiner Hand hüpft. Aber die Jarvis-Walker-Vollglas zerbricht nicht. Er versucht es noch einmal. Wieder das Beben, sie droht zu zerbrechen, bleibt aber ganz. Er schraubt die Tiagra Saltmeister 600-B-Spule ab, und dann schleudert der superperfekte Angler die Angel mit einer einzigen Drehung seines Handgelenks durch die Luft. Sie trifft klatschend im Wasser auf und versinkt, mit dem Griff voraus. Plötzlich schnellt die Spitze der Angel aus dem Wasser hervor, was so aussieht, als wollte mir die Jarvis Walker den Stinkefinger zeigen. Du kannst mich mal, superperfekter Angler.

Die Jarvis hat Recht. Der superperfekte Angler ist überhaupt nicht so superperfekt. Er ist es nicht mal wert, einem perfekten Angler die Haken zu schärfen oder die Spule zu ölen.

Mit anderen Worten, ich bin ein Versager. Nicht fischtauglich.

Kapitel 33

Ein komischer Geruch hängt in der Luft.

Heute ist Doppel-D-Day, die Hochzeit von De-anne und Drilla, und im Schlafzimmer hängt so ein merkwürdiger Geruch. Es ist kein Geruch nach Stinksocken, die seit letztem Jahr unterm Bett liegen. Und auch nicht der frühmorgendliche Geruch von Spatzenfürzen. Ein Frühstücksgeruch ist es auch nicht, obwohl ich hören kann, wie Mum unten in der Küche herumtapst. Nein, es ist einfach nur ein merkwürdiger Geruch.

»Was ist das für ein Geruch?«, frage ich Mum.

»Ich mache Rührei.«

»Nein, nicht das. Da ist noch ein anderer Geruch. Ein komischer Geruch.«

»Das sind nur die Nerven, Hunter. Vielleicht solltest du fischen gehen. Du hast noch viel Zeit und das würde dich von der Hochzeit ablenken.«

»Ich hab dir doch gesagt, dass ich das Fischen aufgegeben habe.«

Mum verdreht die Augen. Ja, von wegen, Hunter.

»Was soll so komisch daran sein? Du hast doch auch deine Tätowierungen aufgegeben. Und ich hab eben das Angeln aufgegeben.«

Das bringt sie zum Schweigen. Aber wie.

Nur weil heute Double-D-Day ist, heißt das noch lange nicht, dass das tägliche MWR-Schrubben ausfällt. Im Leben nicht. Am Ende der Ferien, wenn alle nach Hause gehen, ist es sogar noch widerlicher als sonst. Die Leute reisen gern mit leichtem Gepäck und lassen so viele Nuggets zurück wie nur möglich. Diese Schweine!

Die Krabbologen sind am frühen Morgen abgereist, lange bevor die Spatzen eine Chance hatten, ihre dürren Beinchen zu lüpfen. Sie fahren natürlich nach Coober Pedy zurück, wo ein weiteres Jahr in den Opalminen und der schmerzliche Mangel an essbaren Schalentieren auf sie wartet.

Die Gotteslamentierer haben das Zelt bereits abgebaut. Ohne ihr Singen und Klatschen ist es ungewohnt still, wie ein Video ohne Soundtrack. Mum macht sich Sorgen, weil sie noch nicht für nächstes Jahr gebucht haben. Vielleicht ist Dogleg Bay nicht das Wahre. Vielleicht wäre eine andere Stadt besser geeignet zum Gotteslamentieren. Eine Stadt, die vierunddreißig verschiedene Eissorten, ein Kino und ein brandneues McDo hat. Eine Stadt wie Mully.

Erstes Klo, und tatsächlich, da haben wir's, ein riesiges UFO, so groß, dass es sich in der Schüssel zusammenringelt wie eine Python. Es hat so eine bierige, krabbige Farbe – offenbar das Produkt von einem der Krabbologen. (Reaper wahrscheinlich oder vielleicht Johnny Rooballs). Ich ärgere mich ein bisschen, dass ich nicht mit dem strengen wissenschaftlichen Test weitergemacht und ein paar Kackeproben gewogen habe, denn die hier würde, so wie der echte Thorpedo, alle aufgestellten Rekorde brechen.

Ich enthaupte das UFO mit einer Toilettenbürste – oder vielleicht auch nicht, denn manchmal lässt sich nur schwer sagen, an welchem Ende das Gehirn des UFOs sitzt –, als plötzlich Warwick hereinkommt, ohne sich wie üblich um das »Hier wird sauber gemacht«-Schild zu kümmern.

»Morgen, Hunter, was machst du da?«

»Ach, nichts weiter«, sage ich und verstecke die UFO-ver-

schmierte Bürste hinter meinem Rücken. Eine Probe zu vernichten ist ein schweres Verbrechen gegen die Wissenschaft.
»Wie geht's den Fossilien?«
Warwick drückt eine Ladung Zahnpasta auf seine Bürste.
»Das Exemplar neulich war das einzige, das ich gefunden habe. Aber es ist trotzdem ein wichtiger Fund. Meine Kollegen sind ganz aus dem Häuschen. Sie können es kaum erwarten, bis ich zurückkomme.«
»Gehen Sie fort?«
»Bald.«
Eine weitere Ratte (*Rattus rattus*) verlässt das Schiff.
»Großer Tag für Drilla«, sagt Warwick, den Mund voller Zahnpastaschaum.
»Ja«, antworte ich. »Der muss total fertig sein.«
»So schlimm ist es auch nicht.«
Ich hatte vergessen, dass Warwick bereits den Gang zum Altar angetreten hatte, dass er das ganze »Sie dürfen die Braut jetzt küssen«-Gedöns kannte.
»Würden Sie es wieder machen?«
Warwick denkt einen Augenblick darüber nach. »Wenn ich die richtige Frau finde«, sagt er ganz ernst, so als ob er etwas unglaublich Weises von sich geben würde.
Du brauchst mich gar nicht so anzuschauen, Warwick. Ich kenne die richtige Frau nicht. Vielleicht eine Fossilien-Mieze. Das wäre das Richtige für dich. Irgendeine Schönheit aus Jurassic Parc. Oder Wilma, falls sie Fred je den Laufpass geben sollte.
»Riechen Sie heute irgendwas Komisches?«, frage ich.
Ich denke mir, dass Warwick als Wissenschaftler eine schärfere Wahrnehmung haben müsste als andere Leute.
»Nein, nichts Ungewöhnliches«, sagt er und spült seinen Mund aus. »Ich wollte dir noch sagen, Hunter, dass ich dir wirklich dankbar für deine Hilfe bin.«

»Kein Problem.«

»Ich würde dich und deine Mum gern zum Essen einladen, bevor ich gehe. Vielleicht könnten wir ein Schnitzel in Mully essen. Die sind dort sehr gut.«

Plötzlich geht mir ein Licht auf – Warwick steht auf meine Mum. Warum ist mir das nicht längst aufgefallen? Diese ganzen verdächtigen Fragen. Das völlige Fehlen eines angemessen tragischen Ausdrucks, als er über den Verbleib meines Dads informiert wurde. Dass Saphonias Möpse nicht die übliche verheerende Wirkung auf ihn hatten.

Als ob Mum sich je in einen Typ wie dich verknallen würde, möchte ich am liebsten sagen. Du und dein grässliches Vogelnest von einem Bart.

»Das wird nicht gehen. Mum ist total beschäftigt. Und sie hasst Schnitzel. Sie ist sogar allergisch dagegen. Als sie letztes Mal eins gegessen hat, ist ihre Zunge angeschwollen und sie musste ins Krankenhaus.«

»Anaphylaktische Reaktion«, sagt der Professor.

»Das können Sie verdammt noch mal laut sagen«, antworte ich, obwohl ich keine Ahnung habe, was eine anaphylaktische Reaktion ist. Ein vornehmer Ausdruck für geschwollene Zunge, nehme ich an.

Warwick steht die Enttäuschung ins Gesicht geschrieben – seine Augen sehen enttäuscht aus, seine Stirn sieht enttäuscht aus, seine Lippen sehen enttäuscht aus. Sogar sein Bart sieht enttäuscht aus. Aber was erwartet er auch, einfach die Mum eines unbescholtenen Sohnes anzubaggern?

Der Geruch draußen wird immer stärker, immer komischer.

Mum ist noch im Pyjama, immer noch auf der Couch, liest eine Tattoo-freie Zeitschrift, isst Tortilla-Chips, einen nach dem anderen. Knirsch, knirsch, verdammt und knirsch. Barbra Streisand jault aus der Stereoanlage. Barbra Streisand! Hat Mum auf einmal die Weltlichkeit entdeckt, die Mittelmäßigkeit und das Leben in der untersten Schublade, oder was?

Ich drehe die Lautstärke herunter.

»Hunter, ich will das hören!«

»Müssen wir uns nicht fertig machen?«

»Wir haben noch massenhaft Zeit«, sagt Mum, ohne auch nur auf ihre Uhr zu sehen.

Ich war nie scharf auf diese Hochzeit. Und auch nicht scharf auf die Trauzeugennummer. Aber nachdem Mum jetzt so nachlässig ist, habe ich das Gefühl, ich müsste engagiert sein, pünktlich. Ich habe das Gefühl, ich müsste ihr ein Beispiel geben.

»Von wegen massenhaft Zeit. Es ist schon zwölf. Ich gehe jetzt unter die Dusche.«

Natürlich ist kaum noch warmes Wasser da. Die Camper reisen nicht nur gern mit leichtem Gepäck, sondern auch sauber. Jeder von ihnen hat heute Morgen mindestens eine halbe Stunde geduscht. Trotzdem reicht es zu einer anständigen Wäsche. Haut, Haare, Zähne, diverse Körperöffnungen – alles wird gebührend geschrubbt.

Das Anziehen ist kein Problem, außer einer Sache – dem Kummerbund. Ich kann mich noch nicht so richtig mit dem Namen anfreunden, geschweige denn mit dem Gegenstand selber. Er ist lila, aus Brautseide gemacht und hat einen Velcro-Reißverschluss.

Als ich ihn anlege, stelle ich mir den unerfreulicheren Ektoplasmaklumpen vor – Storm heißt er, glaube ich –, wie er dasteht, die Lippen zu einem hämischen Grinsen verzogen, und sagt: »Ganz entzückend, dein Kummerbund, Hunty.«

Die Schachtel mit dem Ring ist in der Jackentasche. Ich dachte immer, dass Eheringe schlicht sein sollen. Aber der hier nicht. Vielleicht ist er etwas schlichter als De-annes Verlobungsring, aber das gilt für viele Dinge auf diesem Planeten.

Kapitel 34

Endlich ist Mum fertig. Sie trägt Make-up, ihr Gesicht ist so weiß wie ein Madenbauch, ihr Haar ist ein Chaos und ihr Kleid ein Witz. Zappo würde so etwas nicht mal beim Ködermachen tragen. Ich weigere mich, hinten zu sitzen, sodass wir einen Riesenkrach bekommen, und als wir endlich vor dem Dolphy parken, ist Mums »Kein Wort mit Hunter sprechen«-Strategie wieder voll in Kraft.

Die Ektoplasmaklumpen kommen als Erste heraus, aufgetakelt bis an die Zähne in ihrem Brautmädchendress. Ich muss aber zugeben, dass sie nicht schlecht aussehen, auch wenn die eine Doc Martens trägt und ein Pentakel um ihren Hals baumelt. Aber das sage ich ihnen natürlich nicht – eher würde ich mir die Zunge abbeißen. Es ist nur eine wissenschaftliche Feststellung, so wie wenn man jemandem ein Thermometer in den Hintern steckt und die Temperatur abliest. Sie sind trotzdem gemeine, herzlose Geschöpfe, die Kickball mit den Gefühlen von unschuldigen kleinen Jungen spielen.

»Du siehst toll aus«, sagt der etwas weniger unangenehme Ektoplasmaklumpen, Jasmine heißt er, glaube ich, als er auf den Rücksitz klettert.

Wusste ich's doch. Okay, es ist Jasmine und nicht Storm, und sie hat nicht gesagt: »Ganz entzückend, dein Kummerbund, Hunty«, und ihre Lippen haben nicht ganz die Feix-Position erreicht, aber ich weiß, dass sie sich trotzdem über mich lustig macht.

Dann kommt Saph. Sie trägt lauter Flatterzeug, wie man es von einer Hippie-Tante auf einer Hochzeit nicht anders erwarten würde. Aber zumindest hat sie sich angestrengt, auch wenn es völlig daneben ist. Sie will sich vorne reinquetschen, aber ich habe die Tür verriegelt. Das ist eine neue Welt, Saph. Mütter reden nicht mit ihren Söhnen, Söhne fischen nicht und Tattoos sind über Bord gegangen. Die alten Regeln, der ganze Kinder-hinten-/Erwachsene-vorne-Scheiß gilt nicht mehr. Als Pazifis-tin fängt Saph keinen Streit an, sondern quetscht sich einfach hinten rein zu ihrer üblen Laichbrut.

Nachdem wir die Fotokopien im BJ-Haarsalon abgesetzt ha-ben, fahren wir vor der Kirche vor. Dort lungert schon eine größere Menge herum, wie Kroppzeug um einen Ködertopf. Und alle sagen dasselbe: Wunderschön. Wun-der-schön.

»Wun-der-schön!«, säuseln De-annes Arbeitskolleginnen. Sie haben offensichtlich den ganzen Vormittag im Friseursalon verbracht und sich gegenseitig die Haare vergewaltigt und zu unglaublichen Gebilden verzwirbelt, wie sie noch nie auf einem menschlichen Kopf gesehen wurden. Das Thema ist, wie mir scheint, »Australiens Große Naturwunder«. Ich sehe den Uluru. Die Sieben Schwestern. Wave Rock. Und Big Banana*.

»Wun-der-schön«, sagen De-annes Eltern. Sie sind nonstop von Coolangatta hierher gefahren und sehen sehr stolz aus. Ob es wegen der Hochzeit ihrer Tochter ist oder weil sie nonstop von Coolangatta hierher gefahren sind, kann ich nicht sagen.

»Wun-der-schön«, sagen Drillas alte Biker-Kumpel. Sie haben sich auch angestrengt. Ihre Lederkluft aufpoliert. Die Bärte ge-stutzt. Alle Biker-Gangs sind vertreten, alles bunt durcheinan-der, und alle sagen: »Wun-der-schön.«

---

* Uluru ist der Aborigine-Name für Ayer's Rock, die Sieben Schwestern sind eine Gebirgskette, Wave Rock ein Felsen, der wie eine steinerne Welle geformt ist, und Big Banana ein Freizeitpark, das Wahrzeichen für den Bananenanbau.

»Männ, bin ich froh, dass du da bist«, sagt Drilla, als er mich erspäht. Er sieht irgendwie gut aus in seinem Anzug, trotz der Tätowierungen und seinem ungehobelten Quadratschädel.

»Hast du heute Morgen was in der Bucht gerochen?«, frage ich.

»Ja, und ich weiß auch genau, wo es herkommt. Ich hab mir in die Hosen geschissen.«

O Mann, ist der nervös. Ich habe Drilla noch nie an seinen Fingernägeln kauen sehen, aber jetzt beißt er wie verrückt darauf herum. Und versucht dabei auch noch zu rauchen. Aber es ist nicht einfach, diese beiden Dinge gleichzeitig zu bewältigen, so wie wenn man sich den Bauch reibt und gleichzeitig den Kopf tätschelt. Die Zigarette fliegt ihm aus der Hand.

Ich hebe sie auf und reiche sie dem Bräutigam.

»Nett von dir, Kumpel«, sagt er.

Na, wenigstens das habe ich richtig gemacht.

»Wun-der-schön!«, schreien alle im Chor. Der Hochzeitswagen ist gekommen, ein voll hochgetunter Ford Falcon GTHO, Phase drei. Klar ist es ein schönes Auto, aber nichts gegen den STF. Ich nehme an, Mr Crevada hat in Bayside zu viel zu tun um noch hin und wieder eine Hochzeit dazwischenschieben zu können.

Jetzt überschwemmt ein anderer Geruch meine Nasenlöcher. Aber diesmal erkenne ich ihn – es ist Dougys Markengestank. In einer weiten Shorts, einem Mambo-T-Shirt und einer rotgerahmten Sonnenbrille schlängelt er sich durch die Menge und murmelt vor sich hin.

»Dougy!«

Er bleibt stehen, dreht sich um, schiebt seine Sonnenbrille auf die Stirn hoch und starrt mich eine Weile an, bevor er sein Haifischlächeln aufsetzt. »Schnieke wie 'ne Ratte mit 'nem Goldzahn in dem Aufzug, was, mein Sohn?«, sagt er.

»Ja, schon«, antworte ich und zupfe an meinem Kummerbund.

»Was macht die Angel?«

Schuldbewusst sehe ich sie vor mir, wie sie auf dem Grund der Bucht liegt und Krebse ihre Klauen an den Achatlaufringen wetzen. »Ach, ganz gut.«

»Haste dir schon 'n Jewie gefangen?«

Ich denke widerwillig an die drei fischlosen, fliegenverseuchten Tage zurück – den zweit-, dritt- und viertschlimmsten Tag meines Lebens.

»Es gibt keine verdammten Jewies zu fangen. Die sind abgehauen und kommen nicht zurück, wie Zappo gesagt hat.«

»Ich hab die Gabe, verstehst du«, sagt Dougy und tippt sich an seine schrundigen Nasenflügel.

Ja, genau, Dougy, ich weiß alles über dich und deine verdammte Gabe. Erspar mir diesen abergläubischen Scheiß, okay?

»Zappo, der konnte keinen Jewie riechen. Niemand konnte das. Außer mir.«

Ich weiß. Ich weiß. Und es ist egal, wo es war, ob unter der Mole, vor dem Kap oder draußen am Drei-Meilen-Riff. Denn eins kann ich dir flüstern, Junge, ein Jewie, der riecht wie sonst nichts auf der Welt. Halt, Moment mal! Dieser Geruch heute Morgen. Ich war der Einzige, der ihn bemerkt hat!

»Wie riecht ein Jewie?«

»Wie sonst nichts.«

Dieser Geruch heute Morgen, das war wie nichts sonst. Okay, vielleicht ist dieses Mulloway-Riechen doch kein so abergläubisches Zeug, vielleicht gibt es eine plausible wissenschaftliche Erklärung dafür.

»Dougy, heute Morgen war so ein Geruch in der Bucht, ein ganz komischer Geruch.«

Wieder das Haifischlächeln. Vielleicht haben Dougy und ich ja ein seltenes Gen, das uns empfänglicher für gewisse Gerüche macht. Das ist plausibel. Natürlich ist das plausibel.

»Ich habe die Gabe auch, oder?«, sage ich und werde immer aufgeregter.

Dougy nickt und seine Sonnenbrille rutscht wieder an seiner Stirn herunter.

»Und Sie haben das gewusst. Deshalb haben Sie mir die Angel gegeben. Aber woher wussten Sie es?«

Im selben Moment, als ich die Frage stelle, wird mir klar, wo ich diesen Mulloway-Geruch schon einmal wahrgenommen hatte – das Juwel, der Gehörstein.

»Warauf wartest du dann. Die fangen sich nicht von selber«, sagt Dougy.

De-anne, Lena und die Fotokopien sind jetzt aus dem Falcon ausgestiegen, die »Wun-der-schön«-Rufe werden noch lauter und zahlreicher als vorher. Wun-der-schö-nes Kleid. Wun-der-schö-nes Haar. Wun-der-schön. Wun-der-schön. Wun-der-schön.

»Ich kann nicht fischen gehen«, sage ich und meine Begeisterung fällt ebenso schnell in sich zusammen, wie sie in mir hochgeschossen ist. »Ich bin der Trauzeuge.«

Dougy schaut sich in der Menge um. »Scheiß drauf! Die Ehe hält sowieso nicht. Heutzutage hält keine Ehe mehr. Aber ein großer Jewie, der bleibt dir für immer.«

»Aber sie sind doch nach der Hochzeit auch noch da, oder?«

Dougy räuspert sich. Es klingt noch grantiger und verschleimter als Zappos Räuspern, aber die Familienähnlichkeit ist unverkennbar. Dann dreht er sich um, schlurft davon und verschwindet unter Drillas Biker-Freunden.

Versteht ihr, ich bin kein Sprachwissenschaftler, aber ich weiß genau, was Dougys Räuspern zu bedeuten hat – mach, dass du zur Mole kommst, junger Mann, und fang dir deinen verdammten großen Monsterfisch.

Aber das geht natürlich nicht. Ich habe eine schwarze Fliege um den Hals und einen lila Kummerbund um die Hüfte – ich bin so schniek wie eine Ratte mit Goldzahn, ich bin der Trauzeuge. Aber ich bin es nicht gern. Genau genommen wurde ich sogar dazu gezwungen. Eingezogen. Betrunken gemacht und überlistet. Schanghait, nennt man das. Wenn Dad noch da wäre, würde er jetzt hier stehen und nicht ich. Und wer ist schuld daran, wenn nicht Drilla? Ja, natürlich ist es Drillas Schuld. Er hätte sich ja nur zusammenreißen und an jenem Morgen samt seinem Kater aus dem Bett krabbeln müssen.

Ich quetsche mich durch die Menge, bis ich zu Drilla vordringe.

»Ich muss mal raus«, sage ich zu ihm.

»Super Idee. Wär ja nicht so witzig, wenn's dich mitten in der Trauuung erwischt. Bei mir geht's noch 'ne Weile. Aber mach nicht zu lang, ja?«

Ich gehe langsam zur Toilette, und als ich außer Sicht bin, fange ich an zu rennen. Ich renne, so schnell ich kann mit dem Kummerbund um die Hüfte, der Ring hüpft in seiner Schachtel in meiner Jackentasche herum. Ich laufe und laufe, die Wunder-schön-Rufe verebben allmählich, alles weicht zurück, Deannes Arbeitskolleginnen, ihre Eltern, die Biker, alles – bis nichts mehr da ist außer dem Drang, den ich habe, seit Dad verschwunden ist, dem übermächtigen Verlangen, mir einen Mulloway zu fangen.

Kapitel 35

Sie sitzt immer noch hinter der Empfangstheke. Trägt immer noch das Zelt der Gotteslamentierer. Isst immer noch Diät-Pralinen für Gewichtsbewusste.

»Hi«, sage ich keuchend. »Erinnern Sie sich noch an mich?«

»Ja, klar, Hunter. Du bist ja so aufgebrezelt heute. Was ist denn geboten?«

»Ach, nichts weiter. Ist Brett da?«

»Der ist auf Streife.«

»Ich muss ihn unbedingt sprechen.«

»Ist es dringend? Vielleicht kann ich dir helfen.«

»Es ist sehr dringend ... Verstehen Sie ...« Irgendwie habe ich das Gefühl, dass ich hier mit »Ich rieche einen Mulloway« nichts ausrichten kann. Ich muss mir etwas Größeres, Wichtigeres, Dramatischeres einfallen lassen. »Es hat mit meinem Dad zu tun. Ich hab seine ... Sie wissen schon ... gefunden.«

Für eine vollschlanke Dame bewegt sie sich ziemlich schnell. Eine Sekunde später ist sie im anderen Zimmer am Funkgerät. Ich höre hin und wieder ein paar Wortfetzen – »Hunter«, »Vater«, »sterbliche Überreste«. Als das Polizeiauto vorfährt, stehe ich bereit und warte. Ich schlüpfe auf den Vordersitz, und plötzlich schäme ich mich für das, was ich gesagt habe. Es ist, als hätte ich Dad verraten, ihn aufgegeben, so wie alle anderen.

»Es stimmt nicht, ich habe nichts gefunden«, sage ich.

Brett schüttelt angewidert den Kopf. »Hunter, das ist ein verdammt billiger ...«

»Aber ich muss wirklich ganz ganz ganz ganz dringend nach Hause«, sage ich. Dann merke ich, dass ich es mit den vielen »ganz« vielleicht ein bisschen übertrieben habe. »Ich meine, ich muss wirklich ganz, ganz, ganz dringend nach Hause.«

Brett sagt nichts, sondern wirft die Sirene an. Sagt nichts, während wir die Straße hinunterdonnern, sodass alle Köpfe herumfahren, wenn wir vorbeikommen. Sagt immer noch nichts, als wir die Stadt verlassen und er voll aufs Gas tritt. Und wenn jemand in einem Polizeiwagen voll aufs Gas tritt, dann geht die Post ab. Aber wie.

Bäume zischen vorbei, ein Wirbel von Grün, das Grün der Eukalyptusbäume.

»Seien Sie lieber vorsichtig«, sage ich. »Hier sind immer Radarkontrollen.«

»Das glaub ich kaum«, sagt Brett und nickt nach hinten zum Rücksitz, wo das Radargewehr liegt. »Dort war ich nämlich gerade, als Jules angerufen hat.«

»Und? Haben Sie jemand erwischt?«

»Nö. Aber ich hab's auch nicht wirklich versucht«, sagt er.

Ich sehe ein paar Triathlon-Zeitschriften neben dem Radargewehr. Und ein Buch – »Zen und die Kunst der Fahrrad-Instandhaltung« heißt es.

»Das ist ein sehr schicker Anzug, Hunter.«

»Ja, stimmt.«

»Und wie nennt sich noch mal dieses Korsettdings da?«, sagt er und zeigt auf meine Hüfte.

»Das ist ein Kummerbund, Brett.«

»Du sagst es.«

»Ich trage ihn nur ein bisschen ein. Demnächst kommt dann der große Auftritt.«

Brett weiß natürlich, dass ich lüge. Bullen haben einen ausgezeichneten Riecher dafür, ob du Humbug erzählst oder nicht.

Und natürlich wird er auch von der Hochzeit gehört haben. Noch dazu bei der plötzlichen Biker-Invasion in Mully. Aber er sagt nichts, als wir in den Campingplatz einbiegen.

»Danke fürs Mitnehmen.«

Er macht den Motor aus. Brett will ein paar Erklärungen. Ich kann es ihm nicht übel nehmen. Und wieder weiß ich, dass ich mit »Ich rieche einen Mulloway« nicht durchkommen werde. Zum Glück habe ich ein dramatisches Geständnis zur Hand.

»Ich muss Ihnen etwas sagen«, fange ich an.

Brett zieht die Augenbrauen hoch. »Wirklich?«

»Möchten Sie es aufschreiben?«

»Du hast zu viele Krimis gesehen, Hunter. Außerdem habe ich ein ziemlich gutes Gedächtnis.«

»Aber es wäre mir lieber, wenn Sie Ihren Stift und Notizblock herausholen würden.«

Brett holt einen Stift und einen Notizblock heraus, aber er macht eine große Schau daraus, so als ob *er* im Fernsehen wäre. Ich werde allmählich sauer auf Brett. Warum nimmt er mich nicht ernst? Auch wenn ich einen Anzug trage, bin ich noch lange kein Clown. Ich werde es ihm zeigen!

»Erinnern Sie sich noch an das ganze Wasser, das aus dem Staudamm entwichen ist?«

Brett nickt.

»Also, das war ich. Ich habe den Staudamm geknackt.«

Brett kratzt sich an der Wange, dann legt er seinen Stift und Notizblock weg.

»Was machen Sie da? Ich war das, sag ich Ihnen!«

»Die Wasserwerke haben zugegeben, dass es eine Computerstörung war. Wir haben den ganzen Papierkrieg abgeschlossen. Lassen wir es dabei, Hunter, okay?«

»Aber ...«

»Computerstörung. Hast du das verstanden?«, sagt er und

bombardiert mich zum ersten Mal mit seinem vollen Ende-aus-Bullenblick.

»Okay, okay. Ich hab's verstanden.«

»Und noch was. Warum bist du nicht bei der Hochzeit?«

Ich sag's ja – ausgezeichneter Riecher für Humbug. Ich habe keine Lust mehr, Märchen zu erzählen. Warum soll ich es nicht zur Abwechslung mal mit der Wahrheit probieren? »Ich rieche Mulloways.«

Brett schaut mich durchdringend an. Sucht nach Anzeichen für beginnenden Irrsinn, nehme ich an – Schaum vor dem Mund, rollende Augäpfel. Aber er scheint keine zu finden, weil er nichts Drastisches macht – mich in eine Zwangsjacke stecken zum Beispiel oder in der Klapse anrufen und fragen, ob sie ein Bett für mich frei haben. Stattdessen schüttelt er den Kopf und sagt: »Warum in aller Welt bin ich bloß ein verdammter Bulle geworden?«

Weiß nicht, Brett. Wegen der ausgezeichneten Berufsaussichten? Der großzügigen Urlaubsregelung? Oder vielleicht auch nur wegen der Mütze?

»Und merk dir eins: Wenn du noch mal so 'ne Nummer abziehst wie das eben, schlag ich dir die Knochen zu Brei. Ich habe deinen Dad immer noch nicht aufgegeben, Hunter.«

»Ich auch nicht«, sage ich leise. »Ich auch nicht.«

Kapitel 36

Der Geruch ist jetzt penetranter – stärker, beißender. Ich kann ihn fast schmecken, spüre, wie er auf meine Zunge drückt. Und Dougy hat Recht. Er ist wie kein anderer Geruch, nicht wie Saphonias Kaffeegeruch, nicht wie Professor von Merkins MWR-Geruch. Ein ganz eigener Geruch. Ein Mulloway-Geruch.

Trotzdem sieht das Meer gelangweilt aus, desinteressiert, wie Miracle im Kunstunterricht. Keine Köderfische springen. Keine Vögel schlagen sich die Bäuche voll. Der Himmel ist dunstig, der Horizont verschwommen. Auch die Mole sieht irgendwie trostlos aus. Niemand fischt. Niemand schwimmt. Überhaupt ist niemand auf der Mole außer mir, der seine Angel herrichtet. Ein riesiger Schnappbarsch-Senker ganz unten, dann zwei fette Haken. Eine Montage, wie sie schon der heilige Petrus in biblischer Zeit verwendet hat. Ein Paternoster.

Ich werfe aus und warte, bis der Senker am Boden auftrifft. Ganz langsam hole ich die Leine ein, halte die Spitze der Rute niedrig und ziehe den Senker über den Meeresgrund. Nichts.

»Verdammter Mist!«

Ich wiederhole das Ganze und hole die Leine noch langsamer ein. Wieder nichts. »Verdammt noch mal!«

Wieder werfe ich aus. Hole ein.

»SCHEISSE!«

»Unterirdisch, Kumpel. Ich hab dich von ganz dahinten gehört.«

Ich schaue mich um. Was ist das? Ein Neon-Geist?
Die Baseballmütze nach hinten natürlich. Ein Shirt, das zwei
Nummern zu groß ist und auf dem vorne »Teenage Death
Snot« steht. Weite Shorts bis fast zu den Knöcheln runter. *Air
Jordan*-Schuhe, so groß wie Dingis. Viel Haut liegt nicht frei,
aber der Glanz ist niederknüppelnd, wie die Leuchtröhren im
7-Eleven.
»Was zum Teufel machst du hier?«
»Hab mir gedacht, ich check's mal aus. Die analoge Welt, ver-
stehst du. Mal sehen, was die ganze Aufregung soll«, antwortet
der Skullster.
Für so was hab ich jetzt keine Zeit, denke ich. Aber ich kann mir
nicht helfen. Wenn jemand buchstäblich danach schreit, dann
muss ich ihn einfach verarschen.
»Siehst du das wässrige Zeug dort draußen? Das nennt man
Meer. Und das dort oben ist der Himmel. Und dieses Holzding,
auf dem wir stehen, heißt Mole. Ich weiß, dass du das sagen
kannst, wenn du dir Mühe gibst. Mo-le. Und jetzt alle zusammen. Mo-le.«
»Komm runter, Hunter. Du spinnst doch total.« Er mustert
mich von oben bis unten. »Ich mag coole Klamotten, aber, na
ja. Ist das jetzt angesagt? Fischen mit Kummerbund?«
»Woher weißt du, wie das heißt?«
»Jeder Mensch weiß, was ein Kummerbund ist. Sogar kleine
Kinder wissen, was ein Kummerbund ist. Und primitive
Stämme aus dem amazonischen Regenwald wissen es auch …«
»Klappe!«
Ich spüre ein Zerren an der Leine. Das kann natürlich alles sein,
ein Schuh, ein Reifen, es liegt so viel Schrott auf dem
Meeresboden. Aber als ich das Ding einhole, was immer es auch
ist, bewegt es sich.
»Du hast einen dran!«, sagt Skullster.

Ein Achatlaufring taucht an der Oberfläche auf, von meinem getreuen Paternoster aufgespießt.

»Das ist kein Fisch!«

»Du sagst es. Aber genau danach hab ich geangelt.«

Der Skullster starrt mich an, völlig verdattert, und in seinem Computer-Gehirn rattern die Zahlen durch, während er verzweifelt dahinterzukommen versucht, was das heißen soll. Die Jarvis ist schlammbedeckt. So wie deine Zähne, wenn du sie eine Weile – so ungefähr eine Woche – nicht geputzt hast. Eine Sekunde lang spiele ich mit dem Gedanken, die Jarvis an meinem Kummerbund abzuwischen. Aber dann erinnere ich mich daran, was er gekostet hat, und nehme stattdessen den Ärmel. Ich mache meine Anglerkiste auf, hole meine kostbare Tiagra Saltmeister 600 B heraus.

»Wow«, sagt der Skullster. »Ist ja Wahnsinn, dieses ganze Zeugs. Darf ich mal sehen?«

»Ja, von mir aus«, sage ich, während ich mich darauf konzentriere, die Spule an der Angel zu befestigen.

Mir scheint, die beiden sind froh über das Wiedersehen und dass sie eine Chance bekommen, an ihrer Beziehung zu arbeiten, ein paar Probleme auszudiskutieren.

Dafür habe *ich* jetzt ein Problem. Köder. Was kann ich nehmen? Nach Strandwürmern graben? Ein paar Krabben in den Felsen auftreiben? Einen von Mums Goldfischen als Lebendköder verwenden? Allerdings würde er im Salzwasser nicht lange überleben, aber vielleicht würde er genug zappeln um einen Mulloway anzulocken. Nur leider habe ich nicht so viel Zeit. Ich kann mir lebhaft vorstellen, was in Mully los ist – wie sie total in Panik geraten, überall nach mir suchen, die Polizei anrufen, und wie Jules ihnen erzählt, dass ich nach Dogleg Bay gegangen bin.

»Abartig«, sagt Skullster und hält van Goghs Mutanten-Blinker hoch.

»Was macht man damit?«

»Das steckst du in deine Unterhosen. Macht das Gehen viel interessanter.«

»Ich frag ja nur. Hör mal, Kumpel, ich glaube, du musst dir mal deine Festplatte entstören lassen.«

»Das ist ein Blinker. Damit fängt man Fische«, sage ich und erinnere mich an meine Pflichten als Perfekter Angler.

»Und warum verwendest du ihn dann nicht?«

»Weil, du Döskopf …«

Unter bestimmten Umständen nehmen Mulloways auch einen Blinker an. Der Autor ist jedoch der Meinung, dass der Angler mit einem Lebendköder besser fährt.

Mag sein, dass ich den Perfekten Angler in den Papierkorb geschmissen habe, aber so leicht werde ich seine Worte nicht los.

»Dann gib mal her, das verdammte Ding.«

Ich schneide ungefähr zwei Meter Dreißig-Kilo-Leine ab und binde sie an dem Blinker fest. Geschlossener halber Blutknoten natürlich. Der einzige Knoten, den man braucht.

Der Skullster schaut gebannt zu.

»Wieso hast du das gemacht?«

»Das ist zur Verstärkung. Ein großer Jewie beißt diese Leine hier einfach durch«, sage ich und fädle die deutsche Fünfzehn-Kilo-Leine durch die Achatlaufringe. »Und jetzt gib mir mal einen Wirbel.«

»Was ist das?«

»Das ist – ach, vergiss es – lass mich mal sehen.«

Es sind keine Wirbel da. Ich hatte nicht genug Geld um welche zu kaufen. Verdammt! Noch *ein* Lieber, liebevoll gebettet – mehr hätte es mich nicht gekostet.

»Warum bindest du nicht einfach die Leinen zusammen?«

Es gibt zwei Arten, zwei Leinen zusammenzubinden. Spezielle Knoten, die so interessante Namen wie »Doppelter Zentaur«

oder »Grinser« haben. Aber ich weiß nicht, wie sie gemacht werden. Schließlich ist der geschlossene halbe Blutknoten der einzige, den man jemals braucht.

Dann fällt es mir wieder ein.

»Was ist das?«, fragt der Skullster, als ich die Schachtel aus meiner Tasche nehme und aufmache.

»Wonach sieht's denn aus?«

»Weiß nicht. Ein Verlobungsring?«

»Klassenziel erreicht. Aber eigentlich ist es ein Ehering.«

»Und was machst du damit?«

»Wart's ab.«

Ich führe die deutsche Leine durch De-annes Ehering und binde ihn mit dem besten geschlossenen halben Blutknoten ab, den ich je zustande gebracht habe, mit viel Spucke und bombenfest gezurrt. Dasselbe mache ich mit der Verstärkung, der Dreißig-Kilo-Leine.

Plötzlich zerreißen Motorengeräusche die Stille in der Bucht – das blecherne Surren eines Corolla, der die Hauptstraße herunterfährt, begleitet vom Donnern schwerer Motorräder. Dann kommt der Konvoi schlitternd zum Halten, sodass der Kies aufspritzt und gegen den Schuppen prasselt. Türen knallen zu.

»Wow!«, sagt der Skullster. »Wer zum Teufel ist das denn?«

De-anne ist an der Spitze, ihre Stöckelschuhe in der Hand, das Hochzeitskleid hochgeschürzt. Drilla, Saphonia, Mum, Lena und die Fotokopien kommen gleich hinter ihr. Dann folgen die Biker, ein paar von ihnen mit Kricketschlägern in der Hand.

Komischer Kricketplatz, denke ich. Stark limitierte Schlag-Optionen. Gerade Linie ist die einzige Möglichkeit. Dann wird mir klar, dass sie keine Kricketbälle schlagen wollen. Sondern meinen Kopf.

Ich werfe aus.

Van Goghs Mutanten-Blinker schwirrt durch die Luft, blitzt

silbrig in der Sonne, die er im Flug einfängt. Ich spüre jetzt ihre Tritte, die Planken der Mole beben.

Der Blinker trifft im Wasser auf, konzentrische Ringe breiten sich von der Eintrittsstelle aus. Ich lasse ihn absinken, und als ich den Eindruck habe, dass er die richtige Tiefe erreicht hat, hole ich die Leine ein und ruckle die Spitze der Angel hin und her, damit der Blinker wie ein Köderfisch aussieht. Aber dieser Blinker wird leider nie wie ein Köderfisch aussehen. Er ist und bleibt ein trauriges Gebilde, das Werk eines Künstlers, in dem kläglichen Versuch erdacht, sich mit seinem geldgierigen Sohn zu verbünden. Schließlich schnellt der Blinker an die Oberfläche hoch. Ich hole ihn schnell ein. Mache mich für den nächsten Wurf bereit.

»Hunter Vettori!«

Ich drehe mich um.

De-anne. Ihre Augen sind rot. Schmiere aus Wimperntusche auf den Wangen. Ihr Kleid ist vorne ganz feucht. Wahrscheinlich hat sie geweint. Drilla steht neben ihr. Und Mum. Sie hat jetzt wenigstens etwas Farbe im Gesicht. Saphonia steht grinsend neben ihr. Triumphiert wahrscheinlich, dass ihre düsteren Voraussagen für mich eingetroffen sind. Die Fotokopien. Lena. Diverse Biker. Alle starren mich an. Versuchen zu verstehen, was ich mache. Was ich gemacht habe.

»Hunter, du hast meine Hochzeit ruiniert. Du hast mein Leben zerstört«, sagt De-anne, und ihre Stimme wird immer schriller, ihr Gesicht immer verzerrter.

»Abartig«, sagt der Skullster. »Ich wusste nicht, dass Fischen so emotional ist.«

Ich drehe mich wieder zum Meer um und werfe aus. Noch kräftiger diesmal. Wieder blitzt Miracles Blinker silbrig auf, landet weiter draußen.

»Hunter Vettori, leg sofort die Angel weg!«, sagt Mum.

»Aber Mum, ich …«

»Sofort!«

Ich reiche Skullster die Angel. Sofort.

»Warum?«, sagt Mum. »Warum hast du das gemacht?«

»ICH RIECHE MULLOWAYS«, sage ich langsam, dramatisch und jede einzelne Silbe betonend.

Irgendwie dachte ich, dass müsste genug sein. Genug Erklärung. Genug Rechtfertigung. Wie dieser Junge in dem Film »Der sechste Sinn«. Der hat auch nur gesagt: »Ich sehe tote Menschen«, und alle waren damit zufrieden.

Aber Mum fängt an zu weinen, Saphonia tröstet sie.

»Na, na, Schätzchen. Es ist nicht deine Schuld. Du hast für ihn getan, was du konntest.«

Ich schaue Drilla an. Er sagt nichts, bis De-anne ihn anfunkelt.

»Das kann nicht angehen, Kumpel«, sagt er und schüttelt den Kopf. »Das kann einfach nicht angehen.«

Ich schaue die Fotokopien an. Sie verdrehen synchron die Augen. Was will man von zwei herzlosen Ektoplasmaklumpen auch anderes erwarten?

»Gib mir den verdammten Ring«, verlangt De-anne.

Der Skullster dreht langsam an der Spule.

»Hunter«, sagt Mum. »Gib De-anne den verdammten Ring.«

Drilla. Saphonia. Jasmine. Storm. Lena. Die Biker. Alle starren mich an und ihre Augen sagen alle dasselbe. *Hunter, gib De-anne ihren verdammten Ring zurück!*

»Das geht nicht.«

De-anne schreit. »Sag bloß nicht, du hast ihn verloren?«

»Nein, ich hab ihn nicht verloren.«

»Wo ist er dann?«

Ich deute mit dem Kopf zum Wasser hinunter.

»Du hast ihn in die Suppe da reingeworfen?«

Ich merke, wie ich unsicher werde. Vorher war es mir als das einzig Richtige erschienen. Ich hatte schließlich keine Wirbel. Aber jetzt begreife ich, dass sie gar nicht meinetwegen gekommen sind. Sondern um den Ring zu holen! Trauzeuge kann jeder sein. Sogar ein Biker. Aber ohne den Ring gibt es keine Hochzeit.

»Nicht wirklich. Ich hatte keine Wirbel, verstehst du. Also musste ich improvisieren.«

»Was soll das heißen, improvisieren?«

»Ich habe ihn als Wirbel genommen.«

Wieder schreit De-anne. Diesmal noch lauter. Ihr Geschrei scheucht eine Schar Seemöwen am Strand auf. Sie stieben krächzend in die Luft.

»Ich habe deinen verdammten Ring als Wirbel genommen«, sage ich.

»Zwillinge«, sagt Saphonia kopfschüttelnd.

»Mach dir keine Sorgen, De-anne«, sage ich. »Ich habe geschlossene halbe Blutknoten gemacht. Mit massenhaft Spucke drauf. Und es ist eine deutsche Markenleine. Top-Qualität.«

De-anne schaut Drilla an. Ich glaube, sie will, dass er mich auseinander nimmt, dass er mich in der Luft zerreißt, Stück für Stück. Und nach Mums Gesicht zu urteilen wird sie nichts tun um ihn aufzuhalten. Und die Fotokopien, na ja, ich schätze, die würden sogar mithelfen. Zwei Biker mit Kricketschlägern rücken drohend näher. Drilla packt sie an den Ellbogen und hält sie zurück.

»Es ist eine deutsche Qualitätsleine«, sagt er.

Im Gegensatz zu den anderen liegt keine Wut in Drillas Gesicht, keine wirkliche Spannung in seinem Körper. Und plötzlich weiß ich, dass er nicht sauer auf mich ist. Er müsste es sein. Ich habe gerade seine Hochzcit sabotiert. Aber ich glaube, auf eine verquere Weise ist er mir fast dankbar. Ich kann praktisch seine Gedanken lesen: Ich verdiene keine Hochzeit. Ich verdiene es nicht, mit einem wun-der-schö-nen Mädchen namens De-anne verheiratet zu sein. Ich verdiene es nicht, glücklich zu sein. Denn wenn ich mich an jenem Morgen aus meinem Bett geschleppt hätte, dann wäre mein bester Kumpel, Sandys Mann und Hunters Dad, noch am Leben.

»Ich will meinen Ring!«, schreit De-anne.

Ich habe sie noch nie so wütend gesehen. Jedenfalls nicht aus der Nähe. Ihr Gesicht ist knallrot, ich habe schon Angst, dass ihr eine Ader platzt. Und bei meinem Glück wäre es bestimmt was Größeres – die vordere Zerebralarterie oder die obere *Vena cava*. Brett würde mich wegen Totschlags einbuchten. Und in dem Fall gäbe es kein Pardon, kein Stift-und-Block-in-der-Tasche-verschwinden-Lassen.

»Ich hole ihn dir«, sage ich und drehe mich zum Skullster um.

»Die Angel steckt fest oder was auch immer«, sagt er. »Sie rührt sich nicht.«

»Du hast sie wahrscheinlich irgendwo verhakt, du Idiot!«, sage ich und packe die Angel. Ich würde die Schuld nur zu gern auf den Skullster schieben.

Aber natürlich ist es ganz allein meine Schuld. Ich will es nur nicht zugeben. Jedenfalls nicht alles. Das ist einfach zu viel. Mir wird allmählich bewusst, was ich gemacht habe. Die ganze Ungeheuerlichkeit meines Verhaltens. Diese ganzen Leute im Stich zu lassen. Nur weil ich Mulloways rieche. Ich weiß nicht, wie ich so egoistisch, so hirnverbrannt sein konnte. Ich schaue zu den Bikern mit ihren Kricket-Schlägern hinüber. Na los, Jungs. Haut zu. Es ist mir egal, welchen Schlag ihr wählt – Hook-shot, Pull-shot oder Slow-sweep. Ich verdiene es, dass ihr meinen Kopf bis zur Spielfeldgrenze knallt.

Die Spule schwirrt und die Leine saust davon.

»Von wegen verhakt!«, sagt Drilla. »Du hast einen Fisch dran.«

Die Rute biegt sich jetzt voll durch, bildet ein U. Ich hatte noch nie eine U-förmige Jarvis Walker in meiner Hand. Selbst Sooty hat sie nicht so stark durchgebogen.

»Die bricht mir noch ab«, sage ich und senke die Spitze herunter um den Druck zu verringern, während ich immer mehr Leine durch die Rollen laufen lasse.

»Nimm die verdammte Angel hoch«, sagt Drilla. »Du musst ordentlich dagegenhalten.«

»Aber die Angel ist schon so alt. Die bricht mir ab, ehrlich.«

»Mach dir keine Sorgen um die Angel, Junge. Bevor die zerbricht, zerbrichst du selber«, sagt eine verschleimte Stimme hinter mir. Zappos Stimme.

Ich schaue über die Schulter zurück. Er trägt ein limonengrünes Gogo-Kleid, einen Grob-Strick-Pulli und die übliche Crows-Mütze.

»Du musst ein bisschen Druck auf die Spule geben. Lass ihn arbeiten für die Leine«, sagt er.

Ich drücke meine Daumenballen seitlich an die Spule, sodass sie langsamer wird. Meine Daumen heizen sich auf. Aber der Fisch, was immer es ist – Hai, Wal, Unterwassermonster –, zischt weiter davon, steuert die andere Seite der Bucht an, in Richtung Flussmündung.

»Mehr Druck!«

Meine Daumen brennen jetzt. Es riecht schon beinahe wie das verkohlte Grillfleisch um Barbie-time.

»Meine Daumen tun weh.«

»Dann spuck drauf!«

Ich spucke. Aber leider daneben und ein fetter Spuckeklumpen landet auf meinem linken Fuß.

»Wie viel Leine hast du noch übrig?«, fragt Drilla.

Ich schaue hinunter. Das Metall unten an der Spule schimmert bereits durch.

»Verdammte Scheiße.«

Plötzlich hört der Fisch auf zu fliehen. Die Leine wird schlaff.
»Straff die Leine. Nicht lockerlassen, du musst ihm weiter Druck geben. Sonst lässt er den Köder fallen.«

»Ich will meinen Ring!«, sagt De-anne, aber diesmal schreit sie nicht, und die Gefahr, dass ihre Blutgefäße platzen, ist nicht mehr so groß.

»Das kann eine Weile dauern, Schatz«, sagt Drilla. »Ist eine Top-Leine, aber sie hat nur fünfzehn Kilo. Und der Fisch, den er am Haken hat, muss ein Mordskerl sein. Den kann er nicht einfach reinziehen wie 'nen ollen Hering.«

»Komm, wir gehen nach Hause«, sagt Mum und legt ihren Arm um De-annes Schulter. »Ein Glas Milo trinken.«

Saphonia legt ihren Arm um De-annes andere Schulter und wirft uns einen verächtlichen Blick zu. »Ja, genau, sollen sich die kleinen Jungs doch allein mit ihrem Spielzeug vergnügen.«

»Das könnt ihr verdammt noch mal vergessen«, sagt De-anne und reißt sich von ihnen los. »Ich rühre mich nicht hier weg, bevor ich meinen Ehering wiederhabe.«

»Und ich auch nicht«, sagen Jasmine und Storm wie aus einem Mund. De-anne schenkt ihnen ein schwaches Lächeln.

»Ich schätze, das kann hier noch dauern«, sagt der eine Biker zum andern und holt zu einem Kricket-Schlag aus.

Seine Technik ist nicht besonders toll – er dreht sein Handgelenk nicht genügend –, aber es steckt verdammt viel Wucht dahinter, mehr als genug um einen normal großen Kopf von einem normal großen Körper zu schießen.

»In dem Fall«, sagt Lena, »hole ich besser ein paar Drinks.«

»Und ich hole was zu essen«, sagt Saphonia.

»Und ich ein paar Stühle«, sagt Drilla.

»Und Bier«, johlen die Biker im Chor.

»Pah!«

Der Fisch läuft wieder, die Leine bebt, die Leine saust von der Spule.

»Ja, machen wir's uns doch alle gemütlich. Ich schätze, wir werden noch 'ne Weile hier sein«, sagt Zappo. »Der Junge hat noch 'n bisschen Arbeit vor sich.«

Kapitel 37

Ich bin total ausgelaugt, vollkommen erledigt. Ich habe das Gefühl, dass ich seit Stunden mit diesem Fisch kämpfe. Pumpen und winden. Pumpen und winden. Pumpen und winden.

»Zappo, wie spät ist es?«

»Halb elf«, antwortet er, seine Grobstrickweste bis zum Hals zugeknöpft.

Das bedeutet, dass ich tatsächlich seit Stunden kämpfe. Dieser verdammte Zappo und sein »noch 'n bisschen Arbeit«. Ist er neuerdings der Meister des Understatements, oder was?

Meine beiden Daumen sind jetzt so voller Blasen, dass sie wie Luftpolsterfolie aussehen. Meine Arme müssen schon ganz ausgeleiert sein. Ich fühle mich wie einer meiner fingerhakelnden Vorfahren oder wie ein Rugby-Stürmer. Jeder einzelne Teil meines Körpers schmerzt. Sogar überflüssige Organe wie der Blinddarm tun weh.

Ich bin kein Fan von Stirnbändern, weil sie mich an diesen Tennis-Trottel von Pat Cash erinnern. Aber so, wie mir der Schweiß von der Stirn und in die Augen fließt, bleibt mir keine andere Wahl. Der Kummerbund mit seiner saugfähigen Brautseide und dem Velcro-Verschluss ist ideal für diesen Zweck. Ich glaube, De-anne hat es nicht einmal bemerkt.

Gerade als ich denke, dass ich die Schlacht gewinne, die Spule dick mit glitzernder Leine umwickelt, zischt der Fisch wieder davon, die Spule dreht sich wie rasend, Tropfen schießen in die

Luft und auf mein Hemd und meine Jacke, die sowieso schon klatschnass sind. Jede Flucht ist schwächer als die vorige, aber mich schwächt es auch. Ich habe das Gefühl, dass ich doppelt so viel Kraft brauche um die Leine wieder einzuholen.

Und dabei weiß ich noch nicht einmal, was am Ende der Leine hängt. Natürlich hoffe ich, dass es ein Mulloway ist. Aber sagen kann das niemand.

»Na, schüttelt der Kerl wieder seinen verdammten Kopf?«, fragt einer der Biker, während er die nächste Bierdose zerknüllt und auf den bereits ansehnlichen Haufen wirft. »Dein Jewie schüttelt dauernd den Kopf.«

Was weiß ein Biker schon vom Fischen? Motorräder, okay, klar. Und Tätowierungen natürlich. Schwere Körperverletzung, klar. Kricketschläger. Vielleicht. Aber Fischen? Im Leben nicht.

Ein paarmal bin ich drauf und dran, den Kampf aufzugeben. Die Leine zu kappen und den Fisch freizulassen. Aber dann schaue ich über die Schulter nach hinten, wo De-anne in ihrem Liegestuhl sitzt und mit grimmiger Miene an einer Dose Cola-Rum nippt. Ich stelle mir vor, wie der Fisch ins Meer hinausschwimmt, den Blinker in seinem Maul verkeilt, die Leine mit dem Ehering hinter sich herschleifend. Ich packe die Angel noch fester und ignoriere den Schmerz.

Nachrichten verbreiten sich schnell, und in Dogleg Bay haben sie keinen weiten Weg. Diese hier ist natürlich, dass der Miesepeter vom Campingplatz einen verdammten Jewie an der Angel hat.

Die Mole hinter mir ist gerammelt voll.

Die Hochzeitsgesellschaft natürlich. Sie haben sich nicht vom Fleck gerührt. Warwick ist auch da, hockt neben Mum und plaudert mit ihr.

Brett in seinem Triathleten-Dress, sein Hightech-Fahrrad an die Reling gelehnt. Seine Beine, fällt mir auf, sind glatt rasiert.

Er hat nichts zu mir gesagt. Noch nicht. Er hat keine Zeit, weil er zu sehr damit beschäftigt ist, sich von Saphonias Möpsen bombardieren zu lassen.

Miracle ist auch da, mimt den erfolgreichen Unternehmer und redet über Geschäfte.

»Ich hab diesen Blinker gemacht«, erzählt er jedem, der es hören will oder auch nicht, und verteilt seine Visitenkarte. »Das war ich. Ich hab ihn gemacht.«

Mrs Plummer, mit Sooty an ihrer Seite. Als der Fisch eine weitere Flucht hinlegt, japst er laut.

»Ist schon gut, mein Schatz«, sagt Mrs Plummer. »Das ist jetzt alles vorbei.«

Neben ihr Pommy George und Vera. Ziemlich betrunken. Lassen einen Flachmann hin- und hergehen.

»Das ist wie in den guten alten Zeiten«, sagt Vera.

Brereton verkauft Bier und Wein an einer provisorischen Bar. Fehlt nur noch, dass er ein paar Poker-Automaten die Mole hinunterkarrt.

Auch eine Versammlung von Gotteslamentierern ist da. Sie sind alle ziemlich aufgeregt. Weil sie diesen besonderen Draht zu Fischen haben, nehme ich an. Vielleicht glauben sie, dass Jesus in Fischgestalt auf den Planeten Erde zurückkehren wird.

Die Oldies der Stadt sind in Scharen aufgetaucht. Haben alles im Stich gelassen – ihr Bingo und Funky Chicken und ihr Abendklistier –, um zuzusehen, wie ein Junge einen Fisch fängt. Mrs Crevada läuft in der Menge herum und bietet Tee und Cream Puffs an. Ich erhasche einen Blick auf Mr Crevada, der ganz hinten steht. Die Arme verschränkt, sehr ernst blickend. Macht wahrscheinlich Bestandsaufnahme.

Plötzlich brechen die Gotteslamentierer in lauten Gesang aus.

»Jesus, meine Sonne …«

Die ganzen Oldies klatschen mit. Ich ertappe sogar einen Biker dabei, wie er mit dem Fuß den Takt schlägt. Theoretisch wäre das ungefähr das Schlimmste, was mir passieren könnte. Eine große Gebetsversammlung hier, mitten auf meiner Mole. Aber seltsamerweise funktioniert es. Während ich weiter pumpe und drille, merke ich, dass ich selber mitsumme. Es nimmt mir den Schmerz, oder zumindest kommt es mir so vor.

»Muss ein verdammter Hai sein«, sagt Brereton.

»Das ist ein Jewie«, schnaubt Zappo. »Da mach dir mal keine Gedanken.«

Pumpen und Winden. Pumpen und Winden.

»Wetten, dass er ihn jetzt hat«, sagt Brereton. »Dem verdammten Ding geht die Puste aus.«

Die Spule kreischt. Sooty japst. Gesichtsmuskeln verzerren sich und Zappo lächelt Brereton an.

»Das is so 'n bisschen wie bei deinen Pokies, Kumpel. Sei vorsichtig, worauf du wettest.«

Kapitel 38

Das Meer, die scharfkantigen Felsen des Uferstreifens, tauchen allmählich aus dem Dunkel auf. Die Molenlichter gehen aus. Spatzen furzen. Die Sonne, ganz rot und blutig, schiebt sich am Horizont herauf.

Ich schaue hinter mich.

Die Hochzeitsgesellschaft hat sich nicht vom Fleck gerührt. Sie haben die ganze Nacht getrunken. Sogar gelacht. Worüber, weiß ich nicht. Ich war zu sehr mit meinem Fisch beschäftigt. Immer noch in ihrem Hochzeitsdress, umgeben von einem Teppich von zerknüllten Bierdosen, bieten sie einen seltsamen, phantastischen Anblick, wie etwas aus einem Traum oder einer Reklame oder im Fernsehen.

Die meisten Biker sind abgesackt, liegen über die ganze Mole verstreut. Und die meisten von ihnen schnarchen. Wie ein Vulkan. Nur einer von den Bikern ist hellwach, immer noch den Kricketschläger in der Hand. Frustriert wahrscheinlich, dass er noch nicht zum Schlag gekommen ist.

Warwick sitzt immer noch neben Mum. Sogar noch näher als vorher. Sie sind praktisch am Knutschen. Ich kann jetzt nicht viel dagegen tun, mit der Angel in meinen Händen, aber später werde ich ihnen zeigen, wer der wahre Mann in Mums Leben ist. Brett und Saphonia knutschen tatsächlich. Na ja, nicht technisch gesehen, aber man sieht, dass sie gern möchten. Ein weiterer Triumph der Zwillingsmöpse. Der Skullster und die Fotokopien scheinen eine Menge Spaß miteinander zu haben.

Als ob mir das was ausmacht! Im Gegenteil, ich finde, sie verdienen nichts Besseres – die zwei Gehirnhälften und der Computer-Kretin. Lena redet immer noch in ihr Handy. Sie hat die ganze Nacht telefoniert. Ihren Freunden erzählt, dass sie auf der Mole sitzt und mit ihrem Handy telefoniert. Ansonsten sind alle still, soweit ich sehen kann – die Gotteslamentierer, die alten Knacker –, sie haben der Welt Gute Nacht gesagt. Von wegen Party-Löwen.

Pumpen und Winden. Pumpen und Winden.

»Vielleicht ein bisschen mehr ziehen?«, frage ich vorsichtig.

»Gott verdammmich – bloß nicht«, sagt Zappo. »Der Fisch ist zu groß. Musste aussitzen. Ihn müde machen. Geduld, Junge, Geduld.«

Er hat gut reden. Er hat schließlich nicht die ganze Nacht mit dem Monster gekämpft. Er hat keine Puddingarme, keinen wunden Rücken, keine ausgerenkten Schultern, keinen schmerzenden Blinddarm, so wie ich. Er hat nicht drei Generationen von Blasen an seinem Daumen, Luftpolsterfolie über Luftpolsterfolie. Klar, der alte Knochen hat mir die ganze Nacht geholfen, aber er leidet nicht meine Qualen.

Pumpen und Winden. Pumpen und Winden.

»Ich glaube, jetzt haben wir's bald geschafft«, sagt Zappo endlich und inspiziert die Spule. »Wird Zeit, dass du ihn zum Strand runterbringst. Du wirst doch so 'n Brocken nicht von der Mole aus an Land ziehen wollen.«

Er bahnt mir einen Weg durch die Menge, unterstützt von den Bikern, deren Fähigkeiten als Ordner und Rausschmeißer sich jetzt als nützlich erweisen.

»Aus dem Weg. Aus dem Weg.«

Ich folge ihnen und halte die Leine straff, bis ich den ersten Lichtmast erreiche.

Das wird jetzt schwierig. Ich muss die Jarvis um den Pfosten herumführen. Eine Zeit lang werde ich nur eine Hand an der Angel haben. Wenn der Fisch diesen Augenblick ausnützt um wieder auszubrechen, werde ich ihn vielleicht nicht halten können. Nicht mit meinen ausgerenkten Schultern und luftpolsterverpackten Händen. Ich brauche Hilfe. Von einem Erwachsenen.

Ich schaue mich um. Massenhaft Biker, die ich fragen könnte, aber ich kenne sie nicht. Ich traue ihnen nicht. Warwick? Er ist Wissenschaftler und kein Fischer. Brett? Dasselbe in Grün. Zappo? Klar, der könnte es machen. Aber ich habe mich bereits entschieden.

»Ich brauche Hilfe«, sage ich und starre Drilla direkt in die Augen. Er sieht ziemlich aufgelöst aus – krawatten- und kummerbundlos, sein Affenschnitt ein strähniges Chaos.

Ein Kopfschütteln. He, Drilla fischt nicht mehr.

»Ich brauche aber wirklich Hilfe«, wiederhole ich, diesmal etwas nachdrücklicher.

Wieder schüttelt Drilla den Kopf.

»Es war nicht deine Schuld, verstehst du.«

Drilla starrt mich ausdruckslos an.

»Natürlich ist es nicht seine verdammte Schuld«, sagt De-anne. »Dad hat die goldene Regel des Felsenfischens gebrochen, und nicht du. Hör auf, dir Vorwürfe zu machen.«

Drilla sagt nichts, sondern bewegt sich langsam auf die andere Seite des Pfostens hinüber. Streckt seine sehnigen Arme aus.

Ich führe die Angel um die Vorderseite, während er sie übernimmt. Dann flitze ich herum und er gibt sie mir zurück. Dieselbe Technik beim zweiten Pfosten. Aber beim dritten Pfosten passiert es: Als ich Drilla die Angel übergebe, als ich meinen Griff lockere, bricht der Fisch aus. Die Spule schwirrt wie verrückt herum, die Leine zischt davon, aber Drilla macht nichts und lässt den Fisch ins Meer hinausrasen. Dann endlich siegt sein Anglerinstinkt – er fasst die Bremse, drückt die Daumen an die Spule und lehnt sich leicht zurück. Schließlich stoppt er die Flucht und gibt mir die Angel zurück.

»Gute Arbeit«, sage ich.

Drilla lächelt. Ein Fischerlächeln.

Kapitel 39

Ich kicke meine Schuhe von mir. Nachdem ich die ganze Zeit auf dem harten Holz gestanden habe, fühlt sich der Sand unglaublich weich an, so weich wie der reinwollene Berber-Fußboden der Crevadas. Das kühle Wasser, das an meinen Füßen leckt, ist erfrischend, belebend. Jasmine taucht an meiner Seite auf, immer noch in ihrem Brautmädchendress.

»Hast du Hunger?«, fragt sie.

Hunger? Ich hatte gar nicht ans Essen gedacht. Aber jetzt, wo sie mich fragt, merke ich plötzlich, dass ich einen Riesen-Kohldampf habe. Kein Mittagessen. Kein Abendessen. Kein Frühstück. Wenn das nicht abartig ist. Kein Wunder, dass ich fast verhungert bin.

»Schieb ab«, antworte ich.

Jasmine seufzt. »Tut mir Leid, dass ich deine Gefühle verletzt habe, Hunter. Aber ich wusste nicht, dass du welche hast.«

»Wieso – bin ich eine verdammte Python oder was?«

»Ich meine, ich wusste nicht, dass du so sensibel bist. Du zeigst diese Seite an dir nicht wirklich.«

Ich winde noch mehr Leine herein. »Hör mal, ich kann jetzt nicht sprechen. Vielleicht hast du's noch nicht gemerkt, aber ich habe scheint's einen Fisch dran.«

»Also hast du jetzt Hunger oder nicht?«

»Was denkst du denn?«

Jasmine kommt mit ein paar Schüsseln Saphonia-Dips zurück: Tsatsiki, Hummus und Taramasalat. »Welches willst du?«

»Alles.«

Jasmine matscht alles zusammen. Löffel für Löffel füttert sie mir den Tsa-Hum-Tara-Dip. Das Zeug schmeckt nicht so schlecht, wie es klingt, und ich spüre, dass es, ernährungstechnisch gesehen, seinen Dienst tut und neue Energie in meinen ausgelaugten Körper strömt. Jasmine ist okay, nicht ganz so ektoplasmatisch, so klumpig. Es war nicht wirklich ihre Schuld. Storm hat sie aufgehetzt, Storm hat sie dazu gebracht, mich fallen zu lassen wie eine heiße Kartoffel, Storm hat mich Hunty genannt. Storm ist diejenige, die ich verachte, und nicht Jasmine.

»Dauert's noch lange?«, fragt der Reporter vom *Mullaranka Argus*.

»Nein, nicht mehr so lang«, sagt Brereton. »Gut gemacht, mein Sohn. Genau das braucht die Stadt. Eine Titel-Story.«

»Er hat das verdammte Ding noch nicht an Land gezogen«, protestiert Zappo. »Lasst ihn verdammt noch mal in Ruhe.«

»Da ist er«, schreit Drilla, als eine Flosse die Oberfläche durchbricht und eine riesige dunkle Gestalt von der dunklen Tangzone in den körnig-weißen Sand hinüberwechselt.

»Es ist ein Jewie, es ist tatsächlich einer!«, sagt Zappo.

Die Menge fängt an zu toben. Es ist wie auf dem Melbourne Cricket Ground am großen Finale-Tag. Klatschen und Johlen. Ein paar Gehstöcke werden in die Luft geworfen. Vielleicht sogar ein Rollwägelchen.

Die Leute, die einen Blick auf den Monsterfisch erhaschen wollen, drängen immer weiter den Strand herunter.

»Um Himmels willen, lasst ihm doch Platz«, brüllt Zappo und wirft seine Arme in die Luft. Wieder springen die Biker ein – sie schwingen wild ihre Kricketschläger und scheuchen eine Gruppe von neugierigen Oldies zurück, sodass ich wieder Raum um mich herum habe.

Pumpen und Winden. Pumpen und Winden. Bis es nichts mehr zu pumpen und winden gibt. Ich sehe den Fisch jetzt ganz deutlich, er ist im Sand gestrandet. Ich sehe seinen massigen silbernen Kopf. Die sanfte Kurve seines Rückens. Die ineinander greifenden Schuppen, wie eine gepanzerte Rüstung. Miracles Monster-Blinker baumelt aus seinem Maul.

Es ist der größte Mulloway aller Zeiten, so viel steht fest. Und ich habe ihn gefangen! Die Freude rauscht wie eine Welle durch mich hindurch, und die Welle wird größer und größer – Bombora-groß*, Pipeline-groß, Tsunami-groß! Von hier oben kann ich jede Zeitung im Land sehen – alle bringen ein Foto von mir auf der ersten Seite. Ich sehe die Buchläden, voll gestopft mit dem »Superperfekten Angler«, und ich sehe den armen alten Rexy, wie er seine Adidas schnürt und alles in seinen alten Sport-Tanga quetscht, und dann ab mit ihm, zurück aufs Footballfeld, weil ich seine Fünf-Uhr-TV-Sendung am Samstagnachmittag übernommen habe.

»Na los, Leute«, sagt Brereton und winkt ein paar Stammgästen vom Pub her. »Lasst uns das verdammte Ding auf den Strand raufhieven, dann kommt 'n Foto von uns auf der Titelseite.« Dann wendet er sich an die Menge: »Meine Damen und Herren, heute Nachmittag gibt es ein kostenloses Barbecue in der *Olde Doglegge Baye Irish Tavern*. Und ich glaube, ich brauche nicht zu sagen, was auf der Speisekarte steht.«

Wieder ist es wie auf dem Melbourne Cricket Ground beim Großen Finale.

»Und macht euch keine Sorgen«, fährt er fort. »Es sind genug Pokies für alle da.«

Er geht auf den Fisch zu, seine Kumpel, lauter schwere Jungs, im Schlepptau. Als das Wasser bereits an seinen Hush Puppies

---

* Bombora ist ein Riff, das eine riesige Ozeanwelle verursacht.

leckt, gebe ich Zappo die Angel und baue mich vor ihm auf um ihm den Weg zu versperren.

»Hast du ein Problem, oder was?«, sagt er und drückt die Brust heraus wie eins von Zappos preisgekrönten Bantam-Hühnern. »Das ist mein Fisch. Klar?«

»Okay, okay. Das ist dein Fisch. Aber wir können doch in der Sache zusammenarbeiten. Du kriegst dein Foto, okay. Titelseite, kein Problem. Und ich sag dir was, ich kaufe dir den Fisch ab. Zum Marktpreis. Und nicht nur das, du darfst dir das beste Stück beim Barbecue aussuchen. So viel du essen kannst. Und Cola gibt's gratis dazu. Na, wie wär's damit?«

Die Titelseite des *Mullaranka Argus* – der superperfekte Angler, wie er einen fünfzig Kilogramm schweren *Argyrosomus hololepidotus* an Land hievt. Das ist mein Traum. Mein ganzer Ehrgeiz. Der Beginn meiner ruhmreichen Anglerkarriere. Und wisst ihr was? Es kotzt mich an.

»Sie können sich verpissen, Brereton. Ich lasse meinen Fisch frei.«

Er dreht sich wieder zu der Menge um und brüllt durch seine vorgehaltenen Hände: »Habt ihr das alle gehört? Der Junge will den Fisch freilassen.«

Jetzt ist es nicht mehr wie auf dem MCG beim Großen Finale. Sondern eher wie beim Ringen, wenn der Böse die Oberhand gewinnt. Viel Buhen und Johlen, aber auch ein paar Bravorufe.

»Kommt gar nicht in Frage, dass du den Fisch freilässt«, sagt Brereton. »Los, Jungs, holen wir den Dreckskerl.«

Die Männer rücken vor, aber jetzt stellt sich Storm in den Weg. In ihrem verschmuddelten Brautmädchendress und mit den zerzausten Haaren, die ihr wild ins Gesicht hängen, sieht sie ziemlich Furcht erregend aus. Wie eine richtige Hexe, nicht nur wie jemand, der ein Pentakel um den Hals trägt und Magie mit zwei »g« schreibt.

»Wir lassen Hunters Fisch frei«, sagt sie.

Das bringt Brereton einen Augenblick aus der Fassung, aber er erholt sich bald wieder.

»Geh mir aus dem Weg, du Hippie-Balg«, sagt er.

»Ich bin kein Hippie«, sagt Storm, während sie ihr Pentakel abnimmt und es auf Brereton richtet, als müsste sie einen durstigen Vampir abwehren, der es auf ihr kostbares Blut abgesehen hat. Sie chantet ein paar Hexenworte – *ugadu, bugadu* –, etwas in der Art. Das Pentakel glitzert in der Sonne, der Strand ist still, und Brereton – lacht. Ich kann es ihm nicht verdenken, ich muss auch fast lachen. Also schwingt Storm die Kette mit voller Wucht und das Pentakel knallt mit der Spitze voran gegen Breretons Kopf. Er reißt die Hand an sein Ohr. Ich sehe das Blut eines erfolgreichen Gastwirts.

Brereton flucht, sagt das F-Wort mehrmals hintereinander und in voller Lautstärke. Keine Rede von einer entschärften Version bei Brereton. Er bringt das ungeschminkte F-Wort, und ich weiß nicht, ob die Leute am Strand, besonders die älteren Zuschauer, so entzückt davon sind. Dann reißt er seinen Arm herunter und will auf Storm losgehen.

Ich springe auf seinen Rücken, schlinge meine Beine um seine fetten Hüften und meinen Arm um seinen Hals und drücke mit aller Kraft zu. Er gibt ein ersticktes Gurgeln von sich, das Musik in meinen Ohren ist. Ich drücke noch fester zu. Aber einer von den halslosen Barhockern zieht mich herunter und wirft mich ins Wasser. Als ich spuckend wieder hochkomme, stehen Jasmine und Saphonia vor Brereton. Und Warwick. De-anne. Drilla. Lena. Mum. Brett. Der Skullster. Miracle. Verschiedene Gotteslamentierer. Ein paar Oldies. Eine Barrikade von Leuten steht dort und hindert Brereton und seine Kohorten daran, meinen Mulloway in ein Barbecue zu verwandeln.

»Ist doch mal wieder typisch«, sagt Brereton, als er mit verbiestertem Gesicht den Strand hinaufgeht, die Wange immer noch blutig. »Niemand schert sich einen Dreck um die Stadt, außer mir.«

Ich gehe an den anderen vorbei und das Wasser drückt gegen meine Beine. Als ich näher komme, sehe ich erst, wie groß der Fisch ist. Nicht groß in Pfunden, Kilos oder anderen Rekord-Zahlen. Groß, was die Muskeln angeht. Groß im Herzen. Blut. Zellen. Groß in seiner überwältigenden Präsenz. Groß im Sinn von lebendig.

»Ist schon gut«, sage ich leise. »Ist ja gut. Ist ja gut.«

Ich lasse meine Hand sanft über seine Flanke gleiten, die glänzenden Schuppen, die funkelnden Punkte, die der Wölbung an der Seitenlinie folgen. Ein Auge, schwarz, mit Weiß umrandet und dann dunkelorange, scheint mich anzusehen.

»Ist ja gut«, sage ich und nehme den Blinker. Der Fisch erschauert, sein Schwanz peitscht gegen den Sand. Ein Haken, das kann ich sehen, ist tief in seinem Kieferknochen eingebettet.

»Miracle!«, brülle ich und drehe meinen Kopf zum Strand herum.

Bald kommt er durchs Wasser auf mich zugespritzt.

»Oh, mein Gott«, sagt er, als er angekommen ist. »Ich hab noch nie so einen großen Fisch gesehen. Komm, wir schleppen ihn rein.«

»Die Zange.«

»Mensch, Hunter, du kannst ihn doch nicht freilassen. Marktpreis, hat er gesagt. Das sind mindestens drei-, vierhundert Mäuse.«

»Gib die verdammte Zange her.«

Ich packe den Schaft und drehe sorgfältig, folge der Biegung des Hakens. Wieder läuft ein Schauder durch den Fischleib, aber der Blinker kommt frei.

»Jetzt kannst du ihn einholen«, brülle ich zu Zappo hinüber.
Der Blinker und der Ehering hüpfen über die Wasserfläche. Ich
warte darauf, dass De-anne ihm nachrennt, aber alle schauen
mich an.
Ich wende mich wieder dem Fisch zu.
»Na komm. Du kannst jetzt gehen.«
»Pffff. Als ob so ein dummer Fisch dich verstehen könnte«, sagt
Miracle.
»Weißt du vielleicht was Besseres, du fettes, geldgieriges
Schwein?«, sage ich und spucke ihm die Worte buchstäblich ins
Gesicht.
Miracle murmelt etwas von »schieben«, aber so leise, dass ich
ihn nicht richtig verstehe.
»Schieb selber ab, Geldsack«, gifte ich. »Von mir aus kannst du
dich verpissen.«
»Nein, den Fisch. Den Fisch schieben.«
Wir schieben, aber der Fisch widersetzt sich unseren Anstren-
gungen. Er scheint aufgegeben zu haben, will einfach hier ster-
ben.
Dann taucht jemand hinter uns auf. »Schüttet ihm Wasser über
die Kiemen«, sagt Warwick.
Ich öffne leicht die Kiemenblättchen. Ich sehe die Kiemen da-
runter, blass, rosa, nach Sauerstoff lechzend. Ich schöpfe
Wasser und leite es daran vorbei. »Komm, Mulloway, nicht
sterben. Nicht jetzt!«
»Und jetzt schieben«, sagt Warwick.
Ich schlinge meine Hände um den Kopf des Mulloways und
richte ihn zum offenen Meer aus. Die Fotokopien sind jetzt
hinten. Miracle und Warwick rechts und links von mir.
»Eins, zwei, drei«, sagt Warwick.
Diesmal rührt sich der Fisch, aber die Energie kommt aus-
schließlich von uns. Der Mulloway macht keine Anstrengung.

»Bitte. Stirb jetzt nicht.«

»Na komm«, sagt Storm.

»Komm schon, Fisch«, wiederholt Jasmine.

Wieder schieben wir. Der Fisch treibt im Wasser, von unseren Händen gehalten, bleibt aber leblos, ein totes Gewicht.

»Der ist hin«, sagt Miracle.

Ich kann an dem Ausdruck, an der Körpersprache der anderen erkennen, dass sie dasselbe denken. Der Fisch ist hin. Dass wir ihn genauso gut an den Strand hochziehen könnten, damit er fotografiert werden kann. Und ihn genauso gut in dicke Fischsteaks für Breretons Barbecue zerlegen könnten. Ich denke an Rex. An seinen dummen Bart und sein dummes Gesicht. Jabbadi. Jabbada. Ich schlinge meine Arme um den Mulloway und küsse ihn. Ich küsse ihn mit aller Kraft, meine Lippen fest auf seine kühlen, salzigen Schuppen gepresst.

Und plötzlich fühle ich ein ganz leichtes Beben.

»Er bewegt sich!«

Noch ein Beben. Und noch eines. Ich spüre den langsamen Schlag seines Schwanzes. Wie sein Körper sich wölbt. Und dann bewegt sich der Mulloway, schwimmt aus meinen Armen ins Wasser hinunter. Ich sinke unter, öffne meine Augen um den Fisch am Boden entlanggleiten zu sehen, seinen dunklen Schatten ins Meer hinaus verschwinden zu sehen.

Ich spüre, wie mir die Tränen übers Gesicht strömen. Alte Tränen. Ungeweinte Tränen. Ich mache den Mund auf und schreie. Das Wasser dringt in mich ein. Und ich werde zum Meer.

Kapitel 40

»Was zum Teufel hast du dort draußen gemacht?«, fragt De-
anne.

»Müde, schätze ich. Bin einfach zusammengebrochen«, sage
ich und das Wasser tropft von meinem Anzug herunter.

»Zusammengebrochen, ja, genau. Wir haben gedacht, du bist
hin, verdammt noch mal.«

Ich schaue den Ring an. Er ist in Ordnung, außer ein paar
Furchen, wo die Leine tief eingeschnitten hat. Er war ein verdammt großer Fisch, dieser Mulloway.

»Tut mir Leid, De-anne. Wirklich.«

»Schnuck, ich hasse dich immer noch bis aufs Blut«, sagt sie,
aber ich erhasche ein Lächeln, das um ihre Julia-Roberts-
Lippen Versteck spielt. »Und trotzdem, ich sag dir was, dieser
verdammte Fisch hat mich auch gepackt. Ich kann's irgendwie
verstehen, warum du so durchgedreht bist.«

»Fische machen das mit dir, Baby«, sagt Drilla weise.

De-anne lächelt mich an, als ob wir ein Geheimnis miteinander
hätten. Ich halte ihr den Ring hin.

»Jesus Maria«, sagt sie. »Ich habe lange genug gewartet. Kannst
du's ausnahmsweise mal richtig machen?«

Ich will Drilla den Ring geben, aber sie wehrt schon wieder ab.

»Moment noch, erst mal richtig anziehen.« Sie zeigt auf meinen Kopf. »Kannst du das wieder zurücktun, wo es hingehört?«

Ich habe den Kummerbund ganz vergessen. Aber er ist noch
da, immer noch um meine Stirn geschlungen. Klatschnass na-

türlich, und das Lila sieht nicht mehr so besonders lila aus. Aber zumindest passt er noch.

Ich gebe Drilla den Ring. De-anne hält ihren Finger hoch und der zweitgrößte Monolith Australiens funkelt in der Morgensonne, als der Reporter von der Zeitung ein Foto schießt.

De-anne zuckt mit den Schultern. »Konnte kein anständiges Foto von dem Fisch kriegen, aber wer weiß, vielleicht gibt das hier eine Titelgeschichte her.«

Die Leute, die noch am Strand sind, johlen und klatschen Beifall und der Bräutigam knutscht die Braut. Aber wie. Steckt ihr die Zunge rein und alles, nehm ich an.

Kapitel 41

Eigentlich hätte ich sofort weg sein müssen. Das haben alle gesagt. »Hunter, du wirst schon schlafen, noch bevor dein Kopf in die Kissen sinkt.« Aber mein Kopf ist längst in die Kissen gesunken und ich bin immer noch hellwach. Was ist da los, denke ich? So viele Leute können sich doch nicht irren. Eine Stunde später denke ich es immer noch.

»Dir wird alles wehtun«, hat Zappo gesagt. »Das war eine höllische Schlacht.«

Er hat Recht, es tut wirklich alles weh. Verdammt weh. Aber er hat auch Unrecht – es war keine Schlacht. Oder Kampf. Keines dieser Worte.

Es war mehr wie ein Tanz. Ein nächtelanger Tanz zwischen mir und dem Mulloway, einem Jungen und einem Fisch, unter Mitwirkung einer deutschen Fünfzehn-Kilo-Markenleine und De-annes Ehering. Und als der Tanz vorüber war, sind wir beide unserer Wege gegangen. Der Mulloway ins Meer zurück – dasselbe Meer, das meinen Vater verschlungen hat – und ich zum Campingplatz, zu meiner Familie und meinen Freunden.

Es tut nicht nur scheußlich weh. Mein Körper fühlt sich auch irgendwie komisch an. Unbehaglich. Als ob er nicht die richtige Größe hätte. So wie sich ein Einsiedlerkrebs fühlen muss, wenn er zu groß für seine Schale geworden ist. Ich wälze und werfe mich herum, ich krümme und winde mich, und ich werde wütend und brülle das F-Wort in voller Lautstärke heraus.

»Alles in Ordnung, Hunter?«, ertönt Mums Stimme aus der
Küche.

»Ich kann nicht schlafen, Mum.«

Sie kommt herein, in ihrem gestreiften Pyjama, eine Tasse in
der Hand.

»Der Pyjama ist neu, oder?«, frage ich.

»Ja, gefällt er dir?«

»Nicht besonders.«

Sie schneidet eine Grimasse. »Mir auch nicht, glaube ich.«

Mum reicht mir den Becher. Setzt sich auf mein Bett.

»Ist das Milch-Milo?«, frage ich und trinke einen Schluck.

»Das hilft dir beim Einschlafen.« Sie zögert. »Ich habe das hier
im Mülleimer gefunden.« Sie hält Dads versifften Rasierapparat
hoch. Die Klinge ist rostbefleckt.

»Ich hab ihn reingeworfen«, sage ich.

Ihr Gesicht sieht ganz klein aus. Wie ein Kindergesicht.

»Er kommt nicht zurück, oder, Mum?«

Sie schüttelt langsam den Kopf.

»Verdammte Außerirdische. Müssen ihn schon vor einer
Ewigkeit umgebracht haben«, sage ich.

Mum versucht zu lächeln, aber es gelingt ihr nicht.

»Hör mal, wenn du das mit der Beerdigung machen willst – sein
Angelzeug im Sarg, zwei oder drei Mainys, dann ist das in
Ordnung für mich. Wir könnten sogar einen Grabstein aufstellen. Mr Crevada hat ein paar Klötze dort oben im Bayside, und
ich bin sicher, dass er mir einen Angestelltenrabatt gibt.«

»Nein«, sagt sie leise.

»Oder vielleicht sollten wir was draußen auf den Murk-Felsen
aufstellen. Weißt du, so wie das Kreuz, das sie auf der Autobahn
für das Turner-Mädchen hingestellt haben.«

Wieder das leise Nein. Dann: »Das brauchen wir alles nicht.«

Ja, Mum hat Recht – wir brauchen das alles nicht. Und wenn ich es mir überlege, ist ja bereits etwas draußen auf den Murk-Felsen: *Placodermis groenlandis*. Ich kann dort hingehen, sooft ich will, meine Hand über das Fossil gleiten lassen. Die Rauheit der Haut spüren, das Spitze der Knochen, die Form seines Wesens. Den Schatten spüren. Den Schatten von meinem Dad.

Ich trinke das Milo aus. Gebe Mum den Becher zurück.

»Du weißt aber schon, dass sich das nicht gehört, was du heute gemacht hast?«, sagt sie.

Na also, jetzt kommt die große Gardinenpredigt. Ich wusste es doch.

»Ja, ich weiß.«

»Aber irgendwie …«

Ich sehe, dass sie verwirrt ist, dass sie etwas herauszufinden versucht.

»… aber irgendwie, und ich kann auf den Tod nicht sagen, warum, glaube ich, dass es das Richtige war. Es war richtig aufregend.«

Hunter verschwunden. Der ganze Dogleg-Bay-Campingplatz auf der Suche nach mir. Mich wieder herkriegen. Den muffligen, miesepetrigen Stinkstiefel Hunter. Es war nicht leicht für Mum!

Wie ein Riesenkrake, *Architheuthis dux*, schlinge ich meine Tentakel um sie und quetsche sie ganz fest. Ich kann spüren, wie dünn sie ist, Super-Model-dünn, wie zerbrechlich ihre Rippen sind, ich kann ihr Herz hämmern hören. Schließlich gebe ich meine Beute frei, lehne mich zurück und lasse meinen Kopf in die Kissen fallen.

Kapitel 42

Ich kann es hören. Immer und immer wieder. Das Läuten der Türglocke. Das Geschrei der Leute. Aber mein Schlafbedürfnis ist zu groß. Ich sinke in meine Träume zurück.

Als ich es endlich schaffe, mich aus dem Bett zu hieven, ist der ganze Campingplatz ein Chaos. Wo ist Mum? Nachrichten vom Schweine-Publikum unter der Tür. Schweinebotschaften auf dem Anrufbeantworter. Drilla ist auch nicht da. Er ist mit De-anne in den Flitterwochen. Technisch gesehen sind sie noch nicht verheiratet, aber sie haben die Reise schon bezahlt, und schließlich hat man nicht jeden Tag die Gelegenheit, an die Goldküste zu fahren.

Ich will gerade Brett im Polizeirevier anrufen und Mum als vermisst melden, da fährt der Corolla vor und sie steigt aus.

»Wo zum Teufel warst du?«

Mum lächelt.

»Alle haben dich gesucht. Hier herrscht das Chaos. Irgend so eine alte Schachtel hat im FWR gekübelt.«

Mum lächelt nur.

»Mum, das ist nicht komisch. Du kannst doch nicht einfach so abhauen. Das ist nicht … das gehört sich doch nicht! Wo warst du überhaupt?«

»In Mully.«

»Aber warum hast du niemand was gesagt?«

»Ich wusste ja selber noch nicht, dass ich hinfahren würde.«

Ich schüttle den Kopf. Sie ist übergeschnappt. Ich schätze, das war unvermeidlich, nachdem sie das Schweine-Publikum so viele Jahre ertragen musste, immer freundlich, hilfsbereit, herzlich und umsichtig.

»Hab mir ein Tattoo machen lassen«, sagt sie und versucht ganz beiläufig zu klingen, so als wäre es das Selbstverständlichste der Welt, nicht anders als ein Friseurbesuch.

»Ja, genau, Mum.«

Aber das »Hab-mir-ein-Tattoo-machen-lassen«-Lächeln rührt sich nicht vom Fleck.

Ich gehe ein paar Schritte näher zu ihr, checke sie ab. Ihre Arme sind tätofrei. Und ihre Beine auch. Sie hat kein »LOVE«-Tattoo auf den Knöcheln und auch keine gepunktete Linie mit der Aufforderung »Im Notfall hier aufschneiden« um den Hals.

»Du hast dir doch nicht so 'nen nutzlosen Schmetterling auf den Hintern machen lassen, oder?«

»Wer weiß?«

»Mum, tu nicht so geheimnisvoll. Das steht dir einfach nicht.«

»Willst du's sehen?«

»Klar will ich es sehen. Ich bin dein Sohn. Ich bestehe darauf.«

Mum zieht ihr T-Shirt aus. Sie trägt einen BH darunter, Gott sei Dank, aber es ist trotzdem ein Skandal, hier, mitten auf dem Campingplatz, am helllichten Tag, wo überall Gotteslamentierer und kleine Kinder und alle möglichen Leuten herumhängen.

»Mum!«

Ich sehe immer noch keine Tätowierung. Typisch, denke ich. Kein Mumm in den Knochen. Das Tattoo ist so winzig, dass man ein Elektronenmikroskop braucht um es zu erkennen.

Mum dreht sich um. Jetzt sehe ich es.

Auf den ersten Blick sieht es wie ein Schlachtfeld aus. Blutig und geschwollen, wie alle frischen Tätowierungen. Aber man kann trotzdem die Wölbung des Kopfes, die geschwungene

Schwanzlinie, die Silhouette des Mulloway erkennen, meines Mulloway, wie er durch das sommersprossige Wasser von Mums Rücken schwimmt, von einem Schulterblatt zum anderen.

»Gefällt es dir?«, sagt Mum.

»Klar gefällt es mir. Das ist toll, Mum! Wo hast du das Bild her?«

Sie zieht den Perfekten Angler aus ihrer Tasche.

»Drilla hat ihn aufbewahrt. Er dachte, du willst ihn vielleicht wiederhaben.«

Mum legt ihre Hände um den Mund. »He, Leute! Kommt alle her und schaut euch mein Tattoo an!«, brüllt sie.

Kapitel 43

Der MWR ist ein Kinderspiel, jetzt, wo fast alle fort sind. Ein Spritzer Karzinogen, ein Schlenker mit der Bürste und es ist so sauber wie ein neuer Angelhaken. Ich habe schon eine Ewigkeit keinen Thorpedo mehr angetroffen. Vielleicht sind sie auf ihrem jährlichen Laichzug. Ich kann mir gut vorstellen, wie sie sich tapfer flussaufwärts kämpfen, durch Strudel und Stromschnellen, wild entschlossen, die kristallklaren Bäche ihrer Kindheit zu erreichen.

Das Geschäft auf dem Campingplatz läuft auch gut. Die Gotteslamentierer haben wieder gebucht. Mum meint, wegen dem Mulloway. Meinem, nicht ihrem. Ich sag's ja immer, diese Christen haben einen Fischkomplex.

Der Skullster hat im Internet gelesen, dass Dogleg Bay jetzt wieder als Angler-Paradies gilt, besonders für Mulloways.

Deshalb hat Mum massenhaft Anrufe von fischigen Typen gekriegt, die sie über die Mole ausgequetscht haben, über die Bootsrampe, die Tiefkühlkapazitäten, die Entfernung zum nächsten McDonald's. Sie hat gesagt, ein Typ namens Rex hat angerufen. »Rex wer?«, frage ich.

»Ich weiß nicht, Schatz. Bunt. Punt. So was in der Art.«

Das muss er sein! Jabbadi, jabbada! Der bärtige Einbrecher kommt nach Dogleg Bay.

Die Fotokopien gehen immer noch fort. Der Dolphy ist fix und fertig gepackt und kann es kaum erwarten, den Asphalt unter seine Räder zu nehmen.

Normalerweise kann ich nicht schnell genug aus dem verdammten MWR herauskommen, aber heute trödle ich herum. Und tatsächlich, Punkt Floss-Uhr stolziert der Wissenschaftler herein.

Hi. Hi. Das übliche Gequatsche. Dabei war es so einfach, als ich die Szene im Kopf durchgespielt habe. Aber der wirkliche Warwick benimmt sich ganz anders als der imaginäre. Oder vielleicht sollte ich sagen, dass der wirkliche Hunter sich ganz anders benimmt als der imaginäre. Der wirkliche Hunter stottert herum – ähm, ähm – und keiner wird aus ihm schlau, bis er endlich die Kurve kriegt und einen Weg findet, das Thema anzuschneiden.

»Ich hätte da so 'ne kühne, erfindungsreiche Hypothese.«

Warwick schaut sofort hoch. Interessiert. Neugierig. Alle vorhersehbaren Reaktionen.

»Ja, Hunter.«

»Schaffen Sie Ihren Bart ab, Kumpel.«

Er sieht verwirrt aus. Und vielleicht ein bisschen beleidigt. Ich kann es ihm nicht wirklich übel nehmen. Ich wäre auch sauer, wenn mich ein dreizehnjähriger Schnösel »Kumpel« nennen und herumkommandieren würde, mir sagen, dass ich etwas abschaffen soll.

»Das ist keine Hypothese im streng wissenschaftlichen Sinn, Hunter.«

»Ach, vergessen Sie Ihren wissenschaftlichen Sinn. Folgen Sie einfach der Hypothese. Schaffen Sie den Bart ab, Kumpel.«

Er fährt sich mit der Hand durch seinen Regenwald.

»Ich meine, haben Sie nie daran gedacht, ihn loszuwerden? Ist ja schließlich kein Naturschutzgebiet, oder?«

Warwick lächelt.

»Und Sie haben auch nichts zu verbergen, nehme ich an.«

»Zu verbergen?«

»Hässliche Narben oder so. Und Sie haben auch ein ...«

Warwick lacht. »Keine Narben. Und du kannst beruhigt sein, ich habe auch ein funktionierendes Kinn.«

»Dann sag ich's jetzt zum letzten Mal: Schaffen Sie Ihren Bart ab, Kumpel.«

»Ich hänge aber irgendwie an ihm«, sagt er und lacht sich kaputt über seinen dämlichen Witz.

»Mensch, Warwick. Wie kann ein Wissenschaftler so vernagelt sein? Kapieren Sie das denn nicht? Mädchen mögen keine Bärte.«

Dann gehe ich weg und überlasse es dem Paläoichthyologen, eine eigene kühne, erfindungsreiche Hypothese auszuarbeiten. Dass er zum Beispiel den Bart abrasieren und Mum zum Schnitzelessen in den Pub nach Mully einladen könnte. Vorausgesetzt natürlich, sie sind um 11 Uhr 30 wieder zu Hause.

»Na, geht's wieder zum Fischen?«, sagt der Alte Knacker, als ich vorbeikomme.

Computer-Bowling? Lacrosse-Spiel* vielleicht? Was soll ich ihm heute erzählen? Aber irgendwie ist das jetzt nicht mehr so witzig, also lasse ich es und sage einfach: »Ja, klar.«

»Verdammter Brocken, den du da neulich gefangen hast.«

»Haben Sie ihn gesehen?«

»Das will ich meinen, dass ich ihn gesehen habe. Ich war dort unten.«

Zappo sagt, in ein paar Jahren werden es Tausende sein, ganze Strände voll Leuten, die alle schwören, sie seien dort unten gewesen, auf der Mole von Dogleg Bay, als dieser Junge einen Fünfzig-Kilo-Jewie gelandet und das verdammte Ding dann freigelassen hat.

---

* Ballspiel der Indianer Nordamerikas und Kanadas, um das sich zahlreiche Legenden ranken und das als die älteste Teamsportart der Welt gilt.

»Zu meiner Zeit«, fährt der Alte Knacker fort, und ich denke, da haben wir's wieder – Aufkleber auf den Granny-Smith-Äpfeln und das ganze Trallala.

»Zu meiner Zeit hätten wir ihn nicht zurückgeworfen. Nein, mein Lieber.«

»Ja, aber was ist mit der Fernbed...«

Der Alte Knacker hält die Hand hoch.

»Lass mich zu Ende reden. Ich schätze, das war gut von dir, den Fisch freizulassen. Doch, ja. Gut von dir. So, das war's, was ich sagen wollte«, sagt er und nimmt seine Hand herunter.

Und wisst ihr was? Ich glaube, der Alte Knacker ist gar nicht so engstirnig, wie ich immer dachte. Vielleicht kann ich ihn sogar davon überzeugen, dass die Aufkleber auf den Äpfeln eine gute Sache sind. Allerdings müsste ich mich dann erst mal selber überzeugen.

»Kommen Sie doch mal mit mir zum Angeln«, sage ich.

»Ja, genau«, kommt eine Stimme unter der Häkeldecke hervor.

»Geh du nur mit.« Die Missus!

»Ich war kein schlechter Angler zu meiner Zeit. Aber jetzt nicht mehr. Jetzt bin ich zu alt.«

»Dummes Zeug!«, sagt die Missus. »Du bist ja auch nicht zu alt um mich hin und wieder in den Hintern zu kneifen, oder?«

Der Alte Knacker lächelt ein zahnloses Lächeln. Beugt sich zu mir vor. »Heute nicht«, sagt er. »Aber, bei Gott, ich werde es mir ernsthaft überlegen.«

»Das Angebot steht. Wann immer Sie wollen.«

Der Skullster steht an seinem Tor, ein Skateboard und einen riesigen Rucksack neben sich. Er hält eine Angel in der Hand und übt seine Würfe, zielt auf die Nixe. Miese Technik, aber irgendwie ist es ein Treffer. Als der Senker von einem der Nixenmöpse abprallt, fällt ein Nippel auf den Boden.

»Hoppla«, sagt er.

Der Skullster hält mir seine Angel hin. »Ist die in Ordnung?«
Mr Crevada könnte sich jede Angel im Laden leisten, aber ich
habe ihm ein billigeres Modell empfohlen. Es gibt nichts
Schlimmeres, als mit jemand zu fischen, der keine Ahnung hat,
aber die beste Ausrüstung, die man mit Geld kaufen kann.

»Perfekt.«

»Mum hat uns was von ihrem Dreck eingepackt«, sagt der
Skullster und zeigt schaudernd auf seinen Rucksack.

Da ist noch etwas, das schon die ganze Zeit an mir nagt.

»Kannst du mir mal einen großen Gefallen tun, Kumpel?«, frage ich.

»Was denn?«

»Kannst du deine Hose runterlassen?«

»Spinnst du?«

»Ich will nur deinen Khyber sehen, das ist alles.«

Der Skullster weicht zurück. »Bleib bloß weg von mir, Hunter.
Du kommst mir nicht an meinen Khyber, was immer das auch
sein soll.«

»Kein Problem«, sage ich. »War nicht so wichtig.«

Der Skullster entspannt sich, und da lege ich ihn aufs Kreuz.
Ein Kinderspiel für mich. Schließlich habe ich das ein Jahr lang
jeden Tag gemacht. Ich nagle ihn am Boden fest.

Der Khyber ist natürlich weiß und ziemlich flach. Aber so weit
ich sehen kann, ist er haarlos. Ich muss es aber ganz genau wissen und presse mein Gesicht näher dran.

»Geh sofort da raus, Hunter!«, schreit der Skullster.

Aber jetzt sehe ich es – ein Haar. Klein, schwarz und kraus sitzt
es mitten auf der linken Backe, wie ein entlaufenes Schamhaar.
Aber es war offenbar genug.

Ich komme an der Bingo-Halle vorbei, der Skullster drei Schritte hinter mir. »Dreizehn. Für manche eine Glückszahl«, tönt es heraus. Wirklich eine Glückszahl für manche. Schon kommt Musik aus der Disco. Die *Funky Chicken*. Techno-Version.

Die Mole ist gerammelt voll. Dann hat sich die Nachricht also bereits herumgesprochen – dass die Dogleg-Bay-Mole wieder arbeitet. Als wir hinuntergehen, teilt sich die Menge, wie die Fluten im Film, als dieser alte Rauschebart – wie heißt er noch? – das rote Meer durchquerte. Ich höre die Leute reden.

»Das ist der Junge, der den Mulloway gefangen hat.«

»Sechzig Kilo, heißt es.«

Zappos Groupies sind zurückgekommen. Er hat sogar einen dazugewonnen – ein weiterer Mielpelikan mit einer Spalte im Schnabel.

Der Monaro-Fischmäster ist auch da.

»Verdammter Treffer war das«, sagt er und grinst mich an.

»Ja, wahrscheinlich. Und diese Montage«, sage ich und zeige auf sein Paternoster, »hat ihre Vorzüge.«

»Das kannst du verdammt noch mal laut sagen«, schnaubt er, hievt seine Angel hoch und zielt nach Madagaskar.

Miracle ist am Ende der Mole stationiert und wirft Blinker aus. Er öffnet seinen Aktenkoffer. Alle Blinker sind Varianten des Monster-Blinkers, mit dem ich den Mulloway gefangen habe.

»Van Gogh hat mir geholfen«, erklärt Miracle. »Für einen Versager ist er ganz schön talentiert.«

Die Fotokopien kommen am Nachmittag. Wahrscheinlich, um Lebewohl zu sagen, denke ich. Aber dann sehe ich die ganze Ausrüstung, die sie mitschleppen.

»Willst du ein paar Würmer?«, fragt Jasmine. Sie hat sie um ihre Handgelenke gewickelt wie Armbänder.

»Ja, gern«, sage ich.

Storm steht neben mir. Ihr Haar ist wieder schwarz gefärbt und ein neues Pentakel baumelt um ihren Hals. Es ist noch größer als das vorige, mit dem sie Brereton verprügelt hat. Vielleicht denkt sie, war es ihre weiße Magie – Verzeihung, Maggie –, die die Mulloways in die Bucht zurückgebracht hat. Verdammter Aberglaube! Es war natürlich der geknackte Staudamm und das Schamhaar auf Skullsters Khyber.

»Wir gehen nicht fort«, sagt sie.

»Wegen dem Fisch, oder? Saphonia denkt wahrscheinlich, dass das ein Zeichen war. Eine Botschaft aus dem Kosmos oder aus dem Kamasutra.«

»Gut geraten«, sagt Storm. »Aber das war's nicht wirklich. Da läuft was zwischen Mum und diesem Brett. Er hat ihr eins von seinen alten Fahrrädern gegeben, damit sie zusammen radfahren können.«

Typisch. Es geht doch immer nur um Saphonia, denke ich.

»Aber hauptsächlich wegen uns«, sagt Storm und schaut Jasmine an. »Wir haben gemerkt, dass wir nicht fortwollen. Noch nicht. Gibt einfach noch zu viele Fische hier. Und außerdem würden wir dich zu sehr vermissen, Hunter.«

Mädchen! Warum sagen sie immer solches Zeug?

»Ich würde euch auch vermissen«, sage ich. »Wahnsinnig.«

–